야생의 숨결 가까이

무너진 삶을 일으키는
자연의 방식에 관하여

야 생 의
숨 결 가 까 이

리처드 메이비 지음 신소희 옮김

사□계절

이 회고록은 자연에 대한 사랑을 되찾으며 극심한 우울증을 치유한
이야기로, 솔직하면서도 자아를 온전히 드러내지 않는다는 점에서
놀랍다. 인간과 자연의 관계에 대해 치열하게 성찰하는 그의 산문은
따뜻하면서도 예리한 지성으로 가득 차 있다.
2005년 휘트브레드 상 심사평

메이비는 눈부시게 아름다운 언어로 문학과 낯선 시골을 탐구한다.
이 책은 사람들이 세상을 더 선명하게 바라보며 거닐 수 있도록
도와줄 것이다.
로빈 핸버리-테니슨,《컨트리 라이프》

그의 회복은 느리지만 마법 같은 과정이었다. 그는 사랑에 빠졌고
이스트 앵글리아로 이사했으며 다시 펜을 들었다. 이 빛나는
이야기에는 자연의 경이로움에 대한 생생한 관찰과 세상 만물의
중요성을 재발견한 깨달음이 담겨 있다.
《메일 온 선데이》

뛰어난 관찰력으로 쓴 책이다. 자연에 관한 글쓰기에 있어 메이비를
능가하는 작가는 상상하기 어렵다.
《선데이 타임스》올해의 책

유려한 문장으로 이루어진 드문 걸작.
《스코츠맨》올해의 책

심오하고 지극히 아름답다.
《북셀러》

놀랍도록 희망이 넘치는 책.
재키 맥글론,《헤럴드》

메이비의 강점은 예리한 분석과 열렬한 감정, 예술가의 안목을
겸비한 관찰력이다. 독자들은 메이비가 영원히 잃어버릴까 봐
두려워했던 자연계와의 평화로운 친밀함을 회복하는 과정을
함께한다. 처음에는 쭈뼛거리다 나중에는 그가 놓아주었던 칼새처럼
높이 날아오르는 모습을.
제인 실링,《선데이 텔레그래프》

비범한 힘과 독특함, 매혹적인 아름다움이 담겨 있다. 이 책은
자기계발서가 아니다. 메이비는 자신을 모범적인 인물로 내세우지

않는다. 그 대신 인간과 비인간 존재를 이어주는 힘을, 현대 문화의 더욱 강력해진 강박에서 벗어나 인간과 자연이 자유롭게 관계 맺을 가능성을 제시한다.

폴 바인딩, 《인디펜던트 온 선데이》

연애시이자 에세이이자 드라마. 분류를 거부하는 독보적인 작품. 무조건 읽고 또 거듭 읽으며 감사해야 할 책.

제임스 로버트슨, 《나투르 컴리Natur Cymru》

메이비는 손꼽히게 유려하고 좋은 감각을 선사하는 자연 작가다. 비종교적인 영성과 강렬한 감정적 연결을 바탕으로 자연을 묘사하되 감성을 배제하지 않으며, 보기 드물도록 생생하게 자연을 그린다.

존 그린, 《모닝 스타》

변화를 직면하고 적응하는 과정에 관한 아름답고 섬세한 저술.

《오픈 스페이스》

자서전이자 자연과 문명의 관계에 대한 명상록. 메이비는 아무리 아름다운 문장도 주제를 압도해서는 안 된다는 점을 이해하며, 자연 속 순전한 기쁨을 통해 독자들을 천국의 문으로 이끈다.

윌 코후, 《텔레그래프》

아름답고 서정적이다.

《빅이슈》

인류에 희망을 주는, 한 인간의 놀라운 회복 이야기.

제인 앤더슨, 《라디오 타임스》

이 책은 개인의 불행과 정서적 구원 이야기만으로도 매력적이었을
것이다. 하지만 이 책의 더욱 큰 매력은 새로운 생활 터전의 자연사를
발견해나가는 여정에서 풍경과 자연, 인간 주민들과의 관계에 대한
태도를 재검토한다는 점이다.

《BBC 와일드라이프》

풍요롭고 상쾌하며 강력한 치유력이 담긴 책.

패디 우드워스, 《아이리시 타임스》

내가 살았던 집에는 삐걱거리는 목재와 거기서 느껴지는 영적(어쩌면
물리적일 수도 있는) 따뜻함이 있다. 이 집이 메이비를 되살리고, 특히
개인적인 재난을 겪은 사람들에게 희망과 힘을 주는 책의 배경이
되어 그에게 영감을 불어넣은 게 아닐까.

테런스 블래커(이 책에 나오는 집의 이전 거주자), 《인디펜던트》

7 추천의 글

노퍽주

이스트 앵글리아

노리치

잉글랜드

브레클랜드

셋퍼드 디스

리즈

맨체스터 세필드

리버풀

버밍엄

카디프

칠턴 힐스

런던

* 참고 지도

차례

감사의 말

인내심과 유머, 놀라운 관대함으로 내가 빨리 회복하도록 도와준
모든 친구들과 조력자들에게, 특히 다이 브라이얼리, 마이크와 푸
커티스, 로저 디킨, 마이크 글래서, 프랜시스카 그린오크, 팀 키저,
존 킬패트릭, 왕립 문학 기금, 캐럴라인 소퍼, 저스틴 워드, 이언
우드에게 진심으로 고마움을 전한다. 나를 오랫동안 참아주고 결국은
내 편이 되어준 동생 질에게도 고맙다.

가장 암울한 시기에도 변함없는 믿음과 지지를 보여준
에이전트 비비언 그린과 최종 원고 손질을 도와준 출판인 페니
호어에게 감사드린다. 로저 카잘레와 마크 코커도 흔쾌히 내 원고를
읽고 귀중하고 건설적인 비평을 해주었다.

이 책의 몇몇 대목은 앞서 《더 타임스》, 《가디언》, 《BBC
와일드라이프》에 다른 형태로 실린 바 있다. 나의 지극히 엉뚱한
발상에도 격려를 아끼지 않는 편집자 제인 휘틀리, 애널리나 매커피,
로저먼드 키드먼 콕스에게는 그저 감사할 뿐이다.

마지막으로 내게 기회를 주고 나를 구해냈으며 사랑과
인내로 일으켜 세운 폴리에게 감사한다. 그녀는 집필 기간 나의 온갖
감정적 동요를 지혜와 유머 감각으로 가라앉혀주었다. 이 책은 나의
작품인 만큼 폴리의 것이기도 하다.

1장   둥지를 떠나
날아오르다

나는 아이처럼 사소한 것에 머물러

어른이 될수록 병이 깊어가고

아직도 내 생각은 잡초와 같이

어느 곳에서든 자라나서 꽃을 피우네.

존 클레어, 「날아오르기 The flitting」

10월, 인디언 서머(한가을과 늦가을 사이 따뜻한 날씨가 이어지는 기간 —
옮긴이)가 왔다. 나는 난생처음 이사를 가게 된 풋내기 십 대 소년처럼
멍하니 문가에 서 있다. 칠턴 힐스 변두리의 이 무난하고 편안한
집에서 반세기 넘게 살다 보니 이 정도면 괜찮은 보금자리라고
생각하게 되었다. 잉글랜드 남동부에서도 가장 독특한 전원 지역이고
코앞에 모든 편의 시설이 갖춰져 있으니 고독하게 살며 글을 쓰기에
딱 맞는 곳 같았다. 나는 이 집을 거점으로 삼고 숲속에서 혹은
내 머릿속에서 살아왔다. 자유롭게 구불구불 뻗어나간 능선과
끊임없이 놀라움을 주는 칠턴의 풍경이 내 문장과 나를 형성했다고
스스로 믿고 싶었다. 하지만 이제 나는 지팡이를 집어 들고 이스트
앵글리아의 평원으로 도망치려 한다.

　　　내 발목을 잡아둔 것은 과거, 아니 과거의 결핍이었다.
나는 습관과 기억에 갇혀 너무 오래 한자리에 묶여 있었다. 내가
뿌리를 내렸다는 생각에 얽매여 있었다. 그러다 결국 시름시름 앓기
시작했고 아무것도 쓸 수 없어졌다. 아일랜드인 일용직 노동자로
집세를 못 내서 야반도주하는 일이 다반사였던 우리 할아버지는 이럴
때면 어떻게 해야 하는지 알고 계셨다. 날갯짓하며 둥지를 떠나는
아기 새부터 곤경에 처해 달아나는 사람에 이르기까지 온갖 종류의
탈출을 가리키는 표현을 쓰자면, 그분은 날아올랐으리라 flit.

최초의 비행
하지만 이 뒤늦은 출발 앞에서 문득 또 다른 힘겨운 여정의

기억을 떠올릴 수밖에 없다. 몇 년 전 여름, 나는 스스로도 이해할 수 없을 만큼 우울하고 무감각한 상태에 빠져들고 있었다. 휴가철마다 프랑스 세벤 지역의 석회질 고원에서 오랜 친구들과 함께 몇 주를 보내는 것이 내 습관이었지만, 그해에는 좀처럼 집을 나설 기운이 나지 않았다. 어쨌든 나는 결국 세벤에 도착했고, 매년 그랬듯 짧은 휴가 동안이나마 마음껏 햇살과 방종과 우정을 누리며 치유되는 것을 느꼈다.

　　　휴가가 끝날 무렵 내 마음속에 원초적 기억으로 자리 잡게 된 사건이 일어났다. 다른 생물종의 통과의례를 목격한 것이다. 친구들과 나는 에로 지역으로 내려가 며칠간 머물렀는데, 옥통 마을의 기울어진 돌집에서 하룻밤 묵었다. 아침에 깨어났을 때 다락방에서 갓 태어난 새 한 마리를 발견했다. 둥지에서 떨어진 아직 날 줄 모르는 새가 초승달 모양 날개를 뻣뻣하게 편 채 누워 있었다. 가까이서 보니 아기 새의 깃털은 한여름 하늘을 휙 스쳐 가는 어미 새의 실루엣처럼 신비로운 검은색이 아니라 잿빛과 갈색, 순백색이 어룽어룽 섞여 있었다. 대부분의 시간을 공중에서 보내는 삶에 완벽히 적응하기 위해 어떤 대가를 치렀는지도 알아볼 수 있었다. 갈고리발톱 네 개가 앞으로 돋은, 깃털 난 나무토막처럼 짤막한 다리가 몸통 한참 아래 궁색하게 달려 있었다. 우리는 새를 창가로 들고 가서 바깥으로 던졌다. 태어난 지 6주밖에 안 된 새가 다른 생물종과의 첫 만남과 최초의 비행을 동시에 겪는 순간이었다.

　　　녀석이 어떤 감정을 느꼈든 간에 본능과 타고난 용감함이 더 컸나 보다. 새는 우리 눈앞에서 날개를 마구 퍼덕이며 아래로 떨어져 내려가다가, 땅바닥에 닿기 직전(그 순간 우리 모두 헉하고 숨을 들이켰다) 갑자기 남동쪽을 향해 힘차게 날아올랐다. 앞으로 여름이 두 번 지나 번식하러 돌아올 때까지는 땅에 내려앉지 않으리라. 그때까지 몇 킬로미터나 날게 될까? 몇 번이나 날개를 쳐야 할까? 얼마나 긴 시간을 하늘에 떠 있을까?

나는 새가 지나야 할 여정을 상상해보려고 애썼다. 한 번도 날아본 적 없는 경로를 따라, 만성적인 교전 지역과 지중해의 무수한 사냥꾼들을 피해, 급격한 기후 변화와 지형 변화를 통과해야 하는 그 장대한 서사시를. 부모와 형제자매는 십중팔구 이미 떠나갔으리라. 새는 중추신경계 깊은 곳에 새겨져 있거나 최소한 적혀 있는 경로를 따라 9,600여 킬로미터를 홀로 날아가야 했다. 새의 모든 감각이 길을 안내하고, 진행 경로와 유전적 기억을 대조하고 확인하며, 그 누구도 모를 놀라운 의식적 경험을 형성할 터였다.

어쩌면 여러 다른 바닷새처럼 바다와 향기로운 관목림, 먼지 끼고 후텁지근한 아프리카 마을 상공을 지나면서 공기 중의 미묘한 변화를 느낄지도 모른다. 혹은 철분이 풍부한 전뇌前腦의 세포가 감지하는 자기장을 따라 이동할 수도 있다. 아마도 유전적 기억의 형태에 들어맞는 지표와 태양을, 맑은 밤에는 밤하늘의 주요 별자리를 항해의 보조 장치로 삼겠지만, 여정의 중간부터는 남반구의 전혀 다른 별자리가 그 역할을 대신할 것이다. 서너 주 뒤 남아프리카에 도착하면 아홉 달 동안 아무것도 하지 않고 느긋하게 날아다니며 노닐 테다. 그리고 이듬해 5월이면 다른 모든 1년 차 새들과 함께 유럽으로 돌아와 공중을 마음껏 활주하리라. 그것이 바로 칼새의 삶이니까. 번식기를 제외하고는 평생 반복되는 조상 대대로의 운명이다. 하지만 칼새의 삶이 '즐겁지' 않다고 평가하려면 즐거움에 대해 지극히 까다로운 관점을 지녀야 할 것이다.

　　이듬해 5월은 내 평생 처음으로 칼새가 눈에 들어오지 않은 5월이었다. 새들이 한바탕 즐거워하는 동안 나는 창문을 외면하며 침대에 누워 있었다. 칼새를 다시는 못 보더라도 상관없다고 느꼈다. 인생이 기묘하고도 희한하게 꼬이면서, 나는 다른 피조물과 어울리지 못하고 공허한 대기 속을 떠도는 불가해한 존재가 되어버렸다. 당시에는 미처 생각하지 못했지만 어쩌면 인류 전체가 그렇게 변해가고 있는지도 모르겠다.

∵

　　인생 최초의 이주를 앞둔 내 마음속에 그 어린 칼새의 모습이 떠오르더니 사라지지 않는다. 이처럼 갑자기 둥지를 떠나 드넓은 이스트 앵글리아 상공으로 날아오르는 건 내가 선택하거나 계획한 일이 아니다. 어쩌면 오랫동안 미뤄왔던 뇌 속 성장 프로그램에 이끌려가는 것인지도 모르겠지만, 그보다는 차라리 끝나지 않는 주사위 던지기처럼 느껴진다. 쉽게 말해 지금 나는 글쓰기에서 소위 '막다른 길'에 이르렀다(다른 일들을 처리하는 데는 전혀 문제가 없는데도). 깊고도 기나긴 우울증에 빠져 글을 쓸 수가 없었고, 모아둔 돈은 거의 다 써버렸다. 함께 살던 동생과도 사이가 멀어진 데다가 부모님이 남긴 집도 팔아야만 했다.

이 시기를 극복할 수 있었던 건 순전히 운이 좋아서였다. 친구들의 도움 덕분에 골동품 타자기처럼 낡아빠진 나 자신을 서서히 수리해나갈 수 있었다. 사랑에 빠졌고 글도 다시 쓰기 시작했지만 무엇을 쓰고 싶은지는 전혀 몰랐다. 그러던 중 산들바람이 불듯 자연스레 예기치 않은 기회가 찾아왔다. 십 대 때부터 제2의 고향처럼 여겨온 이스트 앵글리아 지역의 친구네 농장에 방 몇 개가 비었다는 소식이었다. 집도 절도 없는 처지지만, 그래도 이 기회를 놓치지 않고 다시 시작해보기로 마음먹었다.

둥지를 떠나며

차에 이삿짐을 실으려니 모든 것을 버린 채 백지 상태로 새롭게 출발하는 기분이다. 그나마 내가 지닌 세간도 닳고 남은 것들이다. 실제로 쓸 만할지는 모르나 작업 도구도 있긴 하다. 수동 타자기 몇 대와 서랍 가득한 문구용품들. 하지만 그 외의 짐은 순전히 감상적 가치밖에 없는 물건들이다. 내 친구 포피가 행운을 빈다며 선물한 잠비아산 멜론 자수정 결정. 배율이 100쯤 되는 빅토리아 시대 황동 현미경. 한 번도 사용하지 않은 듯 깔끔하고 우아한 버들 무늬 접시와 찻잔이 가득한 피크닉용 바구니. "폭탄에 반대하는 고양이 애호가들"이라고 적힌 배지. 1990년 셀본에서 벌목된 이후 '딱 맞는 조각가'가 나타나길 기다린다는 평계로 간직하고 있는

1,500년 된 주목 토막. 어머니가 가장 좋아했던 책인 존 무어의
『땅 밑의 물』(이스트 앵글리아 풍경에 관한 내 추측이 옳다면 머지않아
나도 가장 좋아하는 책이 될 테다)과 어머니가 책갈피 삼아 끼워둔
옥센데일(1875년에 설립된 영국의 홈쇼핑 회사. 우편으로 받은 카탈로그를
보고 주문하면 소포로 상품을 보내는 방식이었다 — 옮긴이) 통신판매
주문서. 엠블럼과 화석 수집품. 이 낭만적인 잡동사니들을 전부 챙겨
가려면 내게도 초승달 모양의 특대형 날개 한 쌍이 필요할 것 같다.
책은 (존 클레어 전집 대부분을 포함해) 꼭 필요한 수백 권만 고르고,
나머지는 그레이트노스로드(잉글랜드와 스코틀랜드를 잇는 영국의 주요
고속도로 — 옮긴이) 어딘가의 산업용 컨테이너에 보관해두었다.

　　　새로운 삶을 시작하는 최상의 방법이다. 내가 현실을
외면하거나 '규모 절감'을 하는 거라고 생각진 않는다. 지프
뒷좌석에 상자 몇 개로 압축된 이 짐이 사실상 내게 필요한 전부이며,
솔직히 말해서 내가 갈 곳에 보관할 수 있는 최대치일 터이다.
하지만 거대한 변화를 피할 수는 없다. 이것이야말로 내가 평생
두려워해온 일, 탯줄을 끊고 날개를 펼치며 둥지를 떠나는 의식이다.
너무나 보편적이기에 자연에서 빌려 온 비유를 제외하고는 좀처럼
언급되지도 않는 단계다. 다만 내가 이 단계를 희한하고 터무니없을
만치 오래 미뤄왔다는 게 문제다.

　　　하지만 이별의 순간이 코앞으로 다가오자 나는 이상하게
기분이 좋아지고, 나 자신에게 도전하듯 과감히 옛집을 지나친다.
새로운 집주인네 가족들이 정원을 거닐며 내가 오래전 심은

장미나무를 들여다보고 있다. 내가 어렸을 때나 어른이 되어서나 수없이 참여했던 그 장면을 바라보노라니 다시는 되풀이되지 않을 의식이라는 생각에 기분이 묘해진다. 하지만 유체 이탈을 하여 나 자신의 과거를 응시하는 것 같은 비현실적 느낌은 전혀 들지 않는다. 오히려 일종의 계승을 목격하듯 마음이 편안히 가라앉는다.

밝고 화창한 10월 한낮, 통과의례를 거치기보다는 오히려 여름휴가를 떠나는 데 어울릴 날씨다. 아침 서리가 녹아버린 들판이 햇볕 아래 반짝거린다. 로이스턴 행정구 근처에서 도로 위를 휙 스치며 남쪽으로 이동하는 댕기물떼새 무리를 보니 문득 지금처럼 저 새들과 마주쳤던 마지막 순간이 떠오른다. 내가 지금과 마찬가지로 기로에 서 있던 시기였다. 사진작가 토니 에번스와 함께 앵초를 찾아 샤프 펠에 올라갔는데, 우리가 꽃을 발견한 지점 바로 위 꿀빛 목초지 상공에서 댕기물떼새들이 듬성듬성 줄을 지어 바람에 나부끼는 종이처럼 너울너울 날아가고 있었다. 한 해가 끝났다는 신호였다. 그리고 나와 에번스가 6년간 함께해온 책 작업이 마무리 단계에 접어들었다는 뜻이기도 했다.[1]

다만 한 가지 생각이 씁쓸한 뒷맛을 남긴다. 내 고향 어딘가에 본가 세간의 불탄 잔해가 남아 있다. 아무 가치도 없는, 단지 부모님이 첫 번째 집을 장만할 때 사들인 적당히 실용적인 물건들이었지만. 부모님도 이주자였다. 두 분 다 런던에서 태어나고 자랐지만 전쟁을 예감하고 서쪽의 칠턴으로 와서 시장 마을인 버컴스테드에 정착했다. 그로부터 60년이 지나자 부부가 함께 짓고 만족스럽게 살아온 집은 목재 더미에 지나지 않게 되었다. 집 정리 업체에 의뢰해봤지만 거절당했고 현금을 주더라도 수거하지 않겠다는 답을 받았다. 중고 가구를 매입하는 자선기금 상점도 도움이 되지 않았다. 결국 세간 대부분을 친구들의 도움으로 서둘러 밖에 내놓고 불태워야 했다. 그날 저녁만큼은 나와 동생도 참지 못하고 울음을 터뜨리고 말았다.

　　　우리가 이 집에서 산 시간을 합치면 110년이나 되는데, 텅 비어 휑뎅그렁한 식당에 의자 하나만 놓고 앉아 있노라니 고아가 된 듯했다. 아니, 눈이나 귀를 잃은 기분이었다. 그 장소의 추억은 집이라는 껍데기가 아니라 집 안의 세간들, 일상의 살림살이에 깃들어 있으니까. 두 세대에 걸친 손가락 자국으로 군데군데 움푹 팬 찬장. 어머니가 앉아 네 아이 모두에게 젖을 먹였던 낡고 나지막한 고리버들 의자. 50년 동안 거실 문을 열고 들어오는 모든 사람의 발걸음을 멈추게 했던, 부엉이 모양 저금통을 재활용해 만든 문버팀쇠("PAT.SEPT 21&28 1880"이라는 명문이 새겨져 있다). 문을 열 때마다 "부엉이 조심해"라고 외치듯 문버팀쇠 소리가 집 안 곳곳에 울려 퍼지곤 했다. 사물은 일종의 외적 기억, 사건과 감정의 구현이 된다.

브레클랜드, 움직이는 모래 위에 지어진 세상

　　　동쪽으로 가는 길도 어쩐지 내 마음속에 새겨져 있는 것 같다. 십 대 때부터 오갔던 이 길의 구불구불하고 변화무쌍한 형상이 이제는 오랜 친구처럼 다가온다. 1960년대에 난생처음 친구들과 바닷가 여행을 떠났을 때 '여기부터가 이스트 앵글리아구나' 하고 분명히 느낀 지점이 있었다. 칠턴에서 북동쪽으로 약 50킬로미터쯤 떨어진 볼독을 벗어나자마자 우리는 신석기 시대부터 사용되어온 이크닐드 웨이로 접어들었다. 빅토리아 시대에 지어진 근사한 양조장(지금은 철거되었다)도 지나쳤다. 종달새 떼가 가득 날아다니는 하늘과 광활한 백악질 들판이 나타나자 런던 근교의 수수한 풍경은 돌이킬 수 없이 아득한 옛 기억처럼 흐려졌다. 그곳은 우리가 정말로 떠나왔음을 실감한 일종의 분기점이었다. 이스트 앵글리아East Anglia가 아무도 굳이 청소하지 않는 방의 어질러진 한구석처럼 우리 앞에 펼쳐져 있었다. 우리는 그곳을 '발목the Ankle'이라고 부르기로 했다.

이크닐드 웨이는 뉴마켓을 지나 이스트 앵글리아의 중심부인 브레클랜드Breckland를 가로지른다. 브레클랜드는 약 1,000제곱킬로미터에 이르는 메마른 백악질 모래 분지다. 표토가 얇아 자연 삼림지대를 개간하기 쉬웠기에 선사 시대 영국에서 한동안 인구 밀도가 가장 높은 지역이었다. 초창기 농부들은 몇 계절 동안 작물을 재배한 다음 황폐해진 땅을 20여 년간 방치하여 '되돌려놓는' 화전 농업을 했다. 이처럼 단기 경작하여 '망가진broken' 땅을 브렉breck이라 불렀고, 그리하여 이 지역에도 브렉이라는 이름이 붙었다.[2]

하지만 모래 토양은 이처럼 단순한 경작조차도 좀처럼

감당하지 못했고, 토끼에 이어 양까지 들어오면서 브레클랜드 대부분에는 초목이 듬성해졌다. 19세기까지만 해도 브레클랜드는 모래가 날리는 황무지나 다름없었다. 여행자들은 이곳의 황량한 풍경에 말이 동요할까 봐 동이 트기 전에 이 '광활한 아라비아사막'을 건너가곤 했다. 심지어 길 잃은 사람을 인도하기 위한 내륙 등대도 있었다. 일기 작가 존 에벌린은 "움직이는 모래가 사방팔방을 누비며 국토를 훼손하고 신사들의 영지를 뒤덮어버렸다"라며 '전나무숲'을 조성하여 모래를 가라앉히지고 촉구했다. 이스트 앵글리아의 신사들도 적극 동의했고, 그 결과 18세기와 19세기 내내 브레클랜드는 개간되고 쟁기질되었으며 울타리로 둘러싸였다.

　　　과거의 야성적 분위기를 상기시키는 것이라고는 가끔씩 당근밭과 오리 농장에서 올라와 도로를 가로지르는 먼지바람과, 모래를 제자리에 묶어두기 위해 줄줄이 심어둔 구부정한 방풍용 소나무뿐이다. 모래의 변덕스러움은 이 지역의 오래되고 썰렁한 농담거리이기도 하다. "당신 농장은 어느 지역에 있나요?" "바람 부는 방향에 따라 달라요. 때로는 노퍽 Norfolk 에, 때로는 서퍽 Suffolk 에 있죠." 이것이 바로 이스트 앵글리아의 창조 신화다. 움직이는 모래 위에 지어진 세상.

　　　브레클랜드의 나머지 지역은 사람들이 거주지에서 떨어뜨려 놓고 싶어 하는 시설들을 모아둔 쓰레기 처리장이 되었다. 이곳에는 핵 공군 기지, 국방부의 스탠퍼드 실전 훈련지, 최초의 산림청 침엽수 조림지(새로운 시대의 '전나무숲')가 있다. 이스트 앵글리아 중심부의 메마른 모래땅을 지나다 보면 지표면 경관 변화뿐만 아니라 땅에 대한 온갖 다양한 문화적 태도를 접하게 된다. 브레클랜드는 특유의 척박함과 호젓함 때문에 일종의 변경지가 되었고, 국가가 직접 불모화하지 않은 곳은 사유화되어 개인의 놀이터로 쓰였다. 베리시 북쪽의 대규모 영지에서는 최근 말이나 꿩 사육에 집중하고 있어서, 가을 겨울에 이 지역을 차로 지나면 사육장에서 자라 야생에 적응하지 못한 새들의 조각난 사체가 끝도 없이 펼쳐진다.

브레클랜드 전역의 공통점이라면 끊임없이 튀어나와 여정을 방해하는 부싯돌과 노픽주 해안 북쪽까지 이어지는 백악질 암맥뿐이다. 부싯돌은 들판에 무수히 흩어져 있을 뿐만 아니라 오두막, 담벼락, 예배당 등 영국 곳곳의 구조물에 내장되어 있다. 화살촉, 도끼, 숫돌, '돌도끼'의 원형으로 알려진 서양 배 모양의 다용도 자르개와 찍개 등 다수의 가공품 재료이기도 하다. 최상급 부싯돌이 채굴되었던 광산 그라임스 그레이브스는 셋퍼드 행정구 근처에 자리하며, 내 목적지에서 불과 30킬로미터 떨어져 있다.

우리가 어렸을 때는 맨발로 부싯돌 위를 걷는 데 도전하곤 했다. 날카로운 돌 위를 지나 영국 동부를 가로지르며 바닷가로 향하는 이 길은, 내게 항상 어린 시절 놀이의 자연스러운 연장선처럼 느껴졌다. 하지만 오늘은 평소처럼 바닷가로 향하는 대신 이 지역의 중심부로 이어지는 낯선 길을 택한다. 노리치 남부와 동부에는 웨이브니강, 뷰어강, 예어강이 흐른다. 지난 수천 년간 북해의 수위가

오르내리며 이 강들이 범람했고, 그로 인해 주변 지역 대부분이 늪지가 되었다. 세 강이 모두 흘러드는 야머스의 염습지로부터 내륙 브레클랜드의 모래땅 어귀까지 약 65킬로미터에 걸쳐 거대한 늪지대가 펼쳐져 있다. 저어새, 물수리, 두루미, 수달, 펠리컨, 비버 등 다양한 생명이 넘쳐나던 갈대늪과 석호, 오리나무숲은 이제 사라져 추억으로 남았다. 이곳에서는 사람들도 물과 땅을 오가며 생활해야 했기에, 물에 잠긴 지역에서는 단을 세우고 그 위에 집을 지었으며 '포츠'라는 늪지대용 신발을 신고 다녔다. 동쪽에서는 해수면이 비교적 낮아진 틈을 타 주민들이 강 계곡에 넓은 이탄 광산을 팠는데, 해수면이 다시 상승하면 광산에 물이 고여 호수가 되었다. 세 강이 범람하는 서쪽 지역의 늪과 습지 계곡도 채굴되긴 했지만 규모가 더 작고 고립되어 있었다. 그중 하나인 어퍼 웨이브니 밸리가 바로 내가 살게 될 곳이다.

∴

인적이 드문 길을 따라가면서 지난 몇 달 동안, 나아가 아마도 거의 평생 나를 불안하게 해온 질문들을 더 이상은 피할 수 없다고 느낀다. 내가 속한 곳은 어디인가? 내 역할은 무엇일까? 어떻게 해야 사회적, 정서적, 생태적으로 세상에 적응할 수 있을까?

칠턴의 집은 정박지이자 정서적 피난처였지만 마치 오래 입은 외투처럼 익숙하고 무심한 장소였다. 풍경에 있어서도, 그리고 은유적으로는 책 속에서도 내게 정말로 중요한 곳은 집 밖이었다.

나는 자유분방한 작가의 삶을 살며 원하는 때, 원하는 장소에서 시골 풍경을 훑어보았다. 내 과거의 발자취를 따라가거나 전혀 모르는 곳으로 떠나기도 하고, 날씨가 나쁠 때는 은둔하거나 다른 사람들과 어울렸으며, 대규모 농업지대는 철저히 피해 다녔다. 나는 일개 떠돌이이자 이동성 착생식물이었다. 땅속에 뿌리내리는 대신 땅 위에서 지내며 현실적 걱정일랑 남들에게 떠맡겨버렸다. 그리고 착생식물답게 내 아래 땅이 내려앉기 시작하자마자 갈 곳을 잃어버렸다. 한마디로 나는 고향에 지나치게 익숙해져 있었고, 활동 영역의 변화에 대처할 유연성도 자신감도 없었다.

　　　이곳 이스트 앵글리아의 변경지에서는 내가 지금껏 경험하지 못한 시골 생활의 일상적 현실에 직면해야 하리라는 걸 알고 있다. 우선 날씨부터 살펴보자. 노픽의 비바람은 우랄산맥에서 곧바로 날아오는 것으로 유명하며, 오래된 집의 경우 현관과 문과 창문뿐 아니라 파고들 수 있는 모든 틈새로 비바람이 들어올 게 분명하다. 대규모 농업도 문제다. 계곡 자체는 좁다란 터널 형태의 야생지이지만, 그 밖으로 나가면 딱히 볼거리가 없다. 이스트 앵글리아는 유럽에서도 가장 집약적인 농업지대로, 내가 살 집도 삼면으로 농경지가 펼쳐져 있다. 8킬로미터 이내로는 숲이라고 할 만한 것이 없다. 그 대신 유채밭과 사탕무밭, 대규모 사육장, 사일로(가축 사료를 만들어 저장하는 창고 — 옮긴이) 단지, 꿩 사냥터, 농약이 살포된 땅이 있으리라. 이 척박하고 전형적인 습지대에서 농사를 짓는 것 말고 어떤 방식으로 살아나갈 수 있을지 모르겠다.

생명의 순환 속 인간의 오만함

나는 평생 숲속에서 살아왔다. 봄의 눈부시고 힘찬 폭발, 여름의 짙푸르고 기나긴 황홀, 가을의 호화로운 쇠락, 겨울의 순수하고 헐벗은 나날 — 작업과 절제의 계절. 숲에서의 1년은 메트로놈 움직임처럼 규칙적이다. 숲이라는 공간뿐만 아니라 그곳의 나뭇결과 갈라진 줄기, 느리게 순환하는 빛과 그늘로 겹겹이 에워싸인 역사의 층에 내가 언제까지나 빠져들 줄만 알았다. 숲에는 수 세대에 걸친 인간의 삶을 넘어 문명 이전까지 거슬러 올라가는 기운이 서려 있다. 숲, 즉 원시림은 개인에게나 인류 전체에 있어서나 '자라며 떠나온' 곳이라고 여겨지지만, 그럼에도 숲에 들어서면 항상 '돌아가는' 느낌이 든다. 숲은 오래된 기억과 회복력을 지닌 장소다.

나의 새로운 자연환경은 어떤 느낌일지 차차 알아가겠지만, 나도 습지대라면 충분히 보아왔기에 변덕스럽고 예측할 수 없으리라는 건 알고 있다. 신비롭지만 질서 정연한 숲의 리듬과는 달리, 물은 생생하고 빠르며 금방이라도 다른 무언가로 변할 것만 같다. 게다가 실제로도 종종 변한다. 물은 나무보다 오래되었지만 현재에 속하는 존재이며, 때로는 미래에 속하는 것처럼 느껴지기도 한다.

나무와 물, 즉 고대부터 변함없는 존재와 기회에 편승하여 적응하는 존재는 자연 리듬의 양극이라고 할 수 있다. 생명은 물에서 탄생하여 숲에서 완전한 성숙에 도달하고 다시 물로 돌아간다. 욕심 같아서는 나도 물과 땅을 오가며 살면서 숲의 절정기인 봄이 늪에서는 어떻게 펼쳐지는지 보고 싶다. 하지만 과연 내게 자연과 그토록 밀접하게 지낼 여력이 있을까? 낯선 생물들이 나의 새로운 영역으로 (또한 내가 그들의 영역으로) 몰려들고, 유용함과 생산성에 대한 고정관념에 적응하려 애쓰는 동안 자연의 가치와 의미에 대한 나의 인식은 어떻게 변할까? 이런 상황에서 실용적인 관계 이상을 기대하는 건 부질없는 짓일까? 자연은 나와 관계를 맺는 데 무관심한 듯한데, 그렇다면 '관계'라는 것도 사실 공허한 말장난이 아닐까? 그보다는 유서 깊은 지역 박물학자 역할에 안주하여 정원 모이통에 어떤 새가 찾아왔는지 확인하고, 지역 식물 목록에 몇 종을 추가하도록 애써야 할까? 나는 기록 담당자가 되고 싶은 걸까?

앞서 나는 이 불안한 세례가(말 그대로 물속으로 들어가려는 참이니까) 내 자리를 찾아가는 것이라고 말했다. 하지만 이 모든 과업, 적응하고 영역을 공유하며 틈새를 찾아내고 운이 좋으면 환경에 기여하되 전체 과정에 조금이나마 우아함과 창의성을 더하려는 나의 시도는 자연 속에서 정착지를 찾으려는 인류가 직면한 시련과 묘하게 닮아 있다. 차이점이라면 인류가 이 정착지의 모든 정서적 측면을 생태적으로나 총체적으로나 위기에 빠뜨리고 있다는 것이다.

우리는 이 시대의 어마어마한 환경 위기가 단지 '가정 관리' 문제일 뿐이라는 설교를 지겹도록 듣고 있다. 우리가 욕심을 줄이고 번식을 멈추고 에너지 사용을 줄이고 쓰레기를 재활용하고 퇴비를 만들면 전부 해결되리라는 것이다. 이 얼마나 부질없는 희망인가! (굳이 그놈의 '가정적' 비유를 사용해야 한다면) 그 누가 계량화할 수

없는 취향과 습관, 모든 식구의 필요와 동기를 무시하면서 가정을
관리할 수 있겠는가?

산림 파괴와 해양 오염부터 멸종하는 생물이 1,000배
가까이 늘어난 상황에 이르기까지, 인류가 저질러온 비참한
실패의 목록은 더 이상 스스로를 동물 세계의 일부로 여기지 않는
생물종의 모든 징후를 보여준다. 우리는 기술을 통해 자연의 물리적
명령으로부터 해방되었다고 자처하지만, 실은 자의식 때문에
자연의 관능과 직접성으로부터 추방된 섬뜩한 존재가 되어가고
있다. 지구에서 우리 역할이 위태로워진 것은 우리의 위력보다도
이런 오만함, 다시 말해 자의식이라는 특정한 능력이 인간에게 다른
모든 생물종의 삶을 멋대로 평가하고 처리할 유일무이한 특권을
부여했다는 신념 때문이다.

흔해빠진 들꽃은 가치가 없을까, 과연 누구에게?

나 역시 이 같은 오만함을 종종 느껴왔으며 아직 그
단계를 넘어서지 못했다. 앞에서 내가 숲속에서 자랐다고 썼지만,
사실은 그 이상이었다. 나는 20년 동안 숲 하나를 소유했었다.
개인이 하나의 자연 군락지를 소유한다고 말할 수 있다면 말이다.
그 기간 동안 나는 토지 소유자의 전형적 단계를 거쳐 상습 무단
침입자에서 울타리 관리자, 까다로운 측량사로 변해갔으며, 결국에는
모든 재산 소유자가 그렇게 되듯 소유권을 포기해야 했다. 병으로
인생이 바뀌면서 나와 숲의 친밀한 관계도 위기에 처했다. 내겐

부재지주(농지의 소재지에 살고 있지 않은 땅의 주인 — 옮긴이)로 지낼 배짱이 없었고, 솔직히 말하면 돈도 급한 상황이었다. 나는 숲을 팔아야 했다. 씁쓸하고 죄책감이 들었지만 그렇다고 완전히 포기한 것은 아니었다.

내가 칠턴의 위긴턴 마을 근처에 있는 오래된 숲 하딩스 우드를 구입한 것은 1980년대 초의 일이었다. 전체 약 6만 5,000제곱미터에 높이는 240미터에 이르는 이 숲은 20년 동안 내게 가장 소중한 존재였다. 나는 '커뮤니티 나무 프로젝트'를 시작할 생각이었다. 어둑어둑한 사설 목재 생산지였던 하딩스 우드를 지역 공동체와 모든 종류의 식물을 위해 개방하고 싶었다. 그런 목적에 있어서는 대성공을 거두었다고 할 수 있다. 마을 주민의 절반이 숲에서 일하거나 산책했다. 화려한 야생화 꽃밭과 자생종 나무들이 햇빛을 받으며 자랐고, 오소리 일족이 그물망처럼 땅굴을 파고 퍼져나갔다. 숲을 마을의 명소이자 역사와 존재감 가득한 공간으로 여기는 새로운 인식이 뿌리내리기 시작했다. 하지만 정작 나는 숲을 잃게 될 생각에 망연해져서 그 밖의 여러 개인적 문제에는 신경을 쓰지 못했다. 하딩스 우드는 나의 놀이터이자 무대이기도 했다. 블루벨이 만발할 즈음 숲에서 개최된 승천일(부활절에서 40일이 지난 날로 성서에 따르면 예수가 승천한 날이다 — 옮긴이) 행사에 관해 쓰거나, 내가 전기톱을 휘두르는 영상을 촬영한 적도 있다. 무엇보다도 숲은 경험과 우연한 만남이 가득한 나만의 서재가 되어주었다.

그곳에서 사회적 관계에 대한 교훈도 얻었다. 인간과

자연의 관계에 사유재산 관념이 얼마나 깊이 침투했는지 직접 배우는 계기가 되었다. 대중의 출입을 허용하기 위해 울타리를 철거했지만, 이웃들이 키우는 동물의 출입을 막기 위해 또 다른 울타리를 세워야 했다. 정부 보조금을 받기 위해 마음속으로 용서를 빌면서도 회색다람쥐 수를 '조절'한다는 서류에 서명했다. 사냥꾼들이 말을 타고 숲을 돌아다니며 내가 하나하나 알아볼 수 있는 여우들을 죽일 권리가 자신에게 있다고 생각한다는 걸 알고서 사냥을 금지했다. 누군가 숲과 숲속 생물들이 자기 소유리고 우길 때마다 나는 거의 반사적으로 그들은 내 것이라고 대꾸했다.

이런 열정적인 행위가 나 자신의 뒤통수를 치기도 했다. 하딩스 우드에서 채 500미터도 떨어지지 않은 곳에, 내가 어렸을 때 놀았던 숲 계곡을 관통하는 새 도로가 건설될 예정이었다. 나는 공개 조사에 출석해서 증언했고, 특히 도로가 생기면 사라질 강기슭의 숲바람꽃 군락에 대해 언급했다. 고속도로 건설사 측의 변호사가 곧바로 물고 늘어졌다. 바로 당신이 자기 숲에 그 꽃이 얼마나 풍성하고 흐드러지게 피어 있는지 글을 쓰지 않았나요? 당신 스스로 이 주변에 흔해빠졌다고 적은 그 들꽃이 무슨 가치가 있나요? 그 변호사가 특별히 교활한 인간은 아니었다. 그가 써먹은 근거는 환경 보호 운동가들도 당연하게 받아들이는 가치관과 일치했으니까. 즉 식물은 그 자체로 중요한 것이 아니라 종의 대표자로서만 중요하다는 인식이다. 식물은 멸종 위기에 처할 때만 중요한 존재가 된다. 개개의 식물과 그들이 주변 환경 및 지역 생태계와 맺고 있는 복잡한 관계(결국 야생 동식물에게는 유일하게 중요한 관계인데도!)를 염려하면 주관적이라거나 심지어 감상적이라고 비난받는다.

　　바로 그것이 내가 환경 운동을 포기한 이유다. 자연에 대한 나의 감정을 상품 거래처럼 유용성과 희소성을 저울질하는 가치 체계에 도저히 맞출 수 없었다. 나는 흔해빠진 것들이, 평범함이, '온생명위원회a Council of all Beings'가 좋다. 내가 자연에 물질적으로 의존한다는 건 알지만 자연이 오직 인간만을 위한 자원이라고 생각하긴 어렵다. 더구나 인간계와 별개지만 우리에게 영향을 미치는 고유의 과제와 목적을 가진 비인간계를 하나의 '대상'으로 인식하기는 더더욱 어렵다. 우리가 이토록 자연과 밀접하고 열정적인 관계를 맺고 있는데 왜 중립을 지키려고 애써야 할까?

　　설상가상으로 나는 감상적이기까지 하다. 나는 새들과 대화한다. 시공간에 대한 나의 감각은 대부분 비인간계의 미묘한 순간들로 새겨진다. 올해 처음으로 본 제비를 위해 술을 한잔 들거나, 장거리 연애 중인 애인에게 들려주려고 짙은 안개 속 나이팅게일의 노랫소리를 테이프에 녹음해 간직해둔다. 이처럼 계절에 따라 매년 이어지는 만남에 감동을 받기도 하지만, 규칙을 깨고 인간의 깔끔한 범주화와 시간표를 벗어나 예상 밖의 활기차고 새로운 것을 만들어내는 자연의 순간도 나를 감동시킨다. 두 가지 경험 모두 '야생성'의 일부이며 인간이 관리하는 세상의 예측 가능성과는 동떨어져 있다. 하나는 심오하고 암호화된 후천적 진화의 경험이며,

다른 하나는 참신함, 발명, 개성, 봄의 재생과 유희적 방종이자
무작위적 고통과 재난의 경험이기도 하다.

∵

　　내가 둥지에서 떨어진 아기 칼새에게 느꼈던 감정을 다시
한번 돌이켜본다. 왜 그런 감정을 느꼈을까? 나는 칼새를 잡아먹진
않지만 반려동물로 키우고 싶지도 않다. 칼새는 수백만 년 동안
온전히 독립적으로 지구에 살아온 만큼 딱히 내 보호가 필요하지
않다. 소위 '자원 보존' 중심 세계관도 십중팔구 칼새에게는 해당되지
않을 것이다. 칼새는 (아직은) 멸종 위기에 처하지 않았다. 칼새에
의존하는 주요 포식자가 없기 때문이다. 설사 칼새가 사라진다고
해도 제임스 러브록이 가이아라고 이름 붙인 지구의 연쇄적 생태계에
큰 문제는 없을 것이다.[3] 언젠가는 칼새의 뛰어난 균형 감각기관에서
추출한 물질로 멀미 치료제를 만들 수 있으리라고, 혹은 칼새가
공중에 날리는 잡동사니를 주워 모아 짓는 둥지에서 저비용 건물
설계의 단서를 얻을 수 있다고 주장하는 것도 무리다. 그렇다, 칼새는
희소성이나 유용성을 잣대로 삼는 결정적 시험을 통과하지 못할
것이다.

칼새, 하늘에서 잠드는 새
　　하지만 칼새는 심오하고도 미묘한 방식으로 인간과
접촉하고 연결된다. 칼새가 보이지 않는 여름은 상상하기 어렵다.

칼새는 봄과 남반구에 관한 신화의 일부이며, 온대 지방에 주어진 위대한 선물인 여름 철새의 이동과 정착에 있어서도 핵심적인 요소다. 알도 레오폴드는 "해마다 빛과 먹을거리를 맞교환하러" 미국을 찾아오는 칼새 덕분에 "대륙 전체가 어두운 하늘에서 떨어지는 야생의 시를 순이익으로 얻는다"라고 썼다.[4] 칼새는 인간의 신경계 어딘가에 아직 남아 있는 기억이자 하늘을 날 수 있는 능력의 가장 순수한 표현이다. 나는 21세기의 칼새가 낭만주의 시대의 나이팅게일과 비슷하다고 생각한다. 도심 한가운데를 빠르게 날면서도 비밀스럽고 열광적이고 짜릿한 특징들을 기꺼이 보여주는 존재 말이다. 나이팅게일이 어둠 속에서 부르는 노래가 그렇듯, 칼새의 짙은 윤곽선과 영묘한 존재감도 이들에게 복잡 미묘한 의미를 부여한다.

학창 시절 나는 칼새가 돌아오기를 얼마나 고대했는지, 5월 1일이면 블레이저 칼라를 세우고 행운을 빌며 이리저리 쏘다니곤 했다. 열일곱 살의 내게 칼새는 한여름의 낭만을 상징하는 존재였다. 당시 나는 고古음악 합창단에서 노래를 불렀는데, 6월 저녁이면 지역 교구 교회에서 여학교 합창단과 마주보며 연습을 했다. 칼새들이 종탑 주위를 돌다가 햇살이 비껴드는 스테인드글라스 창문을 스쳐 날며 우리의 합창에 맞춰 까악까악 날카로운 고음부를 불러주곤 했다. 그 모습은 욕망과 수줍음이 뒤섞인 짝사랑의 감정과 함께 뇌리에 뚜렷이 새겨졌다. 청력이 나빠져 칼새의 울음을 잘 듣지 못하게 된 지금도, 그날 저녁의 소리와 여자아이들의 녹색 체크무늬

교복을 바라보며 느꼈던 설렘은 여전히 기억난다.

어른이 되고 나서는 칼새가 무언가의 상징은 아니지만 더욱 수수께끼 같은 존재로 다가왔다. 나와 같은 세포와 조직으로 이루어졌지만 내가 잘 모르는 다른 차원에서 살아가는 생명체. 공기 중에, 때로는 공기 위에 떠 있는 칼새의 모습은 물속에서 혹은 물에 의존하여 살아가는 다른 여러 생명체보다 한층 더 신비로워 보인다. 칼새는 하늘을 날며 먹고 자고 짝짓기를 한다. 바람에 날려 온 부스러기를 모아 둥지를 짓고, 내리는 비에 몸을 씻는다(윌리엄 파인스는 칼새가 "샤워를 한다"라고 썼다[5]). 유럽 곳곳에서, 새들의 마을로 유명한 트루히요나 몽펠리에 외곽 고속도로에서 길을 잃고 멍하니 서 있을 때면 허리께를 스쳐 날아가는 칼새들에게 내가 어떻게 보일지 궁금했다. 볼품없이 땅에 묶여 꾸물거리는 내가 저들에게 살아 있는 존재로 보이긴 할까?

칠턴의 옛 고향 마을에서는 종종 운하를 따라 날아가는 칼새를 지켜보곤 했다. 나는 해가 지기 한두 시간 전에 술집으로 향하면서 칼새의 저녁 의식을 관찰하는 데 몰두했다. 새들은 줄줄이 늘어선 빅토리아 양식의 연립주택 처마와 버려진 살충제 공장에 10여 쌍씩 둥지를 틀었다. 따뜻하고 고요한 저녁이면 온 동네 아기 새들이 느슨한 무리를 지어 마을 중심부 수십 미터 상공에서 벌레를 잡아먹었다. 새들은 마치 모닥불 위로 나부끼는 재처럼 아무렇게나 돌아다니는 듯 보였지만, 사실 날갯짓 하나하나 딱 떨어지게 정확한 타이밍에 움직여 서로 부딪히는 법이 없었다. 그러다 보면 어느새 고대부터 전해져온 본능적 현상이 시작되곤 했다. 칼새의 비행 능력을 보며 짜릿한 쾌감을 느끼지 못하는 사람에게는 무의미한 장면이었겠지만 말이다.

무리 가장자리에 있던 새들이 날개를 뻣뻣이 세우고 빙글빙글 돌기 시작했다. 한 마리씩 더 낮은 곳으로 내려가다가 처음에는 쌍쌍이, 그다음에는 줄 지어 꼬리에 꼬리를 물며 날더니, 급기야 30마리가 일사불란하게 움직이기에 이르렀다. 서로 부딪히지 않으려고 속력을 낮추며 깃털을 세운 채 장엄하게 좌우로 날갯짓하는 새 떼는 이리저리 요동하는 울퉁불퉁하고 검은 혜성처럼 보였다. 혜성이 공장 건물 사이로 돌진하여 그 안에 앉아 있던 새들을 소환하더니 오토바이 폭주족처럼 커브 길을 돌아 새로 생긴 부두 옆 아파트 위로 올라갔다. 마치 자기들만 볼 수 있는 공중 궤도를 따라가는 것처럼 보였지만, 그러다가도 이내 요란하게 궤도를 이탈해 날아가버렸다. 새들은 사라졌다가도 어느새 다시 내 뒤에 나타났고, 곧 아무 신호도 없이 흩어지는가 하면, 각자 다른 방향으로 유유히 날아가다가 또다시 상공으로 솟구치곤 했다.

나는 단 한 번도 칼새들이 비행을 중단하고 쉬러 가는 순간을 목격하지 못했다. 아마도 항공기처럼 점차 더 높이 날면서 완만한 경사로를 따라 마을 밖으로 날아갔으리라. 하지만 잉글랜드 남동부의 항공 교통 관제 레이더에 포착된 잠든 칼새 떼는 본 적이 있다.[6] 어둠이 내리자 화면 속 모든 항공기가 밝은 점들이 합쳐진 무형의 후광에 덮여 사라진다. 그 점들이 수많은 칼새 무리다.

새들은 완전한 타자otherness 상태를 향해, 인간의 눈에 보이지 않는 공중에서의 수면을 향해 날아간다.

새가 돌아온다, 지구가 작동한다

나와 칼새의 관계는 '관계'라고 말하기 어려울 만큼 일방적이다. 칼새는 나를 비롯해 그 어떤 인간에게도 아랑곳하지 않는다. 하지만 우리는 그들을 의식하지 못할 때도 서로 공유하는 환경과 감각을 통해 그들과 간접적으로 연결된다. 우리는 봄, 화창해진 날씨, 단순하고 동물적인 유희의 충동에 반응한다. 테드 휴스는 시 「칼새」에서 새들이 돌아올 때 느끼는 감정("그들이 다시 돌아왔다")에 관해 썼다.[7] 새들은 여름이 돌아왔다는 것뿐만 아니라 "지구가 여전히 작동하고 있다"라는 걸 보여준다고. 누구나 공감할 구절이다. 언젠가 마거릿 톰슨이 불쑥 내게 보내준 시 「승천일」이 생각난다. 메모지에 갈겨 적은 짧지만 완벽한 시였다.

승천일

5월
10일의 전날.
세상 만물이
푸르고 찬란한 ─
올해의 첫 따스한 날.

38

맨발에 부드러운 신발만 신고
당신은 큰 소리로 외치리라
"귀 기울여, 고개 들어 봐!
칼새가 돌아왔다고!"

"귀 기울여, 고개 들어 봐!" 봄마다 신비롭게 돌아오고
새벽이면 어디선가 다시 나타나는 칼새와 같은 새들이 부활 신화의
탄생에 한몫한 걸까? 그들은 여전히 인간의 시각과 이성 한구석에
내재된 무언가를 보여주는 걸까? 현대 과학과 휴머니즘에도
불구하고 여전히 우리 문화 전반에는 풍경과 자연, 계절, 쇠락과
재생에 대한 신화와 상징이 스며들어 있다. 야생과 길들여짐 사이의
경계, 이주와 환생, 보이지 않는 괴물과 잃어버린 대륙에 관한
전설이.

우리는 끊임없이 자연계를 돌아보며 우리가 누구인지를
발견하려고 애쓴다. 자연은 우리의 행동과 감정을 가장 효과적으로
묘사하고 설명할 수 있는 은유의 원천이다.[8] 우리가 쓰는 대다수
언어의 뿌리이자 가지이기도 하다. 우리는 새처럼 노래하고
꽃처럼 피어나고 참나무처럼 똑바로 선다. 그런 한편 돼지처럼
먹고 토끼처럼 번식하며 전반적으로 동물과 비슷하게 행동하기도
한다. 하지만 '동물animal'이라는 말 자체는 '바람'을 뜻하는 고대
산스크리트어 아닐라anila에서 나왔고, '모든 생명체'를 뜻하는
라틴어 아니말리스animalis를 거쳐 아니무스animus와 분리되었는데,

처음에는 '마음'을 뜻하다가 나중에는 '정신적 충동, 성향, 열정'을 뜻하게 되었다. 그때까지만 해도 마음과 자연이 대립되는 실체로 여겨지지 않았다는 이야기다. 그리하여 우리는 자연과의 가장 큰 차이라고 자부하는 언어 기능을 활용할수록 오히려 자연과 우리의 기원으로 돌아가게 된다. 이런 의미에서 모든 자연 은유는 사물이 어떻게 생겨났는지에 대한 암시이자 생명의 총체성을 확인해주는 축소판 창조 신화다.

　　　에드워드 O. 윌슨은 인간이 다른 생물종에 느끼는 광범위한 친밀감을 바이오필리아biophilia(인간의 마음속에는 본능적으로 자연계 모든 생물에 대한 애정이 존재한다는 개념 — 옮긴이)라는 단어로 대중화했다. 그는 바이오필리아를 "생명이나 그와 유사한 유기체에 주목하는 선천적 경향"으로 정의한다.⁹ 이스트 앵글리아에서 가장 오래전부터 주목받아온 야생동물은 신비롭고 장난기 많은, "추수 끝난 밭의 터줏대감"인 토끼다. 토끼는 또한 마녀의 친구이자 봄과 다산의 상징, 달에 사는 동물, 불의 악마, 사기꾼 등 다양한 역할을 해왔다.¹⁰ 아마도 들판에서 변신할 수 있다는 속설 때문에 세계 신화에서도 손꼽히게 오래전부터 자주 등장하는 동물이 된 것 같다. 예전에 이 지역에서는 토끼가 앞길을 가로질러 가면 불운이 닥친다고 여겼다. 하지만 1786년에 시인 윌리엄 쿠퍼가 쓴 반려 토끼 푸스 이야기는 인간과 동물의 다정한 관계를 보여주는 훌륭한 기록 중 하나다. 브러 래빗Brer Rabbit(미국 남부와 카리브 해안 아프리카계 구전 설화에 등장하는 캐릭터 — 옮긴이)도 토끼였다. 거북이와 토끼 우화는 반투어에서 티베트어에 이르기까지 거의 모든 언어권에서 조금씩 다른 형태로 나타난다. 거대한 토끼Great Hare는 북미 전역에서 창조 신화의 핵심이었다. 물결 위에 토끼를 그린 기원전 2000년의 이집트 상형문자는 단순히 '존재하다'라는 뜻이다.

이와 같은 토끼의 상징적 역할들을 아우르는 중국 민담이 있는데, 감동적일 뿐만 아니라 매우 생태적인 이야기이기도 하다. 부처의 신성한 숲에 살던 토끼가 덕을 쌓아 다른 모든 동물보다 높은 지위에 오르게 된 사연을 들어보자. 어느 날 저녁 부처가 굶주린 승려로 변장하고 찾아왔다. 토끼는 그에게 무엇이든 공양하고 싶었다. "스님, 숲속에서 풀과 약초를 먹고 자란 저는 제 몸뚱이 말고 공양할 것이 없습니다. 제 살로 스님을 먹일 수 있게 허락해주십시오." 토끼는 이렇게 말한 뒤 숯불에 몸을 던졌다. 그에 앞서 털 속의 벼룩을 꼼꼼히 떼어내는 것도 잊지 않았다. "내 몸은 거룩하신 분께 바칠 수 있지만, 너희 목숨을 취할 권리는 내게 없단다." 이 희생에 보답하기 위해 부처는 달 표면에 영원히 토끼의 모습이 보이게 했다.

하지만 자연을 상상하고 신화화하는 것은 양가적인 과정이다. 상상과 신화의 '진실'이 확고한 과학적 '사실'을 가로막을 수 있다. 은유와 이미지, 상징이 사실관계를 대체할 수도 있다. '도도처럼 죽었다dead as a dodo'라는 말이 생긴 뒤에 완전히 멸종된 도도처럼 말이다. 어쨌든 토끼 사냥은 아직도 '스포츠'로서 시행되고 있으며, 현대식 농법은 계속 토끼 서식지를 파괴하고 있다. 보다 근본적으로는 우리가 이런 방식으로 사고할 수 있게 하는 언어 기능 자체가 종종 우리와 자연을 가로막는 장벽이자 서로 멀어지게 하고 연대를 방해하는 장애물로 여겨지기도 한다.

사슴의 응시

하지만 나는 그렇게 생각하지 않는다. 언젠가 내 숲에서 암컷 문착 사슴을 만난 적이 있다. 갑작스러운 마주침은 아니었다. 서로를 피해 덤불을 빙 돌다가 부딪혀 어쩔 줄 모르고 당황하는 일도 없었다. 우리는 얼굴을 마주 보며 서로 조금씩 다가섰다. 호기심과 조심스러움, 한 치 앞도 알 수 없는 불확실성, 건드릴 생각이 없으니 너도 건드리지 말아달라는 의사를 담아 고개를 갸우뚱한 채. 우리는 300미터쯤 떨어진 지점에 멈춰 서서 서로를 가만히 응시했다. 나는 사슴의 큰 눈과 구부정한 등을 바라보았다. 아래로 쭉 뻗은 꼬리를 보니 놀란 것 같지는 않았다. 사슴이 자신의 고향인 중국에 관해 어떤 종족적 기억을 가지고 있을지, 영국의 너도밤나무가 마음에 드는지, 지금까지 인간의 얼굴을 본 적은 있는지 궁금했다. 사슴은 내 눈을 들여다보며 계속 혀로 자기 얼굴을 핥았다. 내가 위험하거나 수상한 존재는 아닌지 생각에 잠긴 것 같았다. 나는 사슴이 예쁘고 용감하다고 생각했다. 사슴은 내가 냄새나고 웃기고 희한하게 생겼다는, 그 밖에도 나로서는 결코 알 수 없을 이런저런 생각을 했으리라. 호기심 많지만 조심스러운 두 타자는 이렇게 소통한 뒤 각자 갈 길을 갔다. 나는 집으로 돌아와서 우리의 만남에 대한 기억을 기록했다. 사슴은 아마도 의식적으로 그 일을 '잊고' 떠났겠지만 내 냄새와 생김새, 숨소리의 감각적 인상은 마음 어딘가에 남아 있으리라.

　　작가 이언 싱클레어는 잘못 들었는지 혹은 장난기 때문인지 문착 사슴을 몽크잭monkjack(muntjac을 비슷한 발음의 흔한 영어 단어로 바꿔놓은 말장난 — 옮긴이)이라고 적은 바 있다.[11] 내가 본 사슴의 엄숙한 고독과 언뜻 비치는 장난기를 완벽하게 포착한 명칭이었고, 우리의 만남을 이해하는 데에도 도움이 되었다. 그 사건에 대해 가치판단을 내릴 수는 없다. 문착 사슴은 몽크잭의 방식대로 행동했고 나는 인간의 방식대로 행동했을 뿐이다. 하지만 내게 그 만남은 사슴을 사냥하거나 반대로 사슴에게 음식을 나눠주는 것과 다를 바 없이 '자연스럽게' 느껴졌다.

　　나는 예전에 내 숲을 잘 알았듯 이 계곡을 잘 알고 싶었고, 몽크잭과의 만남에서 그랬던 것처럼 마을 주민들을 의식하면서도 마음 편히 있고 싶었다. 이 책은 그 첫해에 일어난 일들의 기록이 될 것이다. 하지만 한편으로 병에서 회복된 이후의 내 삶과, 마침내 성숙한 독립 생활에 가까워지며 느끼고 생각한 것들의 기록이 될 수밖에 없으리라. 영국에서는 자연에 관한 글을 쓸 때 이런 개인적 서사를 완전히 배제하는 것이 관례가 되어버렸다. 마치 자연의 경험이 실제 삶과는 분리된 별개의 기분 전환이자 취미이며, 과학이라는 냉정하고 분리된 프리즘을 통해 평가되어야 하는 것처럼 말이다. 나는 결코 그렇게 느꼈던 적이 없다. 더욱이 병에서 회복되고 나니 우리가 생명의 연결성을 새로이 이해하게 된 이 시대에 소위 '자연 에세이'를 다른 문학이나 인간 존재와 구분해야 한다는 게 터무니없다고 느꼈다.

나는 글쓰기를 다시 익히면서 더 나은 사람이 될 수 있었다. 언어와 상상력은 우리를 자연으로부터 멀어지게 하기보다 오히려 자연과 다시 연결해줄 가장 강력하고도 자연스러운 도구라고 나는 믿는다. 새로운 거주지에서 겪게 될 일들이 그 믿음을 굳혀주기를 바란다. 문화는 자연과 반대되거나 모순되지 않는다. 문화는 인간계와 비인간계의 접촉면이자 인류를 위한 반투과성 세포막이다.

∵.

이제 800미터밖에 남지 않았다. 공유지의 관목 사이로 분홍색 농가 하나가 보이더니 시야에서 사라졌다가 다시 나타나기를 반복한다. 가시금작화 몇 그루에 아직 꽃이 피어 있고, 시들어가는 헤더꽃이 땅바닥에 스산한 녹슨 색조를 더해준다. 그 너머로 버드나무와 오리나무가 울창하게 우거진 늪가와 강가가 펼쳐진다. 예전에 딱 한 번 지나간 길이지만 눈에 보이는 모든 것이 친숙하다. 나는 전나무와 자작나무가 뒤섞인 공유지에서 성장했기에 길이 갈라지고 흩어지고 다시 모여드는 패턴을 알아볼 수 있다. 특정한 습관을 고수하는 독거 동물들의 흔적, 만남의 순간, 다양한 생물이 조우하는 교차점. 지구상 모든 공유지에서 확인할 수 있는 특징들이다.

19세기 시인 존 클레어는 이 지역에서 일하고 글을 쓰며 살았다고 한다. 클레어는 공유지를 '발견'했을 뿐만 아니라 자연과 문화를 분리하기보다 결합하는 언어를 창조한 몇 안 되는 작가 중 하나였다(그는 자신의 시를 "들판에서 발견했다"라고 적기도 했다).[12] 그는 탁 트이고 정돈되지 않았으며 투박한 황무지와 황야를 가장 편안하게 느꼈다. 클레어는 모든 자연 풍경을 일종의 공유지common로 보았으며 그 자신도 일개 평민commoner에 불과하다고 생각했다. 그리하여 "무한한 자유가 지배하는 방랑의 공간"이었지만 인클로저(중세 말 양털 가격이 급등하면서 지주들이 양을 키우기 위해 소규모 농지나 공유지에 울타리를 치고 대규모 목초지를 조성한 일. 소농들을 도시로 내몰고 목축업의 자본주의화를 불러왔다 — 옮긴이)로 인해 사라진 고향 마을의 공유지를 시를 통해 애도하기도 했다.

> 가없이 펼쳐진 황야, 멀고 평탄하고 암울하구나
> 물떼새가 즐거이 자유롭게 날아다니던 곳
> 이제는 야생의 흥겨운 공유지와 함께 사라져
> 시인의 어린 시절 꿈으로만 남았네

나는 클레어에게 유대감을 느낀다. 그는 이스트 앵글리아 명예 주민이라고 할 수 있으며 나처럼 우울증과 싸우고 있었다. 나는 클레어가 150년 전 입원한 바로 그 병원에 들어가는 섬뜩한 경험도 했지만, 다행히 그렇게 오래 있지는 않았다. 그는 병원에 머물렀고 나는 거기서 나왔다. 그렇다 해도 클레어는 여전히 내 동료이자 수풀에서 수풀로 숨어드는 나 자신의 절박하고 불안한 파편이며, 따라서 나도 그의 자취를 쫓아가야 한다.

2장　　새로운 은둔처를
찾아서

은둔처LAIR:

1.c 동물이 들어가서 쉬는 공간.

4. 휴경 상태의 땅.

『옥스퍼드 영어 사전』

나는 인생 대부분을 땅에서 보냈다. 여섯 살쯤에는 집 마당에 보물 궤짝만큼 커다란 구덩이를 파고 들어가 웅크리고 있었다. 몇 년 뒤에는 나무둥치 속을 파내고 그 안에 들어가기도 했다. 살갗이 긁히든 말든 나무 깊이 몸을 욱여넣으면 뻗어나간 우듬지 아래로 고요하고 텅 빈 굴속 같은 공간이 나타났다. 동네 불량배들이 밤나무가 바람에 뽑혀 나가고 남은 구덩이를 은둔처로 삼은 적이 있었다. 그 안은 동굴처럼 넓었고 축축한 진흙과 찢겨 나간 뿌리의 알싸한 향기로 가득했다. 청년기에 이르자 내게도 은둔처가 필요해졌다. 나는 버컴스테드와 포튼 엔드 사이 길가에 있는 벌베거 우드의 이회토 채취장이나, 더 대담하게는 크리켓 경기를 하러 가는 도중에 있는 무성한 나무 옆에서 성적 모험을 즐겼다. 그러다 곧 마을 중심가를 지나는 도로로부터 3미터 정도 떨어진 어둡고 곰팡내 나는 오두막에서 첫 연인과 스릴 넘치고 위험한 밀회를 시작했다. 대학을 졸업하고 1년간 런던에서 살던 시절에는 버젓한 방 한 칸을 구하지 못해 친구네 집 청소 도구 벽장 안에서 석 달을 지내기도 했다. 혼자만의 숲속에서 마음껏 놀 수 있게 된 삼십 대에도 나는 피난처를 찾아 호랑가시나무와 블루벨이 자라는 공터로 슬며시 들어가곤 했다. 무엇으로부터 달아나려 했는지는 모르겠지만, 남몰래 꼭꼭 숨어 누구도 나를 찾을 수 없는 상태가 짜릿하게 느껴졌다는 건 분명하다.

겉으로 보기에는 동굴과 수도원만큼 달랐던 이 은둔처들에 공통점이 있었을까? 전부 일시적이나마 안전과 모험이 공존하는 곳이었고, 안에 있으면서도 밖을 내다볼 수 있는 은신 장소였으며,

마음을 가라앉히면서 생각을 정리할 수 있는 휴식 공간이었다고
하겠다. 이 모두가 결국 조경 이론가들이 말하는 '탐색과 도피'에
해당한다. 하지만 유일하게 은둔처가 아닌 도피처이자 그 어떤
탐색도 할 수 없는 공간이 있었으니, 바로 칠턴에 있던 옛집이었다.
내게 그곳은 외부 세계를 차단하기 위한 암자였고, 나는 그곳에서
벗어나야 한다고 생각하면서도 이 중요한 과업을 쭉 미뤄왔다.

　　다행스러운 것은 다른 동물들도 나와 비슷하게 은둔처를
찾으려고 한다는 점이다. 조각가 데이비드 내시는 〈양들의 자리sheep
spaces〉라는 제목으로 회화 연작을 그렸는데, 이는 모든 동물이
쉬거나 숨고 싶을 때 나무뿌리 아래나 바위틈을 파내서 만드는
공간을 가리킨다. 수컷 굴뚝새는 이른 봄이 되면 짝을 유인하기 위해
성대한 공연을 펼치는데, 그 전에 여섯 개의 정교한 놀이 공간을
만든다. 존 클레어가 "술통 마개 구멍"에 비유한 작디작은 출입구를
중심으로 이끼와 깃털을 교묘하게 엮어낸 둥지다. 하지만 이 모두가
연습과 재미, 과시를 위한 독신남의 유희일 뿐이다.

∵.

　　어쨌든 그곳은 내가 우연히 찾아들게 된 은둔처이자 임시
피난처였다. 나는 아직 제대로 된 집을 장만할 상황이 아니었다.
내게 필요한 것은 편리하고 한동안 지낼 수 있으며 세상으로부터
다소 동떨어진 공간이었다. 집주인 케이트와 내가 합의한 조건은
이런 바람에 딱 맞았다. 임시 체류. 물리적으로나 정서적으로나

무거운 짐은 들이지 말 것. 우리는 임대계약서에 서명도 하지 않았다. 그랬다간 공식적인 식민지 양도처럼 느껴질 것 같았다. 어쨌든 대략적 합의에 따르면, 케이트가 주중에 런던에서 일하는 동안 나는 케이트의 고양이 세 마리와 가엾은 소형 포유류 몇 마리를 돌봐야 했다. 후자는 듣자마자 마음 한구석에 밀어 넣고 잊어버렸지만 말이다. 나는 또한 집 상태를 살피고, 택배를 수령하고, 배관공에게 문을 열어주어야 했다. 그러는 짬짬이 집 안과 습지대에 사는 말벌, 이따금 다락방에서 번식하는 토끼박쥐와 칼새, 모이통에 몰려드는 새 등 주변에 사는 다양한 야생동물도 관찰할 수 있을 터였다.

애초에 나는 여기가 어떤 곳인지도 잘 몰랐다. 외진 환경, 지독한 습기, 농가 이름의 유래가 된 헤더와 가시금작화 덤불도 미처 알아차리지 못했다. 이 집에 대한 나의 초기 인식은 부동산 중개업자의 용어를 빌리면 "17세기 농가, 사랑스러운 안식처, 목재 골조, 건축 당시와 똑같은 바람막이 창과 마루청, 방 아홉 개, 작가나 은둔자에게 적합"으로 완벽하게 요약할 수 있었다. 나는 문화 충격을 받은 터라 내가 쓸 1층 방 생각과 40년간 고수해온 기본 생활 습관을 이틀 만에 고쳐야 한다는 생각밖에 할 수 없었다.

은둔처에 들어서는 느낌은 마치 작은 숲속으로 걸어 들어가는 것 같았다. 방 안팎 모두가 석화石化되어 껍질이 벗겨지고 오래된 뼈처럼 하얗게 빛바랜 참나무 목재로 지어져 있었다. 방 안에는 15센티미터 너비의 참나무 마루청이 깔려 있었고 참나무 책상도 하나 있었다. 방 밖보다도 방 안에 참나무가 더 많을

정도였다. 문설주를 댄 북향 창밖으로 초원이 내리막을 이루며
웨이브니 강가의 버드나무와 오리나무 숲까지 이어져 있었다.
남쪽으로는 사탕무밭 너머로 산등성이의 영지 숲을 향해 완만하게
오르막을 이루는 전망이 펼쳐졌다. 그런 풍경과 내가 서 있는 창가
사이의 담장으로 둘러싸인 작은 뜰에는 배나무 한 그루와 아일랜드
주목 몇 그루가 서 있었다. 창문 바로 앞까지 새들이 가득했다.
꿩들이 잔디밭을 어슬렁거렸고, 큰오색딱따구리도 잔디밭을
가로질러 견과류가 든 모이통에 다가가거나 껑충껑충 배나무에
뛰어올랐다. 멋쟁이새 한 쌍이 장미 덤불 속에서 모습을 드러내더니
하얀 엉덩이를 까불어대며 나직이 짹짹거렸다. 나는 6년 가까이
멋쟁이새를 보지 못한 터였다.

참나무로 만들어진 아늑한 둥지

　　내가 보금자리로 삼아야 할 이 근사하고 정신없는 방 안에
서서, 마음을 다잡기 위해 둥지에 관한 러스킨의 문장을 떠올렸다.
러스킨은 오직 클레마티스 줄기로만 지어진 둥지를 보았다고 썼다.[1]
메마른 꽃대가 모두 바깥쪽으로 배치되어 있어서, 마치 "장식적
형태를 만들려는 확고한 목적하에 배열된 (…) 극도로 우아하고도
기이하며 복잡한 고딕 양식 돋을새김"처럼 보였다고 한다.
하지만 러스킨은 결론적으로 그런 인상을 부인한다. 멋쟁이새는
"신경섬유의 기계적 배열이나 (…) 전기 자극에 의해 클레마티스를
따 모으는" 존재는 아니지만, 그렇다고 해서 건축가도 아니다. 다만

"자신의 행복에 정확히 필요한 만큼의 감정과 과학, 예술적 솜씨를 지니고" 있을 뿐이다.

은둔처를 만드는 일뿐만 아니라 삶 전반에 있어서도 그럴싸한 전제 조건처럼 들리는 문장이다. 나는 이 방을 이루는 목재 골조가(말하자면 참나무 "꽃대"가 "바깥쪽"에 그대로 노출되어 나뭇결이 드러나 보이는) 아늑함의 측면에서는 어떤 의미일지 느껴보려 애썼다. 이 방은 어떤 종류의 둥지이며 어떤 종류의 생물을 위한 곳일까? 튀어나온 나뭇가지처럼 가장 먼저 눈에 걸리는 것은 네 벽 모서리를 대각선으로 가로지르는 기둥 여섯 개였다. 여섯 개의 기둥 모두 중간쯤에서 10도쯤 구부러져 있었는데, 그렇다면 전부 같은 참나무 줄기에서 잘려 나온 것일지도 모른다는 놀라운 생각이 들었다. 그 참나무는 아마도 가까운 숲에서 차후의 기능을 염두에 두고 선택되어 잘려 나갔으리라. 적어도 세 개 이상의 기둥에는 가지를 쳐낸 곳 30센티미터 아래에 얼룩덜룩한 타원형 옹이가 있었다. 마치 등고선이나 굴 껍데기 안쪽의 무늬 같았다. 기둥이 나뭇결을 따라 절단되었기에 나이테는 고리 모양이 아니라 세로 줄무늬와 소용돌이로 이루어진 회오리 문양처럼 보였지만, 기둥 가장자리에서는 간격이 촘촘해져 있었다. 날씨가 건조한 시기였으리라. 내게 이 방은 계곡 숲에 가뭄이 들고 이성의 시대가 시작되었던 4세기 전의 기후 화석처럼 느껴졌다. 세상을 이해하는 데 아직까지 상상력이 중요한 역할을 했던 불확실한 시기에 이곳에 머물게 되어 기뻤다.

하지만 이 고풍스럽고 금욕적인 공간에 온통 직선적이고 알록달록한 나의 책과 그림, 긴 전선을 배치하기 시작하자 왠지 민망해졌다. "뭐 이렇게 요란해? 여기 처음 살았던 사람처럼 침대 하나, 의자 하나, 나무 탁자 하나면 되지 않아?"라고 방이 묻는 것 같았다. 나도 그에 상응하는 현대식 인테리어를, 일본풍의 간결한 실내를 상상해보려고 했지만, 솔직히 이렇게 대답할 수밖에 없었다. 나는 여기 살면서 생계를 유지해야 한다고. 책이, 온기가, 빛이, 아니 조명이 필요하다고. 천장이 낮고 목조이다 보니 중앙에 단일 광원을 설치하면 실용적이지 않을 듯했다. 그 대신 각기 다른 저전력 조명들로 일종의 생태계를 구축하기로 했다. 밤에 컴퓨터 자판을 두드릴 때는 환한 조명을, 안락의자에서 쉬거나 독서할 때는 은은하게 조절할 수 있는 조명을, 책을 찾거나 라디오와 팩스를 치워둔 컴컴한 구석을 들여다볼 때는 이동식 조명을 썼다. 모든 조명이 한꺼번에 켜지면 산타의 소굴(산타가 숨어 아이들에게 줄 선물을 궁리한다는 장소 — 옮긴이)에 들어선 것처럼 정신이 산만해졌지만, 최대한 이성적으로 생각해서 매 순간 어둠과 빛이 요동치는 숲속의 채광 시스템과 비슷하다고 상상하는 편이 나왔다. 에드워드 윌슨이 저서 『아마조니아』에서 다음과 같이 묘사했듯이 말이다.[2]

다시 태양이 나와서 숲 표면을 빛과 그림자의 요철로 조각냈다. 나뭇잎 앞면에 강렬한 빛이 쏟아지자 나무껍질에 2, 3센티미터 깊이로 길게 팬 고랑이 축소판 협곡처럼 보였다. 바닷속에서와 마찬가지로 위쪽에서 걸러져 내리는 빛이 곧추선 나무둥치의 가장 낮고 움푹한 틈바구니를 끈질기게 비추었다. (…) 태양이 움직여 하늘이 환해지거나 어두워질 때마다 좀, 딱정벌레, 거미, 다듬이벌레, 그 밖의 여러 생물이 차례로 안식처에서 나왔다가 다시 그리로 돌아갔다.

문득 불빛이 비치는 방구석을 지나서 잠시 시디플레이어 선반을 뒤적거리다가 의자 뒤의 따뜻한 안식처로 후퇴하는 내 모습을 상상해보았다.

그리하여 나는 해가 저물기 직전의 상태로 정지한 방에서 저녁 시간을 보내곤 했다. 그러던 어느 밤, 방 안의 은은한 주황색 조명 아래 전선과 마루청, 벽판과 그림의 확고한 경계선이 흐려지기 시작했다. 내가 별생각 없이 걸어둔 실물 크기의 파피오페딜룸 산데리아눔 난초 그림이 갑자기 기둥 밖으로 뻗쳐 나오고 있었다. 뿌리줄기와 잎사귀가 참나무에 절묘하게 접목되고, 꽃받침은 거의 내 책장 위까지 내려왔다. 난초는 2차원의 착생식물이자 난초와 나무 간에 성립할 수 있는 협력 관계의 모범 사례로 변신했다. 왠지 나는 용서받은 기분이었다. 문득 집 안에서 오래된 목재를 이국적 실내장식으로 탈바꿈시키고 있는 말벌들이 떠올랐다. 나와 말벌이 같은 과업을 수행하고 있는 거라면 좋겠다는 생각이 들었다.

∵.

고양이들에게도 신경을 써야 했다. 지난 넉 달간 보호소에 갇혀 있었던 터라 다들 당황하고 기분이 상해 있었다. 흰 털에 금빛 도는 녹색 눈을 지닌 유연한 수컷 블랑코와 삼색의 중년 암컷 릴리는 손님방의 가장 낮은 침대 아래 숨어 경계 태세로 꼼짝하지 않았다. 에식스 혈통으로 추정되는 흑백의 암컷 블래키만이 대화할 준비가 되었다는 듯 유유히 고개를 쳐들고 나왔다. 나는 블랑코와 릴리와도 친해지려고 갖은 수단을 동원했지만, 두 고양이 모두 자기를 시설에 넣다니 용서할 수 없다는 듯 단호한 자세를 고수했다.

케이트와 나는 모든 훌륭한 고양이 안내서에서 조언하듯 고양이들을 적어도 한 달간 방 안에 머물게 한 다음 미로처럼 복잡한 실내로, 그다음 야외로 서서히 내보낼 계획이었다.[3] 하지만 그건 불가능한 일이었다. 건축업자가 오기로 한 어느 날 아침, 강한 바람에 문이 꼭 닫히지 않은 틈을 타 블래키와 블랑코가 탈출을 감행했다. 집 안은 물론 주변 어디서도 고양이들을 찾을 수가 없었다. 헛간과 창고, 늪가, 차도를 따라 고양이들을 찾는 동안 점점 더 마음이 초조해졌다. 부끄러운 얘기지만 나는 고양이들만큼이나 나 자신의 운명을 걱정하고 있었다. 고양이 집사 역할에 실패하면 세입자 자격도 빼앗길까 봐 두려웠던 것이다. 그날 저녁에 보니 고양이들은 당연하게도 방 안에 돌아와 웅크리고 있었으며, 카펫 위에는 뾰족뒤쥐 시체가 엄숙하게 놓여 있었다. 대체 내가 왜 걱정을 한 걸까? 고양이는 야생종을 벗어나 길들여진 지 4,000년이 채 되지 않았고, 따라서 독립성과 영역 탐사 본능도 거의 그대로 남아 있다. 고양이들은 첫 번째 모험 이후에도 몇 번이고 방에서 탈출했으며, 굴뚝을 타고 올라 내 방에 들어가서는 옷장에 갇히기도 했다. 우리는 결국 포기하고 예정보다 2주 앞서 고양이들을 풀어놓았다. 내 인생의 크나큰 변화에 관해 과장스럽게 이야기했을 때 케이트가 계단을 가리키며 대꾸했던 것처럼, 고양이들에게는 '통과할 권리rights of passage'가 있었다(통과의례rite of passage와 발음이 유사한 말장난이다 — 옮긴이).

　　　고양이들을 따라 나도 집 안 구석구석을 돌아다니기 시작했다. 가장 가까운 이웃도 400미터나 떨어져 있었기에 밤중에도 내 멋대로 동물처럼 행동할 수 있었다. 전깃불을 끄고 음악을 크게 틀었다. 좁은 복도를 네발로 기어다니며 촉각만으로 길을 찾을 수 있는지 알아보기도 했다. 한밤중이면 집 안은 그 재료 대부분을 가져온 숲속과 별다르지 않아 보였다. 나무들은 의심할 여지없이 여전히 살아 있었다. 그 어디도 곧거나 평평한 부분이 없었다. 온도가 내려가면 기둥과 이음새가 수축하여 집 안 전체의 모양새가 바뀌었다. 장식품, 컵, 휴대전화가 탁자 가장자리로 미끄러졌다. 문들이 제멋대로 열리고 닫혔다. 달이 뜨면 문설주가 방바닥에 짙고 갈라진 그림자를 드리웠다. 어느 날 저녁 나는 손전등을 들고 고미다락에 올라가보았다. 과거에는 하인들이 지내던 곳으로, 오래된 양 울타리와 떨어진 짚으로 가득한 천막 형태의 낡은 목조 공간이었다. 거미줄이 쳐진 북동쪽 구석에는 칼새가 풀과 깃털로 둥지를 틀어놓았다. 두세 달만 지나면 내가 숭배하는 새들이 내 옷장 25센티미터쯤 위에 자리를 잡을지도 몰랐다.

수동 타자기, 쌍안경, 온도계

　내가 얼마나 빠르게 이 집에 익숙해지고 가정적으로 변해갔는지 스스로도 깜짝 놀랄 정도였다. 나는 은둔처를 꾸미는 데 열중했다. 낡은 천을 염색하고, 즉흥적으로 도구를 만들고, 부엌에서 훈자Hunza 살구와 기장 가루로 실험적인 요리를 만들기도 했다. 내 물건에 대해서도 까다로워졌다. 작업을 시작하기 전과 마친 후에, 때로는 작업 중에도 강박적으로 물건을 정리했다. 순전히 실용적 이유 때문이라고, 한 공간에서 생활과 작업을 병행하려면 반드시 질서와 체계가 필요하다고 합리화했지만, 사실은 내 물건들, 내 과거와 현재가 묶인 작업 도구와 책이 매우 소중하다는 자각 때문이었다. 나는 겨울잠을 잘 잠자리를 마련하는 동물처럼 행동하고 있었다. 쟁여둔 생필품을 점검하고, 실내를 새롭게 단장하고, 봄이 올 때까지 시간을 끌고 있었다.

　은둔처 안의 은둔처라고 할 만한 글쓰기 공간의 효율성도 만족스러웠다. 어설프게나마 내가 손수 1920년대 복엽기(날개가 위아래 두 개 달려 있는 비행기 — 옮긴이) 조종석만큼 아늑하게 꾸민 자리였다. 나는 우울증을 앓는 동안 컴퓨터를 멀리하게 되었다. 딱히 관념적인 적대감 때문이 아니라 일일이 선택해야 할 부분이 너무 많아서 버겁게 느껴졌기 때문이다. 그 대신 두 개의 소형 책상

위에 수동 타자기 한 쌍(추가로 디지털 저장 기능이 있는 전동 타자기 하나), 팩스, 다용도 전화기, 색인 카드 정리함, 환하고 깜박임 없는 부분 조명, 쌍안경, 보험 차원에서 정확도가 높은 최고 및 최저 온도계(일정 기간 동안의 최고 및 최저 온도를 기록할 수 있는 온도계 — 옮긴이)를 구비해두었다. 내가 불쾌감을 느끼는 환경을 파악하기 위해서였다.

사람들은 전업 작가로서 생계를 유지하려면 무엇이 필요한지 묻곤 한다. 그 질문에 정직하게 대답한다면 아주 오랫동안 홀로 방에 틀어박혀 밧줄도 없이 기어오르는 끈기라고 말할 수밖에 없다. 하지만 감금된 고양이와 마찬가지로 작업 공간을 갈고 다듬다 보면 좀 더 견딜 만해진다. 나는 온갖 유용한 기분 전환 방법을 찾아냈다. 내가 가진 물건 중 소독용 알코올에 가장 가까운, 더바디샵의 '베르가못 오 드 코롱' 한 병을 다 써가며 타자기 하나를 꼼꼼히 닦았다. 덕분에 이스트 앵글리아에서 가장 향긋한 타자기를 가진 사람이 될 수 있었다. 종종 따분하거나 손가락이 유난히 가볍게 느껴질 때면 전동 타자기로 옮겨 마구잡이로 문자를 쏟아내며 자유 연상에 빠져들었다. 책을 가져오려고 다락 한가운데 목재 용마루를 따라 북쪽으로 소소한 모험을 떠나면, 담장으로 둘러싸인 정원과 농지로 이루어진 남향 전망이 한층 더 야성적인 초원과 습지대의 북향 전망으로 완전히 뒤바뀌곤 했다. 애니 딜러드는 진화의 의미를 탐색한 뛰어난 서사시 『팅커 크리크의 순례자』[4]를 아스팔트 방수지붕만 내다보이는 홀린스 대학교 도서관 2층 열람실에서 집필했다고 한다. "상상력이 어둠 속에서 기억과 만나려면 전망 없는 방이 필요하다." 그래서 딜러드는 블라인드를 내리고 그 위에 창밖 풍경을 그린 드로잉을 붙였다. "내게 그럴 능력이 있었다면 블라인드에 가려진 모든 것들을 마치 트롱프뢰유(프랑스어로 '눈속임'을 의미하며, 실제 사물로 혼동할 만큼 사실적으로 그리는 회화 기법을 말한다 — 옮긴이) 벽화처럼 블라인드 위에 직접 그리고 색칠했을 것이다. 나는 그 대신 글을 썼다."

∴

　　　밤이 오면 내 방도 전망 없는 방이 된다. 나는 고양이 한두 마리와 함께 의자에 앉아 마음 내키는 대로 책을 읽는다. 내가 챙겨 온 작은 책 무더기를 들추며 이런저런 상념과 명칭을 쫓다가, 도중에 기회만 있으면 무조건 샛길로 빠진다. 습지 도깨비불의 역사를 추적하고, 노퍽 출신 유명 작가들의 방탕한 생활을 엿보고, 동물의 의식에 관한 새로운 이론을 발견하고, 현란한 색채를 뽐내는 이 지역 제비난초 변종의 발견과 소멸을 파헤치기도 한다. 진창과 나무, 물이 뒤섞인 습지대와 난초과 식물의 기발한 창의성이 만나면서 한동안 엄청난 지역 변종들이 나타난 때가 있었다. J. E. 라우즐리는 자택과 가까운 로이던의 작은 늪에서 영국 최초로 고대 습지 난초의 절묘한 연노란색 변종(오크로레우카)을 발견했다고 한다. 하지만 늪이 마르면서 그 변종도 이제 책에서만 볼 수 있게 되었다.
　　　어둠이 내린다. 이 오래된 집 창문에는 커튼이 없다.

문득 자연 에세이를 쓴다는 사람이 글줄이나 들여다보며 오랜
시간을 보내는 게 이상하다는 생각이 든다. 이처럼 부자연스러운
사색과 탐구로 분주할 것이 아니라, 밤중에 들판으로 나가서 여우
냄새를 쫓거나 사슴의 어슴푸레한 윤곽선을 살펴야 하지 않나?
단어의 삶과 자연의 삶은 정반대가 아닌가? 예전에는 내 사회적
역할이 애매하게 느껴질 때마다 자연 에세이는 농사와 마찬가지로
날씨와 계절, 그리고 약간의 운에 의존하며, 더 넓은 땅을 걸으며
숙고할수록 더 많이 수확하게 되는 진정성 있고 명예로운 농촌
노동이라고 주장하기도 했다. 그 증거로 국세청이 '농부와 문학
및 예술 창작자'에게만 풍년과 흉년 수입의 평균을 기준 삼도록
양보해준 세금 신고서 조항을 제시할 수도 있다. 농부와 작가,
환상적인 조합이 아닌가! 하지만 이런 주장은 좀처럼 받아들여지지
않았다. 사람들 대부분은 작가의 최종 결과물이 개인적 기억과
사회적 기억, 오래된 신화와 새로운 은유, 일말의 과학이 이루는
절묘한 조합임을 이해한다. 심지어 작가가 지구상에서 가장 오래된
직업 중 하나인 동네 이야기꾼으로서 유용한 역할을 할 수도 있다고
생각해줄지도 모른다. 하지만 단어를 만들어내는 실제 행위는
여전히 프리메이슨(근대 유럽에서 생겨난 계몽주의 성향의 비밀결사
단체로, 종교적 이단이자 경계 대상 취급을 받아왔다 — 옮긴이) 뺨치게
불가사의한 미스터리로 남아 있다. 작가가 아닌 사람들은 여전히
"그런데 뭐 해서 먹고살아요?"라고 묻곤 한다. 마치 이 모든 미묘하고
지난한 과정은 일이 아닌 놀이일 수밖에 없다는 듯이.

나도 종종 그들만큼 당혹스럽다. 어떻게 보면 글쓰기를 포함한 모든 상상은 놀이이며, 생존이라는 현실적 문제에 쓸데없이 덧붙이는 장식과도 같다. 글쓰기가 인간의 가장 부자연스러운 활동처럼 보이는 것도 놀랍지 않다. 하지만 야성적 풍경에 둘러싸인 이 목조 둥지에 들어앉아 있노라니 이곳에서의 생활이 질서 정연한 농사보다는 한층 더 원시적이고 직감에 의존하는 수렵 채취와 비슷할 것 같다는 느낌이 들었다. 흥미롭게도 마침 『나방 즐기기』라는 제목의 책이 눈에 띄었다. 이 책의 저자 로이 레버턴은 빅토리아 시대 곤충학자들이 야간 탐사에 관해 서술하면서 '저녁 나들이dusking'라는 단어를 만들어냈다고 설명한다.[5] 그들은 유령 같은 생명체를 그물로 붙잡기 위해 해 질 녘에 등불과 설탕이 든 덫을 들고 외출하곤 했다. 나방이 불쌍하기는 하지만 단어 자체는 마음에 든다. 사람들이 수백 년간 명확히 규명하려고 애써온 온갖 애매모호한 상념들을 따라 배회하는 내 저녁 시간과도 잘 어울리는 말 같다.

언어는 본래 야생의 존재다

명상과 상상, 글쓰기의 마법이 야생의 삶과 완전히 분리되어 있지 않다는 생각은 많은 위인들의 지지를 받았다. 헨리 소로는 특유의 과장된 문체로 다음과 같이 쓰기도 했다.[6]

그는 바람과 시냇물을 감동시켜 자신을 대변하게 하는 시인이 되리라. 농부가 봄이 온 땅에 말뚝을 박듯이 원시적 감각에 단어를 못 박는, (…) 모든 단어가 땅에서 갓 뽑혀 뿌리에 흙이 묻은 채로 종이에 옮겨 심긴 것처럼 보이고, 단어 하나하나가 너무나 진실하고 생생하고 자연스러워서 봄이 다가오면 새싹처럼 퍼져나갈 것만 같은 그런 시를 쓰는 시인이 되리라.

미국의 위대한 시인 게리 스나이더는 이와 비슷한 생각을 더욱 명료하게 정리한 바 있다. 그는 『부자연스러운 글쓰기』에서 다음과 같이 주장한다.[7]

의식과 마음 그리고 언어는 본래 야생의 존재다. 여기서 '야생'이란 자연 생태계처럼 촘촘히 연결되어 있고 상호 의존적이며, 믿을 수 없도록 복잡하고 다양하며 유서 깊고 정보로 가득하다는 의미다. (…) 내러티브는 우리가 세상에 남기는 흔적의 일종이다. 우리의 모든 문학은 흔적이라는 점에서 이야기와 몇 가지 석기만 남긴 야생인들의 신화와 다를 바 없다. 다른 생물종에게도 그들만의 문학이 있다. 사슴 세계의 이야기는 사슴에서 사슴으로 전해지는 냄새의 흔적과 본능적인 해석 기술이다. 핏자국, 소변 냄새, 발정기 페로몬, 뜻밖의 바큇자국, 묘목에 긁힌 생채기, 그리고 오래전 사라진 것들에 관한 문학이다.

    그러나 문제는 인간의 언어가 자연이라는 더 큰 창조적
사업의 일부인지 여부가 아니라(야생에서 진화한 언어이기에 당연히
그렇다) 그것이 공명을 일으키고 공감대를 형성하는지 여부다. 추위
속에서 서로 생존을 확인하는 겨울 철새 무리의 울음소리처럼 인류의
언어 역시 '접촉 호출'에 지나지 않는다는 생각은 감동적이지만, 이는
사실 순수로 회귀하고자 하는 오랜 열망의 유물이며 오히려 자연과
문화의 대립을 강화할 뿐이다. 이미지 창조와 언어라는 선물이 거의
항상 인간을 자연으로부터 돌이킬 수 없이 멀어지게 하는 속성이자
타락의 원인으로 치부되다니 희한한 일이다. 우리는 다른 생물종의
자의식에 관해 결코 알 수 없겠지만, 그 대부분은 우리처럼 언어를
사용하거나 은유적으로 생각하거나 복잡하게 얽힌 연상과 참조를
통해 생생한 감각 경험을 전달하진 않으리라고 추측해도 합당할
것이다.
    하지만 그렇다고 해서 우리가 왜 '소외'되어야 할까?
'자연으로의 회귀'는 관점에 따라 열망이나 두려움의 대상일 수
있겠지만, 거기에 반드시 자기 인식으로부터의 퇴보가 따를 것이라는
생각은 터무니없다. 인간은 이야기꾼이자 몽상가로 진화해왔다.
그것이 바로 세상 속 인간의 자리이며, 우리는 그 자리를 저버릴 수
없다. 하지만 이런 능력을 추방의 원인이 아니라 자연으로 돌아갈
방법으로 볼 수는 없을까? 물론 언어와 상상력은 외부 세계와의
신속하고 감각적인 관계를 다소 약화시켰고 우리가 나머지 생물종과
다르다는 점을 인식하게 했다. 하지만 한편으로는 우리가 다른

생물들에게 느끼는 친근감을 이해하고, 우리의 특이성을 만물의 질서에 맞추고, 각성하여 자연을 찬미하고, 자연계의 노래에 우리의 특별한 '노래'를 더하는 수단이기도 하다.

조너선 베이트는 『지구의 노래』에서 다음과 같이 썼다. "심층생태학의 꿈은 지구상에서 결코 실현될 수 없겠지만, 한 종으로서 인류의 생존은 상상력을 발휘해 이를 꿈꿀 수 있는 능력에 달려 있다."[8] 나는 한 걸음 더 나아가 상상력을 통한 자연계와의 친밀감이 공기와 물, 광합성을 하는 식물에 대한 물리적 필요만큼이나 우리에게 없어서는 안 될 생태적 유대라고 말하고 싶다.

존 클레어는 회고록에서, 무언가를 적고 싶을 때면 새가 먹이를 붙잡듯 "낚아챈다"라고 표현하곤 했다.[9] 그의 많은 시에서 단어 감각은 새의 울음소리처럼 자연스럽게 느껴져 온다. 그는 식물에서 언덕, 날씨, 기억으로 이리저리 오가며 그 모든 경험을 한꺼번에, 지금 이 순간에, 마치 파노라마처럼 일필휘지로 풀어낸다. 셰이머스 히니는 이를 "금상첨화로서의 세계"라고 표현했다.

옛 크로스 베리 길에서 시간을 뛰어넘어
꽃 지는 산사나무의 경이로움을 알사탕처럼 삼키며
날이 채 밝기도 전에 아기 토끼처럼 팔짝팔짝
유쾌한 스워디 웰의 꼬불꼬불한 길을 오르내리던 시절
곡물 창고에서 훔쳐낸 완두콩을 주머니 가득 채우고

참나무 오솔길을 거닐다 남녘이 다시 흐려오면

속 빈 물푸레나무를 찾아 비를 긋던 시절

그렇게 소나기 온 날 저녁 시간은 얼마나 달콤했는지

오, 말은 시간이 훔쳐간 것들

오래된 나무 강단과 놀이의 초라한 청구서라네

하지만 클레어는 자동기술법을 구사하는 풋내기가 아니라
새인 동시에 새 관찰자였다. 앞의 구절은 「회상」이라는 시의 일부로,
클레어의 고향이 인클로저로 뒤바뀌기 이전인 어린 시절의 경험을
재구성하여 세심하게 편집한 것이다. 공들여 쓰인 이 시는 소외된
모든 생명을 대변하는 장엄하고 열정적인 전투의 노래다.

이 시로 내 글을 깔끔하게 마무리할 수도 있었으리라.
하지만 다른 여러 새들도 그만큼 '공들여' 노래를 짓고, 늙은 새와
다른 새들로부터 배우며, 클레어가 그토록 아름답게 찬양했던
나이팅게일은 4월이 아닌 6월에 더 멋지게 노래할 수 있으니…….

∵.

늦가을과 초겨울 낮에는 이 집을 수리하는 건축업자 중
하나인 이언도 집에 와 있었다. 이언은 공식적으로는 페인트칠
작업 중이었지만 차분하게 체계적으로 집 안 곳곳을 돌아다니며
숙련자의 손길이 필요한 부분을 손봐주곤 했다. 어느 날 아침 그는
벽에 사포질을 하면서 드러난 회반죽 층을 보여주었다. 밝은 파스텔

톤의 분홍색과 초록색, 푸른색 덧칠이 겹쳐진 부분은 마치 거북이 껍질이나 속이 비고 얼룩덜룩한 흔치 않은 주목 줄기 안쪽처럼 보였다. 페인트를 벗겨내면 참나무에 밤나무 가지를 엮은 틀에 석회, 모래, 물, 동물 털로 만든 회반죽이 발라져 있었다. 이 집의 경우 말 털이었지만 사실상 무슨 동물 털이든 쓸 수 있었다. 1780년대에 길버트 화이트는 자기 집 천장에 회반죽을 바르면서 반려견의 털을 쓰기도 했다. "깎아낸 털 무게가 110그램이나 되었다. 이제 로버는 북동풍이 불어올 때마다 몸을 움츠린다."

나는 이언에게 윗가지를 엮어 회반죽을 바르는 전통 방식의 벽을 만들어보았느냐고 물었다. 그는 젊었고 이스트 앵글리아 사람답게 과묵한 편이었지만 당연히 해본 적이 있다고 대답했다. 하지만 관습대로 반드시 개암나무를 쪼개어 쓰지는 않았고 현장에서 구할 수 있는 나무와 잔가지를 잘라서 썼다고 했다. 다만 습한 지역에서 쉽게 구할 수 있긴 해도 절대로 써서는 안 될 나무가 있으니, 축축한 회반죽에 뿌리를 내리고 집 안으로 싹을 틔울 수 있는 버드나무였다.

이언에게는 토착적이고 통속적인 것에 대한 본능과 복원에 대한 특유의 완고한 미학이 있었다. 그는 건축의 주요 목적이 당대의 필요에 따라 살기 좋은 집을 만드는 것이라고 믿었다. 물론 습기를 방지하고, 부패를 억제하고, 너무 심하게 부러지거나 썩은 나무는 교체하고, 언제나 공간 분위기에 어울리는 자재와 양식을 사용해야 한다. 하지만 단순한 마모를 숨기려 들거나 인위적으로

고풍스러운 특징을 추가하는 것은 유기적 복원이 아니라 재개발

차원에 속한다. 이 집의 많은 기둥은 수백 년간 겹겹이 덧칠된 왁스와

페인트를 벗겨낸 후에도 여전히 못 구멍, 거미집, 잘못 칠해진 회반죽

투성이였다. 마루청은 생활의 흔적이 너무 깊게 배어 광택이 거의

사라졌고, 오래된 맥주 얼룩은 값비싼 버링 가공을 그럴싸하게

흉내 낸 것처럼 보였다. 바로 이런 것이 집의 '개성'이다. 인테리어

디자이너나 문화유산 보존주의자가 말하는 뜻에서가 아니라, 집의

기억과 나아가 어떤 의미에서는 집의 감각계를 이루는 구조인

것이다.

역사가들은 켜켜이 쌓인 유물과 풍경을 (그리고 어쩌면 삶도)

서술할 때 중세 필경사에게서 차용한 '팔림프세스트palimpsest(쓰여

있던 글자를 지우고 그 위에 새로 글을 쓴 양피지 — 옮긴이)'라는 단어를

즐겨 쓰곤 한다. 현대 사회에서는 어쩌다 보니 맥 빠질 만큼 적확한

비유가 된 듯도 하지만, 내 생각에 그들의 의도를 제대로 담아낸

단어 같지는 않다. 팔림프세스트란 엄밀히 말하면 한 겹의 글이 바로

위에 겹쳐질 글을 위해 지워진 필사본이기 때문이다. 가장 밀도 높고

풍부하며 대체로 가장 오래된 풍경은 그와 반대다. 이전에 적힌

글이 이후에 적힐 글을 통해 비쳐 보이거나 그것에 어떤 식으로든

영향을 미치기 때문이다. 땅의 만곡, 습지의 경계, 산성이 침투한

토양은 끈질기다. 그들은 자기 자리를 고수한다. 마찬가지로 지역에

서식하는 생물들도 비슷한 끈덕짐을 보여주며, 설사 새로운 도로와

'재생(우리는 어떻게 이처럼 주제넘은 단어를 사용할 수 있는 걸까, 마치

한때 인간계에 속했던 것을 자연 상태에서 되살려낸 것처럼?)'으로 땅이 잘려 나가도 기존 서식지와 이동 경로의 마지막 가능성에 가능한 한 오랫동안 매달리곤 한다. 유감스럽게도 그들의 시도는 대부분 실패로 돌아간다. 하지만 한편으로 인간은 풍경에 선한 영향을 미칠 수 있으며, 그 영향은 장소의 원래 기능이 사라지고 새로운 형태와 용도가 접목된 후에도 오랫동안 유의미할 수 있다. 어떤 의미에서는 이스트 앵글리아 중부 전체가 이처럼 켜켜이 쌓인 풍경의 유령이며 한때는 더욱 중요했던 무언가를 상기시켜준다. 느릅나무는 죽었고 산울타리는 사라졌으며 들판은 메말랐다. 하지만 깊고 해묵은 경계 도랑과 한때 가축몰이 길을 구획 짓던 넓은 풀밭은 자연의 구조적 논리를 보여주는 골격처럼 여전히 그 자리에 남아 있다.

　　3만 년 전 선사 시대 프랑스의 동굴벽화를 보면, 화가들은 충분히 기존 벽화 위에 새 벽화를 그릴 기술이 있었음에도 불구하고 오래된 그림 사이나 위, 주변에 새로운 스케치를(예를 들어 곰 위에 말을) 덧그리기도 했다. 이런 모든 과정의 최종 결과물인 퇴적과 자연스러운 마모를 설명하려면 '고색古色'이라는 단어가 어울릴 것 같다. 하지만 어쩌면 자연의 힘과 인간의 노동, 즉 경험이 쌓여감에 따라 부단히 진행되는 '풍화風化'가 더 나은 비유인지도 모르겠다.

∵.

　　그러던 어느 날, 내가 기둥의 나뭇결과 온갖 비유로 가려놓고 외면하던 악천후가 집 안으로 성큼 쳐들어왔다. 이스트 앵글리아 사람들이 사악한 힘을 물리치고 다가올 겨울철의 무기력을 막기 위해 불을 피우던 핼러윈과 옛 서우인Samhain 축제를 며칠 앞두고, 계곡에 겨울이 들이닥쳤다. 남서쪽에서 불어온 강풍이 노퍽주를 강타했다. 강풍은 시골을 휩쓸고 지나가며 참나무 줄기를 두 동강이 내고 전화선과 전선을 끊어버렸다. 많은 집들이 일주일이나 정전되었다. 이 집은 다행히 피해 갔지만 외풍이 엄청나게 들어왔다. 폭풍이 시작된 지 한 시간쯤 지나자 석고 파편, 썩은 나무 부스러기, 깃털, 말총, 새똥 가루 등의 잡동사니를 품은 야릇한 공기가 기둥 접합부와 문 틈새를 통해 이 방 저 방으로 떠다니기 시작했다. 어쩌면 400년간 다락에 쌓였다가 바람을 타고 내려온 구아노guano(바닷새의 배설물이 굳어진 덩어리 — 옮긴이)일지도 몰랐다. 그 케케묵은 먼지에서는 원시적인 냄새가 났다. 포도주와 검댕과 사체를 연상시키는 달콤하고도 위험한 냄새였다. 먼지는 장막처럼 몇 시간을 공중에 떠 있다가 모든 평평한 표면에 서서히 내려앉았다. 새로운 생활을 시작한 내게 잠시 옛 삶을 상기시키면서 날카로운 경고를 보내는 것처럼.

　　재난은 아직 시작에 불과했다. 며칠 후에는 비가 내리기 시작하더니 이후로 거의 석 달 내내 그치지 않았다. 처음에는 그저 꿉꿉했지만 나중에는 어처구니가 없을 지경이었다. 습기는 들어올 수 있는 모든 틈새에 파고들었다. 수천 년 전에 자기가 만들어놓은 빈 공간을 채우고, 입에서 입으로 옮겨가는 소문처럼 교활하고도 변덕스럽게 새로운 가능성을 열어젖히고 있었다. 이전에는 보이지도

않았던 길의 파인 곳, 도랑에 지나지 않던 해자, 농부들이 배수를
마쳤다고 생각했던 밭에도 물이 들어찼다. 계곡 대부분이 물에 잠긴
영상이 뉴스에 나오자 친구들은 우리가 고립된 건 아닌지 불안해하며
전화를 걸어왔다(우리는 괜찮았다. 이 집은 사려 깊게도 강보다 약 25미터
위에 지어졌기 때문이다).

물의 색

언젠가 석회암 지대인 요크셔 데일스에 관한 영화 제작에
참여한 적이 있다. 사운드 엔지니어는 물이 움직이는 소리를
54가지나 녹음하는 데 성공했다. 폭우가 내린 후 산비탈을 따라 콸콸
쏟아지는 급류, 종유석에서 집요하게 똑똑 떨어지는 석회수 물방울,
암벽 위로 솟구쳐 올라 웅덩이 안으로 가만히 흘러내리는 폭포수.
그중에서도 가장 잊히지 않는 것은 아득한 땅속에서 조용하지만
꾸준하게 흘러 돌을 마멸시키는 지하수 소리였다. 바위가 없고
지대가 높지 않은 노퍽에는 그런 물의 음악이 없다.

하지만 물의 색은 있다. 사방 만물이 젖으면서 곳곳에
변형과 착시 현상이 일어났다. 우리 집 초원 아래 습지대 너머로
물에 잠긴 목초지가 하늘을 반사하여 희뿌옇게 보였다. 나무 사이로
바라보니 마치 햇곡식이 가득한 밭이나 거대한 원예용 비닐 같았다.
원래는 밭이던 인근 호수에서는 섬뜩하리만치 새하얀 백조 한 마리가
날아올라 부엉이처럼 버드나무숲 우듬지 사이를 넘나들었다. 농장
연못은 들판에서 씻겨 나온 모래로 누렇게 물들었다. 지상의 거의

모든 것이 비에 젖어 거무스름해진 듯했다. 양 떼는 칙칙하고 우울한 회색이었다. 공기는 축축한 플란넬 천 같았다. 숲의 윤곽선 가운데 이미 10월의 강풍으로 갈라진 나무들이 진흙이 묻어 붉그스름한 상처를 드러냈다.

이스트 앵글리아가 풍경 화가들을 강렬하게 매혹한 것도 당연한 일이다. 물의 반짝임은 또 다른 빛의 원천이다. 노리치 화파의 개울과 물웅덩이, 컨스터블이 그린 운하와 윌리 롯의 시골집 앞 연못, 주말 화가들이 해안과 브로드The Broads(배를 타고 다닐 수 있는 늪과 호수로 이루어진 노퍽의 일부 지역 — 옮긴이)에서 그린 무수한 물가 풍경에 이르기까지, 이스트 앵글리아 미술이 인기를 끈 것은 하늘과 반짝이는 물이라는 두 가지 원동력 덕분이었다.[10]

다시 말해 11월의 느닷없는 물 폭탄도 이례적인 사건은 아니었다. 노퍽은 평원 지대로 유명한 만큼이나 습한 지역이기도 하다. 노퍽에서는 산비탈이나 언덕이라고 불리는 곳도 단조롭고 나지막해 보이지만, 사실 이곳 지형은 땅속으로 함몰된 부분이 많아서 생각보다 복잡하다. 서쪽의 브레클랜드에는 각각 낮은 둑으로 둘러싸인 작은 연못들이 모여 있다. 핑고pingo라고 불리는 이 연못은 빙하가 남하하면서 실어 온 얼음덩어리('렌즈')가 정지해 서서히 녹으면서 모래로 변해 만들어졌다. 이 연못들과 인간이 땅을 파낸 흔적을 좀처럼 구별할 수 없는 것도 놀라운 일은 아니다. 계곡 습지대에 모여 있는, 과거의 이탄 채취 구덩이가 범람하여 형성된 작은 웅덩이들을 보라. 물은 이 지역의 온갖 놀라운 다양성을 효과적으로 평준화시킨다.

∵

       오늘 계곡은 3차원으로 구현한 물속 풍경처럼 보인다.
수평으로 내리는 빗줄기를 포함하면 4차원이라고 해야겠다.
온 세상이 물에 잠겨 우스꽝스러울 지경이다. 자동차 진입로도
침수되었다. 도로 차선은 길게 이어진 석호에 지나지 않는다. 수위
표시선이 의자 다리를 따라 점점 더 위로 올라오는 것만 같다.
창밖에는 놀라운 광경이 펼쳐진다. 다시 봄이 온 것처럼 물이
사방에 활기를 불어넣고 흙과 나무를(그리고 나를) 조종하여 다시
움직이게 하는 듯하다. 차선을 따라 생긴 개울과 도랑에 성난
물결이 넘실거린다. 내가 도로 위에서 수상 스키를 타는 동안
자동차 앞 유리창 밖으로 흩어지는 물보라와 바람에 날려가는
붉은날개지빠귀가 보인다. 나는 물살을 가르며 집에서 서쪽으로
1.6킬로미터쯤 떨어진 넓은 습지대를 향해 간다. 물을 흠씬 머금은
이탄 흙 위로 발을 옮길 때마다 스펀지를 짜듯 물이 스며 나온다. 나
때문에 잠을 깬 여우 한 마리가 사초 침대 위에서 일어난다. 덩치 큰
흙투성이 여우가 덜 젖은 땅을 찾아 밟느라 비틀거리는 와중에도 발
주위로 조금씩 물이 솟아난다. 녀석은 50미터쯤 떨어진 덤불 뒤에
멈춰 서서 나를 노려본다. 우리의 짧은 만남은 그다지 정답진 못했다.
나는 신이 나 있었고 녀석은 짜증스러워했다. 하지만 녀석의 기분을
조금은 알겠다. 이런 상태가 너무 길어지면 나도 우울하고 시큰둥한

양서류가 될 것 같으니까.

며칠 후 나는 이 지역에서도 가장 심하게 침수된 브로드로 첫 여행을 떠났다. 브로드를 찾아가기에 딱 좋은 날 같았다. 어쩌면 그곳이 만들어진 날에도 세상은 딱 이런 모습이었으리라. 해는 나오지 않았고 남동쪽 하늘에 희미한 빛살이 비껴들었으며 분필 가루를 탄 물처럼 희부연 안개가 껴 있었다. 눈앞에 펼쳐진 풍경이 안개 속에 응축되어 가라앉는 것처럼 보였다. 둘로 쪼개진 버드나무 둥치, 물이 고여 거울처럼 반짝이는 초원, 움직이지 않는 무정형의 가축 떼. 이 또한 빛의 속임수였지만, 물과 하늘이 어우러진 이 지역 특유의 전원 풍경을 고스란히 보여주고 있었다. 나는 브로드랜드 동쪽 끝의 호지 메어에서 물가를 따라 구불구불 이어진 길을 걷기 시작했다. 머리 높이까지 자란 갈대와 자작나무 덤불 사이를 지나는 동안 오목눈이 무리가 나를 피해 이 나무에서 저 나무로 날아갔다. 잊을 만하면 똑같아 보이는 물웅덩이가 나타나자 점점 더 방향 감각이 흐려졌다. 초가집 한 채가 한쪽에 나타났다가 다른 쪽 시야에 다시 나타났다. 머리 위 안개 속에서 분홍발기러기 떼가 나타났다가 사라지곤 했다. 사방에서 딱따구리 소리가 들려왔다. 아마도 죽어가는 오리나무와 버드나무에 모여든 것 같았지만, 덕분에 내가 있는 곳이 숲인지 늪지인지 점점 더 알 수 없어졌다. 이 변화무쌍하고 놀라운 지역은 숲이었다가도 금세 늪지로 변하곤 한다.

오후가 되자 안개가 걷히고 햇빛이 비쳐들었다. 개구리매 한 마리가 갈대밭에서 날아올라 고목을 향해 미끄러져 갔다. 몸이 아니라 공기가 미끄러지듯 무심하고 정적인 움직임이었다. 하지만 일단 공중을 떠나 나뭇가지에 내려앉으니 몸집이 커서 거북하고 어색해 보였다. 그때 도랑 근처에서 덩치가 크고 날개가 긴 새 한 무리가 날아오르는 것이 언뜻 보였다. 재빨리 안경을 쓴 덕분에 두루미 세 마리의 은회색 깃털과 백조처럼 긴 목을 몇 초나마 뚜렷이 알아볼 수 있었다. 그때까지 내가 두루미를 본 것은 딱 한 번뿐이었다. 서유럽 사람들 대다수가 겨울을 보내는 스페인 남부에서 거대한 두루미 떼를 본 적이 있었다.

두루미 춤

브로드에서 두루미는 비밀스럽게 회자되는 새롭고 매혹적이고 신비로운 보물로 여겨진다.[11] 하지만 그들은 사실 돌아온 탕아다. 16세기에는 두루미가 브로드뿐만 아니라 이스트 앵글리아 습지 전역에서 번식했던 것으로 추정된다. 하지만 이후로 400년 동안은 스칸디나비아와 남유럽을 오가는 중에 경로를 이탈하여 통과하는 철새로만 목격되었다. 그러다 1979년 9월, 두루미 세 마리가 브로드에 나타나더니 전례 없이 겨울을 나고 이듬해 여름까지 머물렀다. 1982년에는 첫 번째 새끼가 자라나고 무리를 벗어난 성체들도 찾아왔으며, 점차 수가 늘어나서 2003년에는 14~18마리가 군락을 이루었다.

두루미는 야생 지대의 화신이다. 두루미가 브로드에 돌아온다는 것은 이 새의 야생성이 완전히 파괴되지 않았다는

신호이자 축복이다. 두루미는 정교한 보호 제도나 서식지 조정
없이도 스스로 찾아와 원하는 곳에 정착하고 살아남았으니까.
두루미가 번식하거나 월동하거나 지나가는 세계 곳곳에서 행운과
재생, 다산의 상징으로 여겨지는 것도 당연한 일이다. 두루미의 이동
비행은 엄청난 장관을 연출한다. 하늘을 배경으로 뚜렷이 드러난
두루미 떼의 날갯짓 사이로 나직하지만 흥분에 찬 울음소리가
울려 퍼진다. 이들은 번식지에 도착하면 특별한 축제의 춤사위를
선보이기 시작한다. 스웨덴의 호른보리아셴 호수에서는 봄마다
5만 명이 모여들어 두루미를 응원하며 그중 많은 이들이 두루미의
춤에 동참한다. 나는 스페인의 에스트레마두라에서 겨울을 나는
두루미를 관찰한 적이 있다. 그들은 핵가족 단위로 이리저리
돌아다니며 굴참나무와 갈참나무 도토리를 주워 먹고 있었다. 그러나
이 실용적인 동작조차도 일종의 춤, 우아하고 느린 가보트(프랑스
궁정풍의 우아한 춤으로 16세기 말부터 18세기 말 유럽 전역에서
유행하였다 — 옮긴이)처럼 보였다.

　　　이웃 주민이자 동료 작가이며 조류 관찰에 있어서도 초인적
감각을 지닌 마크 코커는 노퍽에서 두루미들이 춤추는 것을 본
적이 있다고 했다. 나도 정말이지 두루미 춤이 보고 싶었다. 날씨가
혹독해지니 고대 의식에, 겨울의 교활한 침입을 막기 위한 주문에
장단을 맞추고 싶어졌다. 하지만 이스트 앵글리아 농부들이 사탕무를
수확하기 시작한 바로 그 시기에 안개가 내려와 이 흉측한 작물의
수확을 극적인 드라마로 바꾸어놓았다. 집채만큼 거대한 기계들이

안갯속에서 희미하게 빛나는 전조등을 줄줄이 밝힌 채 밤이 깊도록 작업을 이어갔다. 내 서재 창문에서 바라본 풍경은 영화 〈미지와의 조우〉의 한 장면처럼 보였다. 농가 옆에 드높이 쌓인 사탕무 더미는 채소라기보다도 전투 중의 요새를 방불케 했다. 다음 날에는 트랙터가 끄는 쟁기와 써레, 굴착기까지 수확에 합류해 각각 다른 기계 세 대가 꼬리에 꼬리를 물며 밭을 돌았다. 산토끼들은 산울타리 쪽으로 흩어지고 꿩들도 도망쳐 나와 우리 집 담장 아래 늘어섰다. 2주 후에는 이미 맨땅 위로 겨울밀이 초록빛 안개처럼 돋아나 있었다.

겨울 아래로 가라앉다

그 무렵 기온이 떨어지고 바람이 동쪽으로 방향을 틀었다. 노픽의 악명 높은 칼바람은 시베리아 대초원에서 곧바로 불어온다. 6주 전까지만 해도 17세기의 미세한 먼지를 품고 있던 바람이 이제는 영구 동토층이 증발한 것 같은 얼음 가루를 실어 오고 있었다. 바람은 벽 이음새와 창문 틈새로 파고들며 고양이 출입문을 수평으로 들어 올렸다. 한밤중 침대에 누워 있으면 바람이 얼굴로 불어닥쳤다. 집은 과다호흡 증상을 일으킨 것처럼 차가운 공기 속에 숨을 헐떡이며 모든 구멍으로 따뜻한 공기를 내뿜었다. 바깥 기온이 영하 10도까지 내려갔고 내 방 온도계는 영하로 떨어질락 말락 했다. 일을 할 수가 없었다. 나는 굴뚝에 낡은 베개를 쑤셔 박고 마루청에 난 가장 큰 구멍에는 쓰레기 봉지를 말아 넣었다. 창문 틈새마다 문풍지를

발랐다. 그래도 바람이 들어오자 낙심하여 부엌으로 타자기를
옮겼다. 고양이들에게 밥도 충분히 먹였다. 고양이들은 최대한
따뜻한 자리를 찾아 달팽이처럼 웅크리더니 현명하게도 겨울잠에
빠져들었다.

밖에서는 생사가 엇갈리고 있었다. 사탕무밭에 살던 산토끼
한 마리가 목에 총을 맞고 집 밖 도로에 쓰러진 채 까마귀 떼에
내장을 뜯겼다. 농지에는 러시아의 얼어붙은 툰드라에서 영국으로
내려온 검은가슴물떼새 무리가 나타났다. 이들은 댕기물떼새와
뒤섞여 먹이를 쪼다가도 불안하고 다급한 성미를 보여주듯 촘촘하게
칼같이 줄지어 이리저리 날아다녔다. 꿩들은 몸과 수직이 되도록
꼬리를 바람에 날리며 걷다 옥신각신했다. 나는 꿩들이 서로
마주보다가, 앞으로 살짝 뛰어나왔다가, 발레리노처럼 공중으로
뛰어올랐다가, 상대를 몇 번씩 쪼고 쪼이다가 다시 물러나는 모습을
지켜보곤 했다. 실내에서는 케이트와 내가 옥신각신했다. 런던에서
돌아온 케이트는 보일러 연료 탱크가 거의 빈 것을 발견했고, 내가
겨울옷을 제대로 갖춰 입지 않고 맨발로 집 안을 돌아다닌다며
꾸짖었다. 나는 몸에 좋은 수제 빵을 케이트의 공장제 흰 식빵과
나눠 먹기 싫다고 시무룩하게 대꾸했다. 우리가 꿩처럼 서로 우위에
서려고 다투는 사이 중앙난방 조절 장치가 켜졌다 꺼졌다 했다.

내가 외출한 어느 날, 십장 손이 죽은 사슴 한 마리를
집으로 가져왔다. 그는 사슴을 기니피그 우리 옆 사과나무에 매달아
내장을 꺼내고 토막 낸 후 케이트의 냉동고에 채워놓았다. 나중에

손에게서 직접 자초지종을 들으니, 운전 중에 길을 건너던 사슴 두 마리 중 하나를 정면으로 치고 말았다는 것이다. 마침 얼마 남지 않은 크리스마스 생각에 사슴의 목을 베어 승합차 뒤쪽에 실었다고 했다. 사슴 사체는 나무에 아홉 시간 매달아두었다. 피가 빠져나가거나 "흥막강으로 흘러들어 내장과 함께 쏟아져 나오게" 하려고 말이다. 그런 다음 네 다리를 자르고 어깨살, 엉덩잇살, 뱃살을 베어내어 각각 따로 비닐봉지에 넣었다. 나는 어쩌다 도축에 그토록 능숙해졌는지 조심스럽게 물어보았다(손은 주말을 보내러 오는 별장 주인들의 뒷소문부터 오래전 있었던 물난리에 이르기까지 이 지역 문제라면 모르는 게 없는 거구의 사나이였다). 손은 열한 살 때 도축을 시작했다고 말했다. 작은 농지를 소유했던 그의 아버지는 아들에게 비둘기, 토끼, 가끔은 꿩 잡는 법도 가르쳐주었다. "가끔은 돼지 몇 마리가 우리 집 쪽으로 오기도 했지요"라고 손은 의미심장하게 덧붙였다. 다행히도 그 불쌍한 사슴이 이른 아침 우리 초원을 돌아다니던 녀석은 아니었지만, 사과나무 아래 풀밭에 굳어진 핏자국은 눈이 오는 계절까지 그대로 남아 있었다.

프랑스어 'temps'는 시간과 날씨를 모두 뜻한다. 둘이 미묘하게 연관되어 있다는 의미이리라. 생태계가 시간에 따라 돌아가는 것은 날씨 변화 때문이다. 날씨는 모든 생물의 삶에 영향을 미치는 작용이다. 폭풍, 이주, 신경쇠약과 같은 중대한 순간이나 사건은 넓은 의미에서 환경 조건의 표출, 혹은 동결이라고 볼 수도 있다. 최근에 유용한 새 단어를 하나 더 배웠다. 이 지역에서는

악천후를 '블롱크blonk'라고 부른단다. 재난에 정면으로 부닥친
느낌을 완벽하게 표현해주는 단어다. 나는 확실히 '블롱크'당했고
겨울 아래로 가라앉기 시작했다. 날씨야말로 자연에서 인간이 어찌할
수 없는 부분이며, 따라서 시인 콜리지처럼 어떤 식으로든 날씨를
즐길 수 있어야 한다는 것을 깨달았다. 콜리지는 아들 하틀리를 위한
시 「한밤중의 서리」에 다음과 같이 썼다.

> 그러므로 너에게는 모든 계절이 감미로우리라
> 여름이 지구 전체를
> 푸르름으로 뒤덮을 때도 (…)
> 혹은 서리가 비밀스럽게
> 처마의 물방울을 조용한 고드름으로 바꿔놓을 때도 (…)

아직 고드름은 얼지 않았지만, 차갑고 음울한 잿빛 하늘이
내게 엄습해오고 있었다. 맑아지기를 완강히 거부하는 하늘을
보고 있으면 내가 이곳 풍경에서 즐기게 된 모든 생기와 희망이
부정당하는 듯했다. 습기는 즐겨도 어둠까지는 무리였다. 예전에는
이맘때쯤이면 12월 12일을 간절히 기다리곤 했다. 끝없이 이어질 것
같은 어두운 날들에 최초의 균열이 생기는 날. 오전과 오후 양쪽을
사납게 협공하는 어둠의 작용이 정확히 동짓날Solstice Day인
12월 21일에 끝나지는 않는다. 태양을 도는 지구의 공전궤도는
대칭이 아니기 때문이다. 아침 녘이 환해지기 시작하려면 새해

첫날은 되어야 하지만, 그래도 저녁 시간은 12월 12일부터 조금씩
덜 어두워진다. 나는 이 관념적인 새해의 여명에 집착해서 항상
친구들과 함께 동지를 축하하려고 했다.

하지만 그해 12월 12일 새벽은 안개 끼고 춥고 흐렸다.
고립되고 처량한 기분이 들었다. 암울한 겨울철에 이런 기분이 드는
건 이상한 일이 아니겠지만, 3년 전 내가 우울증을 앓기 시작했을
때도 딱 이랬던 걸 생각하면 불안해졌다.

∴

질병은 자연과의 거래에 존재하는 어두운 측면이다.
질병은 죽음의 일상성, 개인의 일회성, 끊임없이 변화하는 생명체의
무자비함과 예측 불가능성을 떠올리게 한다. 하지만 우울증은
일견 이 준엄한 구도와 들어맞지 않는 것처럼 보인다. 우울증은
무작위적·물리적 '사고'로 일어나는 것이 아니며, 기회주의적
바이러스나 진화적 야심가처럼 남의 우울증 덕분에 이득을 보는
존재도 없다. 우울증과 생물학적 생명 유지는 전혀 관련이 없는 것
같다. 우울증은 내게 끔찍한 일을 저질렀다. 내가 믿어 의심치 않았던
모든 것들, 즉 세상에 대한 감각적 참여의 중요성, 감각과 지성의
연결, 자연과 문화의 불가분성 등을 부정하고 죽였으니까. 게다가
기존의 심리학 이론에 따르면 내가 높은 지위와 성취에서 오는
행복감으로 가득했어야 할 시기에 나의 우울증은 오히려 악화되기
시작했다.

그것은 바로 내가 지금껏 작업한 책 중 가장 힘들었던
『영국 식물 백과사전』을 막 끝냈을 때였다. 책은 잘 마무리되었다.
25만 단어로 영국 식물 민속학을 정리하는 중노동은 고되긴 했지만
즐거웠다. 사실 '민속학'이라는 말은 이 프로젝트의 특성을 제대로
담아내지 못한다. 이 책은 예스러운 골동 취미가 아니라 민중을
취재한 다큐멘터리 기록이었다. 1만 명에 가까운 사람들이 자신에게
야생식물이 어떤 의미인지 이야기해주었다. 그들이 채취하고, 별명을
붙이고, 먹고, 엮고, 깎고, 껴안고, 꿈꾸던 식물들. 절기 의식이나
자가 조제약, 아이들의 놀이, 행운의 부적에 쓰였던 식물들. 토지
경계선, 출생, 유년기, 죽음을 표시하거나 상징하는 식물들. 나는
이 위대한 공동 서사를 연결하는 해설에 변변찮은 의견을 덧붙이고
약간의 사회문화사, 잡다한 생태학, 내가 취재한 사람들의 사연,
나름의 미학적 인상 등을 채워 넣었다. 내가 식물에 관해, 어쩌면
자연에 관해 알고 느낀 모든 것을 이 책에 쏟아부었다. 내가 앞으로
무슨 글을 더 쓸 수 있을지 알 수 없었다. 기록자가 되는 것이 내
운명이라면, 이제 나는 그 역할을 다한 게 아닐까? 그때만 해도
나는 소위 자연 에세이의 본질이 무엇인지, 이렇게 지엽적인 작업이
그 소재인 실제 삶의 혼란스러운 흐름과 어떻게 부합할 수 있을지
깊이 생각해보지 못했었다. 그해 겨울 책이 나오고 요란한 홍보
작업도 대충 끝나고 나니, 마음 한구석에서 조사 기록관이 아니라
야바위꾼이나 할 걸 그랬다는 생각이 들기 시작했다.

어머니와 책이라는 도피처가 사라지다

뭔가 문제가 있었다. 당시에는 사소하게 느껴졌지만 훗날 생각해보니 뭐가 문제였는지 보여주는 듯했던 경험이 하나 떠오른다. 나는 칠턴의 옛집에서 멀지 않은 템스 계곡에 간 적이 있다. 1950년대까지만 해도 그곳에서 서식하던 사두패모 군락의 자취를 찾기 위해서였다. 눈에 띄게 화려한 사두패모꽃은 포드 마을 주변 초원에 워낙 많이 피어서, 5월의 일요일이면 모금함에 몇 펜스만 내고 꽃을 한 다발 따갈 수 있는 행사가 열리곤 했다. 노동절에는 동네 아이들이 사두패모와 왕패모로 만든 이국적인 지팡이를 들고 핼러윈 때처럼 사탕을 안 주면 장난을 치겠다고 을러댔다.

초원은 1950년대 초에 갈아엎어졌다. 하지만 몇 포기쯤은 습한 들판 구석에 살아남았으리라는 직감이 들었고, 실제로 그해 4월 오후에 나무가 심어진 작은 초지에서 사두패모 세 송이를 찾아낼 수 있었다. 나는 신이 나서 쌍안경과 메모장을 흔들어대며 오솔길을 따라 달려갔다. 그런 내 모습이 다른 사람들에게는 항상 파괴적인 임무만 수행하는 기획부 직원처럼 보인 모양이다. 대문가에 기대어 있던 나이 지긋한 현지인 두 명이 지극히 정중한 태도로 무슨 일이냐고 물어왔다. 나는 당혹감과 호기심이 묘하게 뒤섞인 기분으로 사두패모에 관해 (아마도 다소 주제넘게 들렸을) 질문을 던졌다. 두 노인은 금세 내 건방진 태도에 찬물을 끼얹었다. 그들은 초원과 5월에 열렸던 사두패모 축제를 생생하게 기억하고 있었다. 초원을 갈아엎기 전에 몇몇 주민들이 사두패모 알뿌리를 캐어 갔고, 그들

이웃의 사두패모 군락 하나는 20포기에서 250포기까지 늘어났다고
했다. 나는 혹시 그 군락이 어르신 정원에 있는지 물었지만 "아뇨,
그냥 어느 땅에 있어요"라는 신중한 대답이 돌아왔다.

　　나는 내가 있어야 할 곳, 있었던 곳이 아니라 전혀 내 자리가
아닌 곳에 놓인 것 같았다. 닻도 없이 떠다니는 구형 잠수구 안에서
반짝이는 물속을 들여다보는 기분이었다. 나는 글쓰기를 좋아했고
글쓰기가 중요하다고 생각했지만, 점점 더 스스로가 외부인이자 생태
구경꾼일 뿐이라고 느꼈다. 그 거북하고 꺼림칙한 느낌은 책이 나온
그해 겨울 내내 내 안에 확고히 뿌리를 내렸다.

　　새로운 아이디어가 난관에 봉착하지 않고 책 한 권으로
완성된 것은 전업 작가가 된 이후로 처음이었다. 누구나 책을 끝낼
때 떠올리는 진부한 질문이 내 머릿속에도 찾아왔다. '이게 끝이야?'
나는 수년간 내 삶의 틈새를 일로 메우며 지내왔다. 실패한 인간관계,
(치열하게 지키려고 하면서도 애물단지로 여기던) 고독, 옛집에 대한
고집스럽다 못해 무시무시한 집착. 그러면서 글쓰기가 내게 주어진
역할은 아니더라도 강박이자 소명이라는 것을 깨달았다. 하지만
내게는 또 다른 소명이 있었다. 파킨슨병으로 거동이 불편하신
어머니를 돌보는 일이었다. 그것은 내가 절대로 회피할 수 없을
책임이었지만, 동시에 옛집과 기존의 감정적 궤도를 벗어나지 않을
확고한 구실이었음을 나 자신도 잘 알고 있었다. 어머니가 돌아가신
후에는 방대한 책 작업에 신경 써야 했다. 하지만 이제는 둘 다
과거가 되었고 내 평계도 사라져버렸다.

때맞춰 내 몸도 반항하고 나섰다. 나는 다양한 심신질환에 시달렸다. 팔다리, 내장, 방광까지 아팠다. '심장 울렁거림' 혹은 심방잔떨림으로 알려져 있는 심장 부정맥도 나타났다. 휴대용 심전도 측정기를 가슴에 차고 이를 악물며 들판을 걸어 다닌 어느 봄날에는 24시간 동안 3,500회의 심박 누락이 기록되었다. 담당 의사는 그 기록이 엄청나긴 하지만 심각할 정도는 아니며, 심장이 그보다 더 큰 문제를 일으키지 않았다는 건 내가 건강하다는 의미라고 말했다. 하지만 자동 제세동기의 충격을 기억하는 내게 그런 말은 큰 위안이 되지 못했다.

이 모든 것이 새로운 일은 아니었다. 나는 평생 동안 상실이나 실망을 겪으면 불쾌감에 빠지곤 했다. 가끔은 날씨만 흐려도 기분이 나빠졌고, 반대로 기분이 나빠서 좋은 날씨가 무의미해지기도 했다. 내가 간간이 써온 일기를 보면 봄에 도래하는 철새와 가을의 포근한 날씨를 기뻐하는 내용 군데군데 악천후에 대한 마음속 불평이 끼어들곤 한다. 이른 봄과 초겨울이 최악일 때가 많았다. 해에 따라서는 이런 증상이 '버컨의 기간(계절에 따른 기온 상승 또는 하강이 잠시 중단되거나 역전되는 현상. 19세기 중반 스코틀랜드 기상관측소 기록을 분석한 기상학자 알렉산더 버컨의 이름을 따왔다 — 옮긴이)'으로 알려진 반복적 기후 현상처럼 일정한 날짜에 맞추어 발생하기도 했다. 어릴 때는 이 증상이 '극도로 민감한' 성격 때문이라고 여겼다. 마치 내 몸이 마음에 폭풍이 닥치면 애처롭게 울부짖는 풍명금(반향이 있는 상자에 양의 창자로 만든 줄을 당겨 맨 악기.

바람이 불면 저절로 소리를 낸다 — 옮긴이)이라도 되는 것처럼 말이다. 요즘 같으면 유전이나 양육 문제로 발생한 분리 불안이나 불안정 애착이라고 진단받았을 것이다. 하지만 내가 배운 것은 남들의 주의를 끌고, 사랑하는 이들을 책망하고, 불쾌한 상황에서 벗어나 집으로 돌아갈 수 있게 해주는 심신질환의 힘이었다. 누군가를 나무라면서도 불쌍해 보이고 싶은 욕망의 표출이라는 점에서("네가 나한테 무슨 짓을 했는지 보라고!"), 심신질환은 유년기의 짜증이나 토라짐이 좀 더 정교해진 것에 불과하다. 그것은 신체라는 극장의 일부다.

식물적 후퇴

하지만 이번에는 좀 더 심각하게 느껴졌다. 겨울이 끝나도 증상이 나아지지 않았고, 이후로 1년 넘게 새로운 형태와 조합으로 계속 다시 나타났다. 게다가 당연하게도 걱정할수록 증상이 더 악화될 뿐이었다. 내 앞날에 관해 무시무시한 생각을 하게 되었고, 어느새 나도 모르게 지독한 우울증에 빠져들었다. 아이디어가 떠오르지 않았다. 작업에 대한 감식안과 열정도 사라졌다. 자연 탐사를 포기하면서 내 삶의 주요 자극으로부터 스스로를 완전히 차단해버렸다. 심리 치료를 받아도 별로 달라지는 게 없었다. 약물은 효과가 없었다. 대화 치료는 이따금 유쾌한 기분 전환이 되긴 했지만 얼마 지나지 않아 이젠 지긋지긋한 가족 문제, 알코올의존증 아버지와 과묵한 어머니의 영향, 그 밖의 가능성에 대한 상투적

열거로 전락했다. 대화 치료가 위안을 주고 세상과의 중요한 연결점이 될 수도 있다. 하지만 우울증을 이해하거나 그에 관해 이야기하는 것만으로 우울증의 원인이 사라지리라는 생각은 그 병을 겪은 사람들 대부분이 인정하듯 희망 사항에 불과하다.

그리하여 나는 더욱더 가라앉았다. 아무것도 할 수 없었기에 선택과 선택하지 않음으로 인한 불안이 나를 짓눌러왔다. 내 삶은 하루하루가 거의 구분되지 않는 상태로 접어들었다. 나는 하루 종일 불안해서 꼼짝할 수 없다는 걸 불안해하며 침대에 누워 있었다. 점심시간에는 100미터쯤 떨어진 가장 가까운 펍pub(영국 고유의 대중적 술집 겸 식당 ─ 옮긴이)으로 걸어가서 술을 퍼마시고《더 타임스》를 한 줄도 빼먹지 않고 샅샅이 읽어치운 다음 도로 침대에 기어들었다. 전화를 받거나 우편물을 뜯어볼 생각조차 하지 않았다.

내가 자존감 상실(우울증의 원인과 본질에 대한 일반적 이론)로 괴로워했다고 말한다면 내 감정의 복잡함을 과장하는 허풍일 것이다. 내가 생각하고 있었던 건 오직 내 상태뿐이었으니까. 마치 뫼비우스의 띠 안에 갇혀버린 것 같았다. 한 번 꼬은 뒤 끝을 붙여 앞뒷면이 하나인 원 모양의 기하학 모형 말이다. 불안은 내가 갇힌 뫼비우스의 띠 표면이었다. 내게도 하루 한 번 잠시나마 평화로운 순간이 있었다. 새벽에 잠에서 깬 후 공황이 시작되기 전까지 몇 초 동안의 평형 상태였다. 기어 변속 중에 거치는 중립 상태처럼 짧지만 확실히 느껴지던 그 순간을 통해 '좋은' 상태가 존재한다는 것을, 그리고 내가 거기서 완전히 벗어나는 대신 거기 머물기를 원한다는 것을 되새길 수 있었다. 자살의 유혹은 그다지 강하지 않았지만(누가 내 시체를 찾아주겠는가?) 술에 얼근히 취하면 야생으로 돌아가는 도피주의적 환상에 빠지기도 했다. 돈이 다 떨어지면 내가 지닌 유일한 생존 기술을 활용해 숲속에서 먹을거리를 채취하며 살아가겠다고 말이다. 하지만 나 역시 그것이 말도 안 되는 환상임을 잘 알고 있었기에, 대부분의 시간은 겁에 질려 비행기 승무원들이 시범을 보여주는 '추락 시 자세'로 웅크린 채 간절히 난기류가 지나가기만을 기도하곤 했다.

내가 왜 우울증에 걸렸는지 이제는 충분히 이해한다. 나는 말 그대로 기진맥진해서 막다른 골목에 서 있었다. 나는 성장의 주요 단계를 거치지 못했고 단 한 번도 '날갯짓'을 해본 적이 없었다. 하지만 내 신경계가 그토록 기이하고 비생산적인 반응을 선택한 이유라든지, 우울증에 존재할지 모르는 생존 가치(생체의 특질이 생존과 번식에 기여하는 유용성 — 옮긴이)에 관해 내가 차분히 숙고해볼 수 있는 상태였다면 좋았으리라는 아쉬움은 남는다. 우울증만큼 흔하고 널리 퍼져 있는 기능 장애라면 '정상적' 행동에 대한 일종의 전구체, 즉 원형적 유용성과 생태학적 역할이 존재해야 한다. 한 진화심리학자는 우울증의 원형이 '먹이를 잡지 못하고 집으로 돌아가는 사냥꾼의 심정'이며, 이런 감정이 그가 훗날 사냥에 성공할 수 있게 촉구한다고 주장한다. 신경쇠약 증상이라기보다는 진부한 남성적 분노에 대한 설명처럼 들린다. 정통 심리학은 오랫동안 '사냥꾼 수컷' 시나리오와 스트레스에 대한 '투쟁 또는 도피 반응'

모델에 지배되어왔다.

하지만 생물계에는 항상 문제에 대한 세 번째 반응이 존재해왔으니, 바로 올리버 색스가 '식물적 후퇴'라고 부르는 전략이다.[12] 투쟁이나 도피가 불가능하거나 부적합할 때, 또는 이를 미처 학습하지 못했을 때 유기체는 죽은 척한다. 주머니쥐는 '주머니쥐 놀이play possum(가만히 누워 시치미 뗀다는 뜻의 관용어 — 옮긴이)'를 한다. 고슴도치는 웅크린다. 원숭이올빼미는 기절한다. 이들 모두 자기방어를 위해 의사 결정과 심지어 움직임까지 보류한 채 죽음 혹은 수면과 유사한 상태로 빠져든다. 둥지 속 아기 칼새도 부모가 먹이를 사냥하느라 장기간 자리를 비우면 (물론 이유는 다르지만) 혼수상태에 빠진다. 식물적 후퇴는 안전한 피난처를 의미하며, 아드레날린 폭발보다 내적 수비 과정이 우선시되는 단계다. 위협에 처해 당황한 생물의 지극히 합리적인 반응이자 일종의 원시 우울증이기도 하다. 인간의 경우 장기적 불행이나 실망도 우울증의 원인인 듯하다. 자연 상태에서 우울증은 본래 단기 전략이며 위험이 지나가면 해소되게 마련이다. 하지만 내 경우는 그렇지 않았고, 따라서 여전히 정체 모를 위험이 내 앞에 존재한다고 생각할 수밖에 없었다.

나는 악순환의 고리를 끊기 위해 병원에 입원했다. 술을 끊고 보살핌을 받았다. 환자용 휴게실에 있으면 병원 경내를 날아다니는 사냥용 매를 볼 수 있었다. 내가 아직도 그 모습을 알아볼 수 있다는 사실이 다행스러웠다. 나는 작업치료에 등록했지만,

공구나 흥미로운 재료는 전부 사용이 금지되어 있었다. 그래서
며칠 동안 글씨 쓰기 연습을 하며 나 자신에게 '제대로 쓰는' 법을
가르친다는 농담을 즐겼다.

"오랜 시간 시적 글쓰기에 중독됨"

  그러다 퇴원 직전에 내가 있는 병원이 존 클레어가
생애의 마지막 23년간 머물렀던 바로 그 병원이라는 사실을 알게
되었다.[13] 하지만 당시만 해도 클레어가 무슨 병을 앓았는지는 잘
몰랐다. 그것까지 알았더라면 나와 그의 운명이 비슷하다는 망상을
품었으리라. 클레어는 나처럼 '극도로 민감한' 아이였고 설명할 수
없는 통증과 소화불량 등의 심신질환에 시달렸다. 나이가 들면서
고통은 더욱 심해졌다. 고향의 인클로저로 인한 상실감과 정신적
혼란, 가난, 출판업자와 후원자의 까다로운 요구가 병을 악화시켰다.
가장 유명한 '농민 시인'이던 그가 실향민이 된 것이다. 클레어가
조울증을 앓았다는 것도 거의 확실하다. 사십 대에 이르자 그의
정신적 혼란과 망상은 더욱 심해졌다. 처음에는 에핑 포레스트의
정신병원에 입원했다가 탈출하여 집까지 걸어서 돌아갔고, 이후에는
노샘프턴의 이 병원에 들어오게 되었다. 클레어의 입원 서류를
작성한 스크림셔 박사는 그의 상태가 악화된 주요 원인을 "오랜
시간 시적 글쓰기에 중독됨"이라고 적었다. 그럼에도 클레어는 (나와
마찬가지로) 동정심 많은 의사들의 보살핌과 계속 글을 쓰라는 격려를
받았다.

낮에는 마을에도 내려갈 수 있었고, 교회 현관에 앉아서 누구에게든 담배 한 대만 받으면 생일 축시와 연애편지를 써주는 일종의 마을 시인이 되었다. 클레어는 죽기 몇 년 전까지도 진지한 시 창작을 계속했으며, 감동적인 시뿐만 아니라 의미 모를 엉터리 시도 남겼다. 황홀경과 고난이 공존하는 클레어의 삶을 다정하고 꼼꼼하게 기록한 조너선 베이트의 말을 빌리면, 그는 "영웅적"이었다. 하지만 그의 시에는 눈에 띄는, 어쩌면 짐작 가능한 변화가 있었다. 클레어가 병원에 머무는 동안 우울증으로 무기력 상태에 빠진 적은 없었다. 하지만 그는 점차 마음속으로 침잠해갔고, 중년기의 생생하고 관능적이며 서로 연결된 시들은 보다 내면적이고 추상적이며 거의 형이상학적인 사색으로 대체되었다. 만년에 그가 쓴 시는 한때 그와 함께 "여름날 명성의 극치"를 누렸던 놀라운 실존 가수들이 아니라, 환멸에 빠지고 실망한 가수의 은유인 '뮤즈'를 주제로 삼는다.

몇 주 후 나는 어느 정도 회복되어 집으로 돌아왔다. 하지만 상황이 전혀 달라지지 않았다 보니 또다시 급속도로 악화되었다. 내가 누워 있던 방의 커튼도 내렸다. 단순히 남들에게 보이는 게 부끄러워서가 아니라, 내가 잃어버린 것들을 상기시키는 풍경을 견딜 수 없었기 때문이다. 나는 그 대신 책장을 바라보았다. 25년 동안 모아왔지만 다시는 펼치지 않을 것 같은 책들을, 그리고 내가 썼음에도 이젠 이해 불가능한 수수께끼처럼 느껴지는 책들을 바라보았다. 내가 잃어버린 것 중에도 가장 견디기 힘든 부분이었다. 글쓰기는 내게 '삶의 이유' 같은 감상적 존재가 아니었다. 그저 내가 사물을 보는 방식이었을 뿐이다. 내게 뭔가를 경험한다는 건 그것을 하나의 문장, 장면, 이야기로 만드는 일이었다.

스무 살 때 아버지를 여읜 것은 내 인생 최초의 심각한 사건이었다. 처음에 내가 느낀 것은 무뚝뚝한 주정뱅이 폭군이 우리 가족의 삶에서 완전히 사라졌다는 안도감뿐이었다. 그러나 아버지의 장례식에서 나는 이 상실을 보상하고 그분에 대한 애정을 찾아보려는 욕망, 적어도 애도의 감정에 빠져들고 싶은 욕망에 사로잡혔다. 하지만 소용이 없었다. 장례식장에서 집으로 돌아왔을 때 내가 할 수 있는 일이라고는 몇 시간이고 방에 틀어박혀서 영구차를 향해 모자를 벗어 보였던 조문객들, 묘지의 기이한 번쩍거림, 오랫동안 고생하신 어머니가 앞으로 쓰러질 뻔했던 순간에 관해 쓰는 것뿐이었다. 그런 반사 신경을 잃어버린다는 건 걷기 위해 한 발을 다른 발 앞에 놓는 본능을 잃는 것이나 마찬가지였다.

식물적 전진

외부 자극이 사라지자 감각이 저절로 돌아왔다. 이미 고음부 난청으로 살짝 잡음이 있었던 내 귀가 제멋대로 반응했다. 나는 이상한 소리를 듣기 시작했다. 실제가 아니라 내 머릿속에서 나는 소리임을 잘 알고 있었으니 환청이라고 할 수는 없겠지만, 그럼에도 불구하고 내게는 뚜렷이 들리는 소리였다. 왼쪽 귀에서는 4인조 관악대가 소위 '이지 리스닝' 음악을 연주하고 있었다. 오른쪽 귀에서는 러시아 정교회의 베이스 독창자가 놀라운 음역과 힘찬

성량을 과시했다. 관악대가 연주하는 곡은 내 마음대로 바꿀 수
있었지만(그들 자신은 희한하게도 〈꽃의 춤The Floral Dance〉을 특별히
선호했다) 러시아 정교회 독창자의 거칠고 현란한 노래는 통제가
불가능했다. 그러던 어느 날 아침, 잠에서 깨자마자 불길한 빛을
발하는 빨간색 책 표지가 눈에 들어왔다. 나는 공황 상태에 빠졌다.
담당 의사는 나를 달래려는 듯 이른 아침이면 망막에 혈류가 더 많게
마련이니 불안이 시작되기 전에 그 사실을 유념하라고 알려주었다.
하지만 내 눈 안의 혈류 때문에 겁을 먹었다는 것 자체가 내게는
두려운 일이었다. 자연계에서는 항상 빨간색이 경고 신호라는 사실을
잊을 수 없었다.

　　　이후 사건들은 길게 쓸 필요가 없다. 전형적인 신경쇠약의
마지막 단계였다. 개봉하지 않고 내버려둔 청구서가 어느새 현관문을
두드리는 수금업자로 변했다. 나는 내 앞가림조차 할 수 없었다.
거의 평생 한집에서 살아온 동생도 이제 대화는커녕 나를 상대하는
것도 불가능하다며 집을 팔자고 했다. 그걸로 끝이었다. 나는 빨간색
경고 신호를 따랐다. 내 물건을 오랜 친구들에게 맡기고 얼마 남지
않은 예금을 긁어모아 며칠 더 입원하기로 했다. 또다시 술을 끊고
병원에서 주는 대로 약을 삼켰다. 하지만 예전과는 달라진 점이
있었다. 이번에는 담당 의사뿐만 아니라 나의 새 변호사도 내가 바로
집에 돌아간다면 퇴원을 허락하지 않겠다고 했다. 나는 보호시설로
가거나(정말로 그랬더라면 나는 끝장났으리라), 다행히도 내 상황을
눈치챘을 믿음직한 친구들의 보살핌을 받아야 했다. 후자가 가능했던

것은 유난히 힘들었던 어느 날 병원을 찾아와 현명하게도 내
지인들에게 연락을 돌려준 다이 브라이얼리 덕분이었다.

그리하여 나는 짐을 꾸리고 병원을 떠났다. 1960년대에
난생처음 고향 마을을 떠나 조심스럽게 발을 내디뎠던 지역인 노퍽
북부 해안으로 향했다. 내가 이 습지대를 처음 발견했을 때부터
친구였던 마이크와 푸 커티스가 나를 업둥이처럼 거두어주었다.
내 체중을 재고 불어난 살집이 다 들어가는 새 바지를 입혀준 다음
이런저런 일을 시켰다. 나는 빨래를 널고 채소를 수확하고 마을에
나가서 쇼핑도 했다. 내게 익숙지 않은 활동을 하다 보니 잠시 앉아서
쉴 수 있는 은신처가 간절했다. 푸는 혹시라도 아이디어가 떠오를지
모른다며 내게 메모장을 줬지만, 그런 일은 일어나지 않았다. 내 병이
식물적 후퇴였다면 이것은 일종의 식물적 전진, 자립 생활 비슷한
것으로 되돌아가기 위한 느리고 지루하고 무의식적인 과정이었다.

일주일도 채 지나지 않았을 무렵, 두 사람은 내가 한때
그토록 열심히 글을 썼던 갯벌로 나를 데려갔다. "이 불안정한
땅 끝자락의 근접성이야말로 노퍽의 비밀스러운 매력 중 하나다.
(…) 우리 자신도 표류물처럼 우연적인 존재가 되어 느긋하게
머물고, 자유로이 떠다니고, 예상치 못한 곳으로 떠밀려 가고자
하는 반¥의식적 욕망의 반영. 이 움직이는 모래펄 가운데서 세상은
가능성으로 가득한 것처럼 보였다." [14] 나는 이렇게 명상하곤 했지만,
이젠 그 불안정성이 세상에서 가장 무시무시한 것으로 느껴졌다.
나는 그들이 시키는 대로 새조개를 잡고 통통마디도 채취했다.

발목까지 차오르는 진흙탕을 헤집고 즙 많은 새싹을 모아 수렵
채취인처럼 의기양양하게 집으로 돌아가는 일이 예전에는 매우
만족스럽고 짜릿했다. 하지만 지금은 20초만 쪼그려 앉아 있어도
허리와 무릎이 아파서 죽을 지경이었다. 불과 몇 년 전까지만 해도
자신 있게 맨발을 내디디면서 진흙 위를 달릴 수 있었다. 이제는
불어난 체중을 지탱하는 데 익숙지 못한 발목이 800미터마다 푹
꺾여서 허우적대고 절뚝거릴 수밖에 없었다. 처음으로 어느 정도
걸었을 때는 눈앞이 하얘지고 숨이 턱 막힐 정도였다. 마이크의
소형 보트가 요란한 엔진 소리를 내며 블레이크니 항구를 지나는
동안, 내 머릿속에는 다시 벽을 마주 보며 침대에 누워 있고 싶은
생각뿐이었다. 내가 앉은 자리 가까이 파도가 밀려왔다. 온몸이
뻣뻣하고 겁이 나서 배에 타기도 내리기도 어려웠다. 나는 벌컥
화를 내며 평생 한 번도 바다를 좋아한 적이 없다고 거짓말을 했다.
푸는 그저 고개를 내저으며 "노퍽에 올 거면 물과 함께 사는 데
익숙해져야 해, 릭"이라고 말했다. 내가 정말로 이곳에 살게 되리란
건 푸 자신도 몰랐으리라.

　　하지만 나는 결국 서서히 그리고 힘겹게 회복되어갔다.
체중이 줄었고 다시 제대로 숨 쉴 수 있게 되었다. 나는 엽서를 썼다.
누에콩 냄새를 맡았다. 미래가 있을지도 모른다고 생각하려 애쓰며
건강한 사람을 연기하다 보니 정말로 조금씩 나아졌다. 연기는 다시
감정을 불어넣을 수 있는 껍데기, 일종의 구현이었다. 아니면 시계가
태엽만 감으면 다시 돌아가는 것과 같은 원리였을지도 모른다.

그렇게 친구들의 집을 전전하며 몇 주를 보냈다. 노퍽 해안을 따라 십 대 시절 나를 처음으로 이 지역에 데려왔고 지금은 내 재정 관리자가 된 저스틴, 내륙에 사는 로저, 친구들에게 연락을 취해준 남쪽의 다이. 심지어 잠시 옛 고향 마을로(내 옛집은 아니었다) 돌아가 하딩스 우드 시절 동료였던 프란체스카와 존과 함께 지내기도 했다. 그다음에는 다시 노퍽 북부로 돌아왔다. 내가 무기력한 표류물 같다는 느낌은 사라졌고, 오히려 걱정 근심 없는 생활이 즐겁게 느껴졌다. 몇 주만 지나면 옛집을 잃게 되리라는 사실은 거의 생각하지 않았다.

폴리, 나의 열쇠

폴리를 처음 만난 것은 8년쯤 전 노퍽에서 열린 어느 디너파티에서였다. 식물을 좋아하는 공통점이 있으니 서로 대화하기 편할 것이라는 호스트의 배려로 우리는 나란히 앉았다. 실제로도 그랬다. 폴리는 노리치 중심부의 베네딕트회 약초원을 그림으로 옮기는 작업에 참여하고 있었는데, 내가 그런 일에 관해 알려줄 수 있는 모든 정보를 듣고 싶어 했다. 폴리의 놀라운 호기심과 뛰어난 집중력은 이야기할 의욕을 북돋울 뿐만 아니라 무척 매력적이기도 했다. 폴리도 노퍽 출신이었는데, 브로드에서 의사의 딸로 태어났으며 칠턴에서의 나만큼 야성적인 유년기를 보냈다고 했다. 당시에는 아동학 강사로 일했고 그 와중에 미술사 학위도 취득한 터였다. 그날 우리가 얼마나 많은 이야기를 나눴는지 세 시간

넘도록 다른 사람과는 말도 못 섞었을 정도였다. 자세한 대화 내용은 기억나지 않지만 분위기가 어땠는지는 선명하다. 말문이 트인 지 얼마 안 된 아이들처럼 입을 크게 벌리고 온통 우스꽝스러운 표정을 지어가며 과장된 놀라움과 흥분, 회의감을 공유했던 것도. 우리는 이미 서로의 마음속에서 구제 불능의 시골내기를 알아보았다. 그러나 폴리는 이미 남편과 아이들이 있었기에, 저녁이 끝날 무렵 나는 아쉬워하며 우리의 만남을 또 하나의 아련한 기억으로 마음속에 묻어두었다.

노픽을 떠나기 전까지 가끔씩 폴리를 만났다. 항상 처음처럼 즐겁고 마음을 뒤흔드는 만남이었다. 이렇게 예전과 다른 상태로 북쪽 해안에 돌아오니 폴리가 어떻게 지내는지, 다시 만날 수 있을지 궁금했다. 폴리에게도 힘든 일이 있었다는 이야기를 전해 듣고 (내 보호자들을 졸라서) 차 마시러 오라고 초대했다. 며칠 후 폴리가 찾아왔다. 우리 둘은 (보호자들과 함께) 들판을 걸으며 온갖 꽃을 열심히 바라보다가 어색하게 서로 쳐다보곤 했다. 며칠 뒤 주말에 폴리는 약초원을 구경시켜주었다. 우리는 조심스러우면서도 과감하게 시시덕거렸다. 시들어가는 가을철 다년생식물 사이에서 계절에 맞지 않는 은방울꽃 향기가 났다. "내 향수 냄새야." 폴리가 무심결에 말했고, 우리는 자연스럽게 서로 입을 맞췄다. 며칠 후 멜리스에 있는 로저의 집에 머물게 된 나는 쭈뼛거리며 폴리에게 날 만나러 올 생각이 있는지 물었다. 공유지의 펍 앞에서 기다리고 있으니 곧 차창 밖으로 상체를 내밀고 여왕처럼 손을 흔드는 폴리의

모습이 보였다. 우리는 아주 오랫동안 서로를 껴안고 그 자리에 서
있었다. 대체 무슨 일이 일어나고 있는 건지 어리둥절한 채. 급기야
길을 지나던 사람들이 우리를 향해 추잡한 농담을 던지기 시작했다.

　　　　오후는 맑고 무더웠다. 우리는 추수가 한창인 들판을
걸었다. 고해성사의 시간, 서로의 상실을 정산하는 시간이었다.
폴리는 슬프게 끝나버린 결혼 생활과 여전히 상처로 남아 있는
오빠의 죽음을 이야기했다. 나는 나 자신의 병과 어머니의 더욱
길었던 병, 잃어버린 세월을 이야기했다. 우리 둘 다 엉엉 울고 숨
막히도록 흐느꼈다. 하늘은 놀랍도록 푸르렀다. 둘이 나란히 누워
있노라니 생쥐가 밀밭을 달리며 이삭을 갉아먹는 소리가 들렸다.
미스터리 서클(잉글랜드 남부에서 밭의 곡식이 원형으로 쓰러져 생기는
문양 — 옮긴이)이 어떻게 만들어지는지 그제야 알 수 있었다.
모든 것이 엉망진창 코미디처럼 느껴져서 결국은 둘 다 웃음을
터뜨려버렸다. 우리는 이삭 그루터기에 온몸이 긁힌 채 들판을
떠났지만, 이제는 서로의 삶이 달라졌음을 깨달았다.

　　　　나는 칠턴의 옛집으로 돌아갈 위험을 감수할 만큼
건강해졌다. 하지만 돈이 거의 바닥나서, 폴리에게 다음 끼니를
어디서 때워야 할지도 모를 지경이라고 푸념하는 편지를 보냈다.
우편으로 도착한 답장은 근대가 가득 담긴 지퍼 백이었다. 나를
엄마처럼 돌봐줄 생각은 전혀 없다는 선언이자, 폴리가 내게 한 방
먹이고 나를 웃길 방법을 직관적으로 알고 있다는 증거였다. 그
흔해빠진 푸성귀 한 봉지가 그 순간 내게 얼마나 소중했는지 이

세상 누구도 짐작할 수 없으리라. 다행히도 나는 근대 사이에 꽂혀 있던 작은 봉투를 발견했다. 지폐 한 장이 들어 있었다. 음식값이 아니라, 런던행 기차표를 사서 왕립미술원 전시회를 보러 오라는 초대장이었다. 우리는 남들 몰래 그곳에서 만났다. 이후로 몇 시간 동안 나는 예술을 단순히 최종 결과물이 아니라 창작 행위로, 상상력뿐만 아니라 감정, 친구들, 날씨, 청구서를 통해 삶의 한순간을 담아낸 드라마로 보는 폴리의 관점에 푹 빠져들었다.

여름이 끝날 무렵 폴리는 피레네산맥으로 자전거 여행을 떠났다. 피레네는 너무 멀게 느껴졌다. 연애를 시작한 지 얼마 안 된 우리에게는 지극히 고통스러운 공백기였다. 하지만 폴리는 평소와 달리 어른스러운 태도로 자기가 떠나 있는 동안 내가 무슨 일을 하고 무슨 생각을 했는지 알 수 있도록 간단하게나마 일기를 써달라고 부탁했다. 그 사소하고 애정 어린 요구 뒤에 얼마나 현명한 치유의 직감이 있었는지 나로서는 알 수 없으며 앞으로도 영원히 몰랐으면 한다. 하지만 나는 아주 기쁘게 폴리의 요청을 따랐고, 2년 만에 처음으로 내 이름과 주소보다 더 많은 것을 종이에 썼다. 정원에서 일어난 일, 지나가는 새, 내 숲, 친구들과 함께 시골 펍에서 열린 뱅크 홀리데이 록페스티벌에 간 일, 루이지애나 토박이답게 춤추는 여섯 살짜리 케이준(미국 루이지애나주의 프랑스계 이민자 후손을 가리킨다 — 옮긴이) 꼬마를 본 일에 대해 적었다.

지금까지 글로 쓴 적 없는 과거의 파편들을, 옥스퍼드에서의 시간과 작가가 되기 전까지 거쳐 온 일자리들을 정리해보려고 했다.

그런데 글을 쓰면 쓸수록 내 삶이 지금껏 연기해온 외톨이 방관자의 삶과는 다르게 느껴졌다. 나는 많은 곳에 가보았고 여러 친구를 사귀었으며, 돌이켜보면 나름대로의 업적도 남긴 사람이었다. 다시 글을 쓴다는 것은 그 자체로 내 정체성을 되찾았다는 안도감일 뿐만 아니라 수년 동안 잠들어 있던 나의 일부를 열어주는 열쇠였다. 아마도 내 평생 처음으로 당당하게 에로틱한 글도 끼적여보고, 혹시 내가 아닌 다른 사람으로 오해받을까 봐 걱정되었는지 온전하고 상세한 정치적 선언문도 적었다. 이미 몇 년 전에 기록해야 했을 나의 생태학적 신조뿐만 아니라, 평화운동가 시절부터 지역 정부 소재지 지도(2차 대전 당시 핵전쟁에 대비해 영국 정부를 각 지역에 분산시키려고 했던 계획과 관련된 지도 — 옮긴이)를 간직해왔다는 사실도 언급한 글이었다. 원고는 점점 더 길어져갔다. 30년 전 우리 집 정원에 내가 심었던 너도밤나무 그늘에 앉아 글을 쓰는 동안, 집을 보러 온 사람들이 잔디밭을 가로질렀다. 대부분은 정중하지만 긴장된 태도로 나와 거리를 두었다. 혹시라도 내가 경쟁자일까 봐 걱정하는 듯했다. 그들은 내가 옛집에 돌아온 작가라는 사실을 몰랐으니까.

폴리의 휴가가 끝날 무렵 나는 짧은 책 분량의 글을 완성했고 내 삶도 되찾은 상태였다. 내가 병을 극복한 것은 친구들, 바다, 땀 흘려 일하기, 상징적 위안을 주는 너도밤나무, 무엇보다도 폴리의 배려 덕분이었다. 하지만 상상력을 통한 정신세계와의 관계 회복이야말로 내게는 진정한 '자연 치유'였다. 내가 이삿짐을 꾸리고 행운과 사랑을 찾아 이스트 앵글리아로 떠나왔을 때도 그 치유력은 곁에 남아 있었다.

∵.

　　　　다행히도 내 병은 재발하지 않았다. 어둠과 밝음이
미묘하게 교체되는 관념적 순간인 동지가 지나갔다. 날씨도 마침
때맞추어 포근해졌다. 겨울 밀이 5센티미터 가까이 자라났다.
냉동실 속 사슴고기는 처치 곤란한 돌덩이가 되었다. 하지만
크리스마스를 맞아 내려온 케이트가 상냥하게도 자기 본가에서
크리스마스를 보내자며 나를 초대해주었다. 지난 두 해 겨울을
스크루지만큼 처량하게 지낸 데다 열두 살 이후로 세 명 이상과 함께
크리스마스를 보낸 적이 거의 없던 나는 크게 감동했고, 보답으로
집 장식을 돕겠다고 제안했다. 내가 잠시나마 함께하게 된 가족의
전통이 얼마나 거창한지 미처 몰랐던 것이다. 포장용 상자들이
나오나 했더니, 잠시 후에는 말 그대로 모든 실내 벽면이 3대에
걸쳐 수집한 크리스마스 장식으로 뒤덮였다. 금속과 도자기로 만든
제비만 해도 한 상자나 되었는데, (잡학 애호가인) 내가 보기에는
보통 제비가 아니라 귀제비종의 특징이 뚜렷했다. 오리 한 상자는
분류학적으로 더 모호해 보였지만 그중 다수가 세 마리씩 포장되어
있었다. 결혼식 선물 접시, 다양한 나무 요정, 몇 봉지나 되는 장식용
반짝이 줄, 네 통 이상의 꼬마전구도 있었다. 이 모든 것의 상태를
확인한 다음, 흔한 가문비나무 크리스마스트리뿐만 아니라 배나무도
장식해야 했다. 나는 아무것도 모르는 철거 도우미 역할에 그치고

싶지 않았기에 외양간의 성가족 모형을 조립하겠다고 나섰다.

크리스마스이브가 되자 손님들이 속속 도착했다. 자녀들과 그 파트너, 자매, 삼촌, 조카, 친척까지 대가족 전체가 모였다. 누가 누구인지 파악하려면 다이어그램을 그려야 할 정도였다. 모두가 친절했지만, 내가 외부인이자 18세기의 화려한 파티에서 배경 장식이 되곤 했던 은둔자들과 다를 바 없다는 불편한 사실을 잊을 수는 없었다. 수상한 직업과 과거를 가진 암울한 독신 하숙인이라는 나의 기이한 사회적 위치를 고려하면, 손님용 침실을 제공받은 것만으로도 감사하게 느껴졌다.

크리스마스 아침에는 모두 함께 샴페인을 마신 다음 새로 페인트칠한 식당의 큰 원탁에 둘러앉았다. 다 함께 가족 전통의 중요성과 묵은 계절을 떠나보내는 '겨울 축제'에 관해 이야기했다. 밖에는 햇살이 눈부셨다. 창문 너머로 각다귀 떼가 날아다녔다. 집 안에서는 그날의 첫 번째(그 뒤로도 빡빡한 일정이 기다렸다) 행사가 시작되었다. 파티 책임자인 앨런은 트리비얼 퍼슈트(카드에 적힌 일반 상식과 대중문화 관련 질문에 대답하는 보드게임 — 옮긴이)를 하자고 제안했다. 식탁 이쪽과 저쪽으로 나뉘어 팀을 짜다 보니 빛 대 그림자라는 과감한 대립 구조가 생겨났다. 이러다가 빛의 세력과 어둠의 세력이 대결하는 이교도 축제가 되는 건 아닌가 싶었다. "한 판만 더 하죠." 앨런이 선언했다. 점심시간은 영원히 오지 않을 것만 같았다.

까마귀는 친구들과 사슴고기를 나눠 먹는다

그로부터 정확히 17년 전의 크리스마스 날이었다. 버몬트 대학교의 한 현장생물학자가 눈 덮인 언덕에 앉아 코요테가 인근 농장에서 잡아다 죽인 양 두 마리를 바라보고 있었다. 베른트 하인리히 교수는 지난가을에 보았던 광경을 숙고하는 중이었다. 사슴 사체를 까마귀 15마리와 나눠 먹다가 하나의 역설을 목격했던 것이다("가문비나무 아래 앉아 까마귀를 바라보며 사슴고기를 구워 먹는 것보다 더 큰 즐거움은 없다").[15] 까마귀들은 점심거리를 다 함께 공평하게 나눠 먹을 뿐만 아니라, 하인리히가 한 번도 들은 적 없는 '고함'을 지르며 더 많은 까마귀들을 불러 모으고 있었다. 이 사실이 그를 깜짝 놀라게 했다. 그가 '좌파적 협동'이라고 부르는 이 나눔은 혈연을 뛰어넘을 뿐만 아니라, 그가 배운 모든 생물학 기본 지식과 성스러운 '이기적 유전자' 이론에 반대되는 것처럼 보였다.

이후 5년 동안 하인리히는 까마귀를 집요하게, 다정하게, 절박하게 연구한다. 그의 일기『겨울의 까마귀』는 추운 계절의 경험, 새들의 관습과 생물학자들의 의식, 열정을 지닌 과학자의 끊임없는 고투(하인리히의 경우 거의 본능적인)에 관한 고전적 기록으로 남았다. 수수께끼가 그의 마음을 떠나지 않는다. 새들이 자발적으로 먹이를 나눌 수 있을까? 새들이 정말 다른 새를 의도적으로 '포섭'하는 걸까? 실제로 그렇다면 어떤 진화적 목적 때문일까? 하인리히는 이론을 철저히 검증하려고 자신의 목숨을 내건다. 까마귀 미끼로 내놓은 염소와 고양이 사체 옆에서 잠들고, 무게가 18킬로그램이나 되는 돼지 내장을 끌고 얼어붙은 산비탈을 올라간다. 숙소가 너무 추워서 시계가 느려지는 바람에 정확한 관찰 타이밍을 놓치기도 한다.

그는 일종의 주술사가 되어 거대한 음향 시스템으로 까마귀들에게 그들의 복잡한 고함 레퍼토리를 들려준다. 얼마 지나지 않아 하인리히는 아홉 가지 가설을 수립한다. 그중에는 '죄수의 딜레마'와 같은 난해한 사회생물학 이론뿐만 아니라 좀 더 그럴싸한 이론도 있다. 새들이 포식자가 있을 때를 대비해 수적 우세를 확보하려 한다거나, 반대로 소란을 피워서 숨어 있거나 꽁꽁 얼어붙은 사체를 찾아 내장을 꺼내줄 포식자를 유인하려 한다는 것이다. 그 와중에도 까마귀들은 당혹스럽지만 매력적인 행동을 보여주고, 하인리히는 점점 더 까마귀의 세계에 빠져든다. "새들은 그야말로 느긋해 보인다. 식사를 마친 뒤 행복한 개처럼 눈 위에 벌렁 드러누워 구르는가 하면, 엎드린 채 날개를 펄럭이며 발로 눈을 걷어차기도 한다. 가슴을 땅바닥에 대고 다리를 움직여 눈을 헤치고 나가는 녀석도 있다. 눈 목욕을 하는 것이다."

관찰자는 새와 일체가 되어간다. 하인리히는 버몬트 대학교 캠퍼스에서 파티를 열고 학생 도우미들을 모집해 양 사체를 구워 먹는다. 다 함께 무스헤드 맥주를 들이켜고 포크 기타 연주에 맞춰 고함을 지른다. 파티의 절정은 까마귀의 일거수일투족을 마음껏 연구할 수 있도록 거대한 까마귀 우리를 수작업으로 만드는 '사육장 짓기'다(그는 못내 아쉬운 듯 이렇게 적었다. "까마귀들이 인간의 관습을 어떻게 생각하는지 알 수 있다면 좋을 텐데"). 5년간의 헌신적이고 열렬하며 진 빠지는 자기 탐구("나는 예측 불가능성을 좋아하지 않는다. 내가 원하는 건 결과의 균일성이다")를 따라가다 보면, 하인리히가 선입관을 버리고 본능, 영혼, 명료한 공감을 따르기를 바라게 된다. 그는 53가지의 단서와 가설을 제시한 끝에 결국 누가 봐도 당연한 결론을 내키지 않는 듯 받아들인다(원래는 과학자가 절대로 해선 안 될 일이니까). 고함치며 밥을 먹는 까마귀 떼는 모든 어린 생물들이 파티에서 그렇듯 친구를 사귀고 사회적 위치를 확보하고 짝을 찾고 재미있게 놀기 위해 패거리를 모으는 것뿐이라고. 독자로서는 그가 이런 결론에 도달하기까지 최대한 먼 길을 돌아왔다는 데 감사할 따름이다.

에콜렉트, 모든 생명체는 서로를 필요로 한다

집 밖에서는 헤더가 우거진 공유지인 링1ing 위에서 젊은이들이 점점 더 흥겨워하고 있었다. 점심식사 후에는 더욱 많은 의례적 놀이와 다양한 사회적 전시가 열렸다. 모든 가정의 크리스마스가 그렇듯 매년 해오던 대로 적절한 순서에 따라 행사가 진행되었다. 나로서는 도저히 규칙을 이해할 수 없는 격렬한 댄스 게임이 펼쳐졌다. 그다음엔 보물찾기였는데, 어린 손님들이 집 안을 어찌나 신나게 뛰어다니는지 따라잡기 어려웠다. 나는 외부인일 뿐만 아니라 늙다리였다. 크리스마스 파티의 절정은 오싹한 필연적 느낌(어쩌면 신의 응징)으로 다가왔다. 내가 준비해둔 성가족 모형 옆에서 그 모습을 재현하는 행사가 진행될 예정이었다. 나는 양치기 중 한 명을 맡았다. 다른 양치기들은 매년 하던 대로 태피스트리 커튼을 가운 삼아 걸치고 머리에는 마른 행주를 둘렀다. 아기 예수역은 막내 사촌 몫이었다. 내 나름대로 최선을 다해 목자 의상을 준비했건만, 스페인제 숄더백을 들고 보라색 두건을 두른 내 모습은 영락없는 1970년대의 옷가게 쇼윈도 마네킹이었다. 우리가 가만히 멈춰 있는 동안 카메라가 찰칵 소리를 냈다. 작년, 재작년, 나아가 내가 알기로는 이 집안에 처음 카메라가 생겼을 때로 거슬러 올라가는 앨범에 추가될 사진이었다.

　　비평가 휴 사이크스 데이비스는 에콜렉트ecolect라는 신조어를 만들어냈다. 핵가족이나 소규모 친목 모임이 특별한 유대감을 다지고 관계를 공고히 하는 데 사용하는 독특한 언어와 관습을 가리키는 용어다. 나는 이것이 모든 생명체 사이에서 보편적으로 나타나는 현상이라고 생각한다. 다만 내 경우 그것이 딱히 필요하지 않았을 뿐이다.

∵

　　물론 나는 어디까지나 내가 원하는 만큼만 고립되어 있었다. 크리스마스 이후 데이비드 내시가 안부 인사와 함께 새로운 소식(그 자신은 얼마나 시기적절한 소식이었는지 짐작하지 못했겠지만)을 전해왔다. 그의 야생적이고 기발한 조각 〈나무 바위Wooden Boulder〉가 바다에 도달했다는 소식이었다. 내가 이 기이하고 감동적인 작품을 처음 본 것은 그로부터 5년 전이었다. 〈나무 바위〉는 웨일스의

블래노 페스티니오그Blaenau-Ffestiniog 근처 개울에서 튀어나온
채 탈출할 방법을 찾고 있는 듯했다. 1978년에 데이비드는 이웃집
위로 뻗어 있던 거대한 참나무를 베어주고 그 몸통을 대가로 받았다.
이 통나무가 그의 첫 번째 '목재 채석장'이 되었다. 데이비드는
무게 0.5톤에 달하는 나무토막을 베어내어 거의 구형이 될 때까지
전기톱으로 다듬었다. 원래는 나무토막을 계곡 바닥에 내려놓았다가
다시 작업실로 가져올 생각이었다.

그러다 문득 하천을 따라 여러 웅덩이와 폭포를 통과하며
나무토막을 운반하는 과정이 일종의 서사적 작업이 될 수 있겠다는
아이디어가 떠올랐다. 하지만 그건 어디까지나 그의 생각이었다.
나무토막에게는 다른 생각이 있었다. 데이비드는 나무토막을 폭포
꼭대기로 옮겨서 흘려보내려고 했지만, 나무토막은 결국 계곡 바닥에
이르지 못했다. 절반쯤 내려왔을 때 우연의 장난으로 인해 암벽
가장자리에 끼어버린 것이다. 이 시점에서 데이비드는 예술적 목적을
보다 무질서한 자연의 변덕에 기꺼이 양보하고 나무토막을 물에
떠내려간 바위로 간주하기로 했다. 나무토막은 이제 그것이 깎여
나온 나무뿐만 아니라 그의 통제로부터도 벗어난 것이었다.

이후로 20년간 〈나무 바위〉는 조금씩 하류로 내려갔다.
1979년에 데이비드는 얼음과 낙엽으로 뒤덮인 채 웅덩이에 잠겨
있는 〈나무 바위〉를 발견했다. 1994년에는 홍수로 인해 대문과
울타리 일부를 휩쓸며 빠르게 하류로 돌진하다가 얼마 지나지 않아
도로 교량 아래에 처박혔다. 수많은 좌초, 구조, 자유 주행이 이어진

끝에 1997년의 그날 내가 드위리드강의 폭풍우를 타고 아일랜드해로
떠내려가는 그 작품을 보게 된 것이다. 이제 〈나무 바위〉는 다른
사람들의 입에도 오르내릴 것이다. 소형 보트 소유자에게 소소한
골칫거리가 될 수도 있고, 돌고래들 사이에 화제가 될 수도 있으며,
자메이카 해변에서는 수수께끼의 메시지로 여겨질지도 모른다.

고요한 겨울, 마음껏 방랑

　　세상과 보조를 맞추고 삶의 리듬을 되찾으려면 이곳 사람들
말마따나 '나돌아 다녀야' 한다. 크리스마스와 새해 사이의 유예
기간에 나는 오랜만에 '나돌아 다니기'를 시도했다. 숲을 떠나 습지로
혼자만의 여행을 떠났다. 지프차 조수석의 영국 육지측량부Ordnance
Survey 지도를 확인한 뒤 시동을 걸고, 차선 방향을 확인하고,
지름길을 통과하고, 진입로를 찾았다. 예전에도 해본 일들이었다.
작가가 된 이후로 나는 오후마다 여기저기 방랑하며 풍경 조각과
이야기 파편을 주워 모았다. 가끔은 뚜렷한 목적을 갖고 사냥에
나서기도 했지만 물보라처럼 정처 없이 움직일 때가 더 많았다.
이번에는 계곡을 따라 서쪽으로 나아갔다. 동쪽 로이던 마을에서
레드그레이브의 넓은 늪지를 거쳐 마켓 웨스턴의 외진 사초 벌판까지
이어지는 긴 습지대를 따라갔다. 이런 풍경으로부터 단어들이 떠올라
마음속에 스며들었다. 돋을새김 장식 같은 오리나무 군락, 나뭇가지
사이로 윤곽선만 보이는 오색방울새, 원을 그리며 나는 딱따구리,
바람에 나부끼는 부들솜털, 갈대밭에서 들려오는 미묘한 바스락거림.

그리고 이처럼 고요한 겨울날에도 세상 만물이 비밀과 경이를 품은 채 나돌아 다니고 있음을 실감케 하는, 사방에서 나를 지켜보며 움직이고 반짝이는 물의 은은한 존재감.

나는 동쪽으로도 갔다. 새해 첫날 피어난 겨울 헬리오트로프꽃(heliotrope는 '태양을 따라간다'라는 뜻이다)을 찾기 위해서였다. 폴리와 함께한 첫 번째 브로드 여행에서 때 이르게 핀 이 꽃을 발견한 이후로 헬리오트로프는 내게 일종의 토템이 되었다. 분홍색 장식용 술 같은 모양과 지중해를 연상시키는 꿀과 바닐라 향기가 좋아서 몇 송이를 꺾어 방에 꽂아두었고, 내가 이 교구敎區 내에서 이 꽃을 찾아낼 수 있었다는 사실에 우쭐해했다. 차선을 따라 반대 방향으로 수백 미터만 더 가면 헬리오트로프 군락이 도로변에 방수포처럼 쫙 깔려 있다는 사실을 알기 전까지는.

그다음에는 북쪽으로 가서 데이비드 코범과 라이자 고더드를 만났다. 데이비드가 나의 첫 번째 텔레비전 영화인 〈비공식 전원 풍경〉을 감독한 뒤로 우리는 좋은 친구가 되었다. 우리의 우정은 데이비드가 나의 과거 연인인 라이자와 결혼한 후에도 변치 않았다. 노퍽주의 맹금 지킴이로 활동 중인 두 사람은 내게 웬섬 밸리의 새로운 자연 보호구역인 스컬소프 무어를 구경시켜주었다. 나는 그곳이 웨이브니 습지대와 거의 비슷할 것이라고 예상했지만, 야생의 섬 사이로 이어지는 약 65킬로미터의 땅은 노퍽에서도 상당한 규모였다. 스컬소프 무어는 내가 본 어떤 습지보다도 오래되고 경탄스러운 곳이었다. 거대한 버드나무들이 베어낸 곡식 다발처럼 이탄 흙 위로 굽어지고, 그 가지가 땅속 여기저기에 뿌리를 내렸다. 나뭇가지마다 이끼와 지의류, 착생 양치류가 덮개처럼 빽빽이 휘감겨 있었다. 유난히 습한 지점에는 쇠처럼 거무스름하고 곰팡이 핀 사초 더미가 있었는데, 과거 노퍽에서는 난롯가 의자와 교회의 기도용 무릎 방석을 엮는 재료였다고 한다.

구불구불한 길을 따라 강가로 내려가자 수달 발자국이 눈에 띄었다. 원숭이올빼미들이 내려앉았던 말뚝과 갈대늪 속으로 굽이굽이 이어지다가 갑자기 사라져버리는 오솔길도 보았다. 도저히 영문 모를 상황이었다. 풋내기 뱃사람이라도 된 기분이었다. 하지만 그 순간 내가 아는 것이, 일찍이 숲속에서 배운 비밀 언어의 파편이 눈에 들어왔다. 첫눈에는 오솔길을 따라 오리나무가 군락을 이루는 것처럼 보였다. 하지만 나무들은 크기에 비해 너무 딱 붙어 있었고, 자세히 들여다보니 느슨하고 속이 빈 고리 형태를 이루며 곡식 다발처럼 바깥쪽으로 기울어져 있었다. 칠턴에서 똑같은 광경을 본 적이 있었다. 중심부와 가지 여럿을 잃은 오래된 서어나무 등걸이었다. 여러 그루의 나무처럼 보였던 것이 사실은 한 그루였던 것이다. 이 오리나무도 사실은 하나의 고목 등걸일 것이며, 직경이 2미터 이상에 달하는 것으로 보아 500년은 되었으리라고 추측할 수 있었다.

이 나무는 보호구역에서도 가장 귀중하며 대체 불가능한 존재라고 할 수 있겠지만, 개방된 습지대에 있다 보니 아무래도 손상될 위험이 크다. 그래서 나는 잔소리꾼처럼 보일 위험을 무릅쓰고 관리인 나이절에게 내 추론을 들려주었다. 나이절은 열성적이면서도 온화한 사람이었다. 노퍽 출신으로 바턴 브로드에서 마지막으로 사초를 베어 생계를 이어간 사람의 손주이며, 가끔씩 대화 상대의 수십 미터 뒤쪽을 바라보는 습관이 있었다. 뿐만 아니라 그는 주술사처럼 허공에서 새를 소환할 수도 있는 듯했다. 나이절이 처음으로 보호구역을 구상하게 된 것은 근처에서 점심으로 싸 온 샌드위치를 먹던 중이었다. 갈대밭 위로 개구리매가 날아다니는 광경에 매료된 그는 과감하게 이 땅이 누구의 소유인지 알아보러 나섰다. 알고 보니 마침 일주일 안에 임대계약이 만료된다고 했다. 며칠 뒤 그는 호크 앤 아울Hawk and Owl 트러스트를 만들어 땅을 인수했다.

　　이제 나이절은 집안 전통을 되살린 수렵 채취 방식으로 사초를 베고 잡목림을 벌채하기 시작한 터였다. 마침 일요일 오전이라 한때 교구 공유지였던 이 땅이 동네 자원봉사자들로 가득했다. 사방에서 거위 울음소리 같은 노퍽 사투리가 들려왔다. 밀렵꾼에서 사진작가로 변신한 존은 나무 아래에서 거대한 둥지 잔해를 발견했고, 그에 못지않게 거대한 새 한 마리도 엿볼 수 있었다. "내가 그 새를 보고 있었거든요. 개구리매가 나오기에는 너무 이르다고 생각했죠. 그런데 새가 내 쪽으로 돌아보더군요. 칠면조처럼 두툼한 날개와 가슴팍을 보고서야 새매라는 걸 알았어요."

재연결, 복원, 재야생화

이 이야기와 봄철의 개구리매 생각이 나를 흥분시켰다.
바람과 갈대밭의 정수와도 같은 이 새는 19세기 초 이후로 어퍼
웨이브니에서 번식한 적이 없다. 어떻게 해야 개구리매가 이곳으로
돌아오게 할 수 있을까? 디스에서 마켓 웨스턴에 이르는 습지대를
복원한다면 어떨까? 미국의 와일드랜즈Wildlands 프로젝트와 그
화두인 '재연결, 복원, 재야생화'가 떠올랐다. 1980년대에 일군의
환경 운동가들과 낭만적 생태학자들이 미국의 야생 지대를 복원하고,
햄버거용 소 사육장에 존 뮤어의 '꿀벌 방목장'을 복원하며, 고속도로
사이에(언젠가는 고속도로 위에) 토착 숲을 되살리겠다는 비전을
제시했다. "우리는 뉴멕시코에서 그린란드까지 회색늑대가 고르게
서식하고, 끊임없이 펼쳐진 숲과 드넓은 평원이 되살아나 콜럼버스
이전 시대만큼의 동식물을 먹여 살리며, 인간이 땅을 존중하고
사랑함으로써 서로 공존하는 날을 위해 살아간다."[16] 실현되기에는
너무 과감한, 어쩌면 이기적인 꿈이었을지도 모른다. 하지만 그들의
꿈을 바탕으로 더욱 현실적인 환경 운동이 시작되었고, 소위 중도적
실용주의자들도 마찬가지로 '과격한' 희망을 품기 시작했다.

이런 대규모 운동은 조심스럽고 방어적이며 유예적인
자연보호 방식에 익숙한 영국인에게는 불안하게 느껴질지 모른다.
하지만 일종의 인과응보랄까, 4세기 전 이스트 앵글리아 최초의
배수 시설을 건설했던 네덜란드 기술자들은 옛 전통을 계승하여
바다에서 힘겹게 빼앗아온 땅 대부분을 자연에 돌려주기 시작했다.

수십 제곱킬로미터에 달하는 네덜란드의 복원 습지는 영국의 깔끔한 자연 보호구역과는 전혀 다른 모습이다. 호수, 갯벌, 널따란 갈대밭, 수풀로 이루어진 광활한 습지 평원에 개구리매, 참수리, 저어새, 겨울이면 5만 마리의 회색기러기 등 다양한 조류가 서식한다. 사람의 개입은 사실상 거의 없다. 지하수위는 자연스럽게 변하도록 방치되어 있으며, 습지 전체에 반¥야생마와 '가축화되지 않은' 소 떼가 산다. 이 보호구역은 근시일 내에 숲이 우거진 내륙 지역과 합류해 "인간과 동물 간의 장벽이 최소화된 주요 통합 자연 문화 보호구역"이 될 것으로 예상된다.

어떤 장소를 서식지, 은둔처, 삶의 터전으로 만드는 것은 무엇일까? '자연 문화 보호구역'이란 우리에게 낯선 개념이다. 우리는 자연과 문화를 반대되는 개념으로 받아들이는 데 익숙하기 때문이다. 하지만 내 생각에 서식지란 단순히 살기 좋은 (그리고 인류의 기원과 통하는) 장소일 뿐만 아니라, 나 자신이 정착하게 된 장소이기도 하다. 인간의 집은 항상 문화적 구성물이며, 이는 내 방과 같은 임시 거주지도 마찬가지다. 하지만 내가 이 방에 이른 것은 거의 무의식적인 과정을 통해서였다. 마치 철따라 늪지로 돌아오는 개구리매처럼, 내가 뭘 하고 있는지 거의 생각지 않고 '자연스럽게' 말이다. 내 삶에서 가장 중대한 변화의 순간에 어디로 갈지 의식적으로 계획하고 선택해야 했다면 나는 결코 회복되지 못했을 것이다. 비슷비슷하게 바람직한 대안들 사이에서 망설이다가 정신이 마비되어 또다시 불안에 사로잡히고 말았으리라.

어디서 살지, 어떻게 살아갈지, 어떤 사람이 될지 선택할 수 있는 자유는 인간으로서, 어쩌면 유복한 제1세계 인간으로서 누릴 수 있는 최상의 특권 중 하나로 여겨진다. 하지만 나는 그 특권이 오히려 우리를 혼란에 빠뜨리며 한층 더 자발적이고 유기적인 변화를 가로막는 걸림돌이 되기 쉽다는 걸 종종 느꼈다. '적응'할 방법을 찾으려면 의도적인 선택보다도 어느 정도 표류를 받아들이고 그때그때 사건에 대처하며 흐름을 따라가는 쪽이 낫다고 생각한다. 세상모르는 풋내기였던 나는 어린 시절엔 상상도 못 했을 상황에 처하여 가장 단순한 거주지에서, 원시 시대 인류가 숲 개간지에 만든 피난처처럼 느껴지는 은둔처에서 지내게 되었다. 하지만 그 방법은 효과가 있었다. 나는 빠르게 성장했고, 집에서 나왔다. 그리고 또다시 나돌아 다니기 시작했다.

3장   잃어버린 공유지

한때 인간은 공유지라는 기이하고도 우아한 제도 덕분에 자연계를
누비며 자유롭고 정치적으로 살아갈 수 있었다. 공유지는 비인간을
아우르는 인간 사회 조직의 한 경지다.

게리 스나이더, 『야생의 실천』 [1]

길고 긴 겨울이 끝나가고 있었다. 나는 고양이들과 함께 방에 앉아 지도를 살펴보며 희미한 봄의 환상과 징조를 찾으려 했다. 계절의 경험은 항상 장소의 맥락을 따르는 만큼, 봄이 '출몰할' 시기뿐만 아니라 장소도 심사숙고해야 했다. 칠턴에서의 봄맞이 의식은 정확한 위치에 나타나는 일련의 지표, 즉 계절의 경계를 넘나드는 이런저런 분기점으로 이루어져 있었다. 2월 내 생일에 맞춰 버컴스테드 끝자락인 밀 레인 강가에 피어난 첫 번째 애기똥풀, 내 숲에 그해 최초로 핀 블루벨, 교구 교회의 지붕 위에 가장 먼저 정착한 칼새. 이 지역에는 어떤 지표들이 있을까? 나는 제비가 어디에 둥지를 틀었을지 알아보려고 헛간과 외양간 사이를 배회했다. 건물 곳곳에서 어림잡아 여섯 개의 오래된 둥지를 찾았다. 그중 하나는 빅토리아 시대의 흔들 목마 위에서 러스킨의 문장처럼 우아한 자태를 뽐내고 있었다. 여기서도 어딘가에 블루벨이 피어날까? 아니면 링의 토착종 난초가 피려나? 내 방에서 나이팅게일의 노랫소리를 들을 수 있을까?

나는 봄이 오기만 기다리며 시간을 때우고 있었다. 고양이들도 마찬가지였다. 가을이 오자마자 용맹한 사냥꾼으로 돌변했던 고양이들은 추워진 이후로 빈백beanbag소파처럼 늘어져 있었지만, 이제는 초조하고 불안한 기색이었다. 내 방을 돌아다니며 꽃병이나 침대 옆 유리잔에 담긴 물을 마셨고, 낮잠을 자다가도 내가 자기네와 상관없이 재미난 일을 하는 것 같으면 곧바로 일어나서 참견했다. "노픽의 석기 시대에 관해 읽는다고? 나도 읽을래. 아니, 사실은 나도 거기 가보고 싶은데." 녀석들이 무엇보다도 좋아한 건 대형 육지측량부 지도와 전동 타자기에 기어오르는 놀이였다(칠턴에서 내 반려묘였던 핍은 타자기 위에서 버둥거리다가 우연히 자기 이름을 입력한 적이 있다. 이 고양이들도 거의 그럴 뻔했지만 결국은 성공하지 못했다). 고양이마다 귀여워해달라고 조르는 방식이 미묘하게 달랐다. 블랑코는 거의 표범처럼 내 머리를 들이받으며 발톱을 숨긴 채 내 얼굴을 쓰다듬었다. 릴리는 내 손에서 자기 몸을 만져주었으면 하는 손가락을 골라 양해라도 구하듯 우아하게 어루만지고 핥았다. 애교 많은 블래키는 침대에 올라와서 몸 개그를 하는 코미디언처럼 그냥 옆으로 쓰러졌다.

봄의 맥박, 서쪽으로

소로는 힘이 없고 기운을 내야 할 때마다 남서쪽을 향해 걷는다고 일기에 썼다. "내가 보기에 미래는 남서쪽에 있다. 지구에서도 남서부가 덜 고갈되고 한층 더 풍요로워 보인다." 이를 역사와 죽어가는 제도에 집착하는 구세계에 대한 비판으로 볼 수도 있겠지만, 소로는 자연에서 서쪽을 선호하는 조짐과 징후를 보았다고 생각했다. 그는 태양뿐만 아니라 유목민과 이주 동물도 서쪽으로 이동한다고 믿었다. 소로에게 서쪽으로 가는 것은 '인류 공통의 움직임'이었고 '서향'은 일종의 원초적 본능이었다.[2]

내가 초월적 신대륙에 관한 소로의 믿음에 동의하는지는 잘 모르겠지만, 기나긴 겨울에 남서쪽으로 이동한다는 생각은 꽤 유혹적이다. 봄을 한발 앞서 마중 나갈 기회니까. 폴리와 나는 그

유혹에 굴복하여 콘월주로 향했다. 흔히들 콘월은 영국 나머지 지역과 완전히 다른 날씨라고 하지만, 막상 가보니 우리가 떠나온 노픽과 기온이 똑같았다. 엄청나게 추울 뿐만 아니라 전 지역이 홍수와 강풍에 휩쓸려 있었다. 하지만 그 와중에도 봄의 맥박이 뛰기 시작하는 것을 느낄 수 있었다. 봄의 첫 붉은장구채와 삼각부추꽃이 피었고, 여기저기서 일찍 부화한 말똥가리 새끼들이 시험 비행에 나선 터였다. 1월 말의 햇살과 소금기 가득한 공기는 겨울의 스페인 남부를 연상시켰다.

어느 날 아침 우리는 팔강 하구에서 강줄기를 따라 구불구불 올라갔다. 1980년대에 3월 춘분의 조수를 보려고 이 하구에 온 적이 있었다. 고령토로 뿌옇게 된 물이 산비탈의 참나무숲에 피어난 앵초 위로 남실남실 차올랐다. 꽃송이들이 해변에 떠밀려온 불가사리처럼 쓸쓸해 보였다. 이번에는 물 위에 꽃이 떠다니진 않았지만, 그 기억 덕분에 계절 변화에는 항상 이동과 위치 변화, 영토의 재정의가 따른다는 사실을 또다시 상기했다. 거의 모든 개울에 설화석고로 조각한 듯 새하얗게 빛나는 백로가 보초를 서고 있었다. 예전에 쇠백로는 유럽 본토에서 가끔씩 들르는 방랑자에 지나지 않았지만, 1980년대 들어 영국 남부 해안에서 여름을 나기 시작하더니 1996년부터는 번식도 하고 있다. 기후 변화가 준 몇 안 되는 선물인 셈이다.

꽃향기를 따라 계속 걷다 보니 도요새로 가득한 작은 습지 계곡이 나타났다. 덤불 속에는 몸집이 작고 눈가에 줄무늬가 선명한

올리브색 새가 한 마리 있었다. 언뜻 보기엔 월동 중인 검은다리솔새 같았다. 그때 새가 더 가까이 다가와준 덕분에 생각보다 더 까맣고 복잡한 눈가 줄무늬를 뚜렷이 알아볼 수 있었다. 아무래도 우리에게 절호의 탐조 기회가 찾아온 것 같았다. 우리 둘 다 처음 보는 새이긴 했지만, 약 2미터 거리에서 보니 더 이상 의심할 여지가 없었다. 겨울철 이 지역에서는 매우 보기 드문 상모솔새였다. 카니발 가면처럼 생긴 머리 가운데를 따라 진한 주황색 띠가, 눈 위와 아래에는 동양풍의 검은 줄무늬가, 뺨 바로 아래에는 작은 청동색 보조개가 있었다. 그때 상모솔새가 놀라운 행동을 하기 시작했다. 나뭇가지를 따라 춤추듯 살며시 발걸음을 내딛다가 공중으로 날아올라 빙글빙글 포물선을 그리며 벌레를 잡았는데, 속도가 느려서 날갯짓 하나하나를 알아볼 정도였다. 서쪽과 딱히 상관없는 광경이긴 했지만, 그래도 서쪽 여행을 예고하는 일종의 전주곡처럼 느껴졌다.

콘월을 떠나기 전에 오래전부터 생각해온 임무 하나를 완수하고 싶었다. 내 성이 유래한 곳인 마베Mabe 마을을 방문하는 일이었다. 하지만 찾아가 보니 그곳은 실망스럽게도 교외 지역의 한적한 폐광촌이었다. 성 마베를 위해 지어진 교회는 이제 성 라우두스라는 가짜 성인에게 헌정되었으며 그마저도 폐쇄된 상태였다. 우리는 목사님에게 열쇠를 받아 교회 안을 들여다보았다. 종탑 위쪽에 그린 맨(나뭇잎으로 둘러싸인 채 종종 입에서 나뭇잎이 쏟아져 나오는 얼굴 형상을 하고 있다. 영국의 많은 대성당과 교회 입구의 위쪽에 주로 새겨져 있으며 기독교 교회에서 발견되는 가장 오래된 이교도의 상징 중 하나다 — 옮긴이)처럼 턱수염과 머리카락이 덥수룩한 인물이 새겨져 있었다. 폴리는 의심하는 듯했지만, 굴욕스럽게 성역을 빼앗긴 나는 그자가 그린 맨이라고 확신했다. 마침 교회 밖에 있던, 십자가가 새겨진 고대 켈트인의 돌이 증거가 되어주었다. 여행 안내서에 따르면 그 돌은 선사 시대의 자연 상징이며 "아마도 무거워서 치우기가 어려웠을 것"이라고 했다. 그래서 사람들은 타협안으로 돌에 기독교 문양을 새긴 것이다(교회가 지어지기 전부터 그 자리에는 고대 켈트인이 숭배하던 돌이 있었는데, 이교도적 상징이지만 무거워서 들어낼 수가 없었기에 차선책으로 십자가를 새겨 '기독교화'한 것이다. 이처럼 문화적 과도기에 지어진 교회였기에 내부에도 켈트인의 전통 도상인 '그린 맨'이 남아 있다 — 옮긴이). 어쩌면 돌이 이곳에 머물도록 허락한 사람은 성 마베가 아니었을까. 사실 그는 콘월의 다른 여러 '성인'들과 마찬가지로 봄을 찾아 브리튼 반도 서쪽으로 내려가던 떠돌이 켈트족이자 자연의 사제였으리라.

∵

집으로 돌아온 나는 또다시 지도를 꺼냈다. 이 지역에서 아직 가보지 못한 곳들의 풍경을 상상해보기 위해서였다. 나의 오랜 습관이었다. 이스트 앵글리아에 처음 왔을 때부터 나는 줄곧 강박적인 지도 애호가였다. 겨울철이나 악천후로 외출하기 어려운 날이면 육지측량부 지도를 들여다보며 산책 경로를 구상하고, 가본 적 없는 지역의 지형을 그려보고, 때로는 그저 지도의 추상화된

패턴을 보며 아무런 쓸모도 없는 즐거움을 만끽하곤 했다. 유난히
좋아했던 상상 속 도피처들도 있었다. 브레클랜드의 황야 한가운데
떡하니 놓인 하이 롱 코너. 노픽 중심부의 샛길들을 따라 콘크리트로
지은 시처럼 늘어선 샐, 코퍼스티, 귀스트, 풀모디스턴 등의 마을들.
서픽의 오컬드에서 손던까지의 지형도 왠지 모르게 나를 매혹시켰다.
유난히 길쭉하고 빽빽한 등고선 격자를 기이한 상형문자 같은
들판 경계선이 가로지르고 있었다. 어쩐지 이국적이고 아랍풍으로
보이는 지형이었기에, 나는 그곳의 남향 산비탈에는 중세 시대 이켄
해안처럼 포도와 체리, 어쩌면 복숭아를 재배하는 계단식 밭이
있으리라고 상상했다.

하지만 그 지도에는 내가 살던 집도 표시되어 있었고,
확인해보니 오컬드의 공중정원은 내 집에서 겨우 10분 거리였다.
어느 날 나는 우연히 상상만 했던 그 지역을 지나게 되었다.
당연하게도 계단식 밭이나 포도원은커녕 지중해 별장 입구 같은
풍경도 보이지 않았다. 하지만 언덕 꼭대기에는 확대한 레고
세트처럼 커다랗고 기괴한 초록색 인형의 집이 있었다. 바리케이드를
친 입구 위에 "헌팅턴 생명과학"이라고 쓰인 표지판이 붙어
있었다. 생명과학이라니, 이 시대 짐승의 표mark of the beast가
아닌가(헌팅턴 생명과학 연구소는 동물을 대상으로 광범위한 약물을
실험해온 곳이다 — 옮긴이). 한편으로 이렇듯 과거를 그대로 보존하여
퇴행적 환상을 자극한다는 것이 오래된 지도의 단점이다(내 지도는
1968년산 빈티지다).

122

서쪽으로 4도 기울어진 나의 집

데이비드 에이브럼은 「지도를 벗어나 영토 속으로」라는 도발적 에세이에서 시공간의 모호한 경계에 관해 이야기했다.[3] 하지만 그렇다 해도 출발점은 있어야 한다. 현지 지도에 나타난 지형은 칠턴과 완전히 달랐다. 등고선은 널찍널찍했다. 차선은 뱀처럼 구불구불하지 않았다. 숲은 대부분 습지에서 새로 자라났거나 인공 조림지였다. 눈을 반쯤 감고 보니 평소의 녹색과 갈색 격자무늬가 아니라 노란색 섞인 파란색 레이스 세공처럼 보였다. 계곡의 윤곽선이 선명히 드러났다. 웨이브니는 링을 지나 레드그레이브 펜의 발원지로 되돌아간다. 리틀우즈강도 레드그레이브 펜에서 시작되지만 정반대로 서쪽의 브레클랜드를 향해 흘러간다. 레드그레이브 펜 외곽의 지류는 대부분 남쪽으로 흐르는데, 그리하여 동쪽의 디스에서 남서쪽의 마켓 웨스턴까지 800미터에 걸쳐 군데군데 늪과 습지가 형성되었다. 초기의 지도를 보면 늪지대가 16킬로미터에 걸쳐 복도처럼 끊임없이 이어져 있다. 최근 지도에서는 인공 배수로와 직선화된 수로로 인해 마치 갈라진 얼음판처럼 보이게 되었다. 하지만 물은 여전히 이 땅 구석구석을 이어주고 있었다. 마치 어린이용 퍼즐 책에 나오는 미로처럼, 물이 지나는 길을 따라가다 보면 샘물, 개울, 밭도랑을 다시 강의 원천으로 연결할 수 있었다.

나는 그 위에 나의 사적 인맥과 관계의 지도를 겹쳐보려고 했다. 모든 사람의 마음속에는 이정표와 분기점, 기준점으로 이루어진 비합리적이고 실제 축척과 상관없는 지도가 있다. 내 지도는 초기 인공위성 같은 형태였다. 계곡을 중심으로 구형을 이루면서 안테나들이 수직으로 튀어나와 있었다. 안테나 하나는 내가 평생 알고 지낸 친구들과 습지대가 있는 북쪽 해안으로 향해 있다. 다른 하나는 브레클랜드로 쭉 뻗어갔다. 동쪽으로 난 안테나는 앨더버러와 사우스월드 사이의 서퍽 해안으로 이어졌고(나는 그곳에 몇 년간 은신용 오두막을 갖고 있었다) 이리저리 흩어진 익숙한 마을들을 거쳐 스투어 밸리와 합류했다.

하지만 이는 내 정신적 동맥이자 뼈대일 뿐이었다. 그 사이로 온갖 성지와 부적이 격자무늬를 그리고 있었다. 도로가 움푹 꺼진 지점, 그늘진 터널, 숲 뒤에 가려진 농가, 정원마다 사두패모꽃이 만발한 작은 마을. 대칭을 이루는 지도를 들여다보고 있노라니 어쩌면 내가 사는 곳이 이스트 앵글리아의 중심부인지도 모르겠다는 생각이 들었다. 끈 하나를 가져와서 확인해보니 정말로 그랬다. 노퍽과 서퍽의 형태를 오려내어 내 집이 있는 지점에 핀을 꽂으면 지도가 자이로스코프처럼 자유롭게 회전할 것 같았다.

그때 또 다른 생각이 떠올랐다. 지도 속 풍경은 대부분 북서-남동 축을 따라 사선으로 정렬된 것처럼 보였다. 이 사선은 동쪽에서 유난히 두드러졌는데, 디스를 중심으로 260제곱킬로미터에 이르는 넓은 영역에서 기찻길, 들판 경계선, 심지어 숲 경계선까지 오래된 풍광이 뚜렷이 서쪽을 향해 기울어져 있었다. 이처럼 사선을 따라 모인 경향은 매우 흥미로웠으며 대부분의 장소에서 지형이나

물의 흐름과도 무관한 것처럼 보였다. 어느 마을에서는 남쪽의 작은 밭들이 일정한 방향으로 정렬되어 있되 축을 가로지르는 각도는 다양했다. 비포장도로 또한 막다른 곳으로 이어질지언정 전반적 경사도는 일치했다. 물론 큰 강 주변이나 산비탈이 가파른 험난한 지점에서는 예외가 생기기도 했다. 노리치로 향하는 고대 로마의 간선도로(현재의 A140 고속도로)는 지도 속 풍경을 약 25도로 가로질렀다. 하지만 경사도가 일치하는 지점은 분명히 더 후대에 형성된 장소였다. 예를 들어 일부 대규모 영지의 직사각형 농장은 19세기에 지어진 곳이었다. 그러던 중에 이 지역 전체의 평균 경사도를 측정했다는 역사학자를 발견하자 온몸에 소름이 돋았다. 나의 새로운 거처도 서쪽으로 4도 기울어져 있었던 것이다.[4]

    이튿날 나는 직접 지형을 확인하려고 나침반을 사서 밖으로 나갔다. 어리석게도 원근법 때문에 평지에서는 경사도를 확인하기가 불가능하다는 사실을 깜박한 것이다. 그 사실을 깨닫고 나니 이 현상이 더욱 당황스럽게 느껴졌다. 어떻게 시각적 단서도 없이 일정한 경사도를 구현할 수 있었을까? 이곳 풍경의 초석을 놓은 선사 시대 농부들이 의도적으로 경사도를 일치시켰다고는 믿기 어렵다. 그렇다면 이스트 앵글리아의 수위가 주기적으로 해수면보다 다소 낮아지거나 높아진다는 기초적인 지리학 지식 덕분이었을까? 아니면 동풍의 우세나 태양의 이동으로 현장 노동자들이 모두 같은 방향을 향하게 된 것일까? 선사 시대인은 현대인보다 더 지구 자기장에 민감했던 걸까? 이스트 앵글리아의 지형은 거의 자북극(지구의

자기장이 가리키는 북쪽이자 나침반의 N극이 가리키는 방향 — 옮긴이)을
향하고 있다. 더 과감한 추측을 해보자면, 북쪽 해안의 홀름우드
헨지와 같은 중요한 종교 유적지를 향해 도로가 놓이고 그에 맞추어
토지 개간이 이루어졌던 건 아닐까? 아니면 '서쪽을 향하는 것'이
생명체의 근본적 충동이라고 믿었던 소로가 옳았을까?

이 지역의 경사도가 단일한 원인에 의한 것 같지는 않다.
여전히 계곡 습지대에서 야생마와 들소가 풀을 뜯던 선사 시대부터
형성되어온 지형인지도 모르니까. 하지만 이런 농촌 설계가 도면만
들여다보는 지주와 관료가 아니라 어떤 본능, 태양을 향한 이유 모를
갈망에 의해 형성되었다고 생각하면 마음이 푸근해진다.

∴

내가 말들을 처음 본 것은 기울어가는 햇살 아래
레드그레이브 펜이 적갈색으로 물들던 초가을 날이었다. 저 멀리서
웅덩이를 건너가는 노루 두 마리를 지켜보고 있었는데, 덤불 속에서
말 머리 여섯 개가 쑥 튀어나와 잠망경처럼 주변을 살피다가 다시
사라졌다. 먼지투성이에 야위고 긴장한 모습이었다. 나는 그들을
보고 놀란 것이 아니었다. 말에게 먹이를 주지 말라고 보호구역
게시판에 명확히 적혀 있었기 때문이다. 내가 예상치 못했던 것은
말들이 오감에 미친 충격, 갑자기 다른 시공간에 떨어진 느낌이었다.
며칠 후에는 말 떼가 빠른 속도로 달려가는 광경을 목격했다. 어깨로
갈대밭을 물결처럼 헤치며 나아가는 모습이 마치 사바나의 임팔라

떼 같았다. 아니, 레드그레이브 자체가 갑자기 사바나처럼 보였다. 말들이 그곳에 마법을 건 것이다.

　　　나는 항상 말을 피하려고 했다. 말을 타본 적도 없고 가까이 다가간 적도 없었다. 작은 방목장 구석에 가만히 서서 덥고 습한 날씨에도 기껏해야 서로의 엉덩이 뒤밖에 피할 데가 없는 모습이 처량해 눈길을 돌리곤 했다. 게다가 말과 관련된 두 가지 개인적 기억 속에서도 말들은 한결같이 피해자였다. 1970년대 서픽의 한 마을에서 벌어진 승마술 경주에서 한 아이가 겁먹은 셰틀랜드 조랑말을 타고 낮은 점프를 시도하는 것을 본 적이 있다. 결과는 대실패였다. 마침 내 옆에 앉아 있던 아이 어머니는 마지막 장애물까지 넘어져버리자 "그놈 다시 한 바퀴 돌게 해. 놓아주지 마!"라고 딸에게 소리쳤다. 그 장면은 지금까지도 내 마음속에 피라미드형 권위주의의 형상화처럼 남아 있다. 몇 년 후 나는 출산일을 넘긴 형수 로즈가 만삭의 몸으로 치킨 빈달루(매콤한 인도 커리의 일종 — 옮긴이)를 배불리 먹고 안장도 없이 말에 올라 방목장을 한 바퀴 도는 모습을 지켜보았다. 효과가 있었는지 봄의 첫날인 바로 다음 날에 해나가 태어났다. 하지만 그 말도 일꾼이었다 보니 내 머릿속 말의 이미지는 길들여지다 못해 노예화된 야생성으로 굳어져버렸다.

　　　하지만 레드그레이브의 말들은 전혀 비굴해 보이지 않았다. 나는 집시 같고 도도한 그 말들에 관해 더 알고 싶어졌다. 물론 그들은 이 습지대 출신이 아니었고, 사실 영국 출신도 아니었다.

코닉Konik이라고 알려진 이 말들은 지역 야생동물 보호 단체가
습지대 식생을 보존하려고 데려온 것이었다. 코닉은 비잔틴제국으로
거슬러 올라가는 역사를 지녔으며, 19세기 후반까지 폴란드 숲에
서식하던 진짜배기 유럽 야생마 타르판Tarpan의 후손이다. 타르판은
1876년에 멸종했다. 마지막 야생 개체는 포획을 피해 영웅처럼
절벽을 뛰어넘어 달아나려 했지만 실패하고 말았다. 하지만 타르판의
유전자는 농부들이 교배시킨 잡종 말을 통해 살아남았고, 심지어
왕성한 우성인자인 듯했다. 그렇다 보니 자연스럽게 타르판의 특징을
가진 폴란드 농장 말의 변종이 등장하기 시작했다. 쥐색 털, 검은 등
줄무늬, 모히칸족처럼 빳빳하고 시커멓지만 한쪽으로 자연스럽게
날리거나 아래로 떨어지면 금빛 속 털이 드러나는 갈기 등. 이 변종은
1930년대 독일에서 순수 '아리안' 순혈마 재창조를 목적으로 하는
수상한 선택적 번식 프로그램에 채택되었고, 그 결과 어느 모로 보나
타르판의 재현인 코닉이 탄생했다. 어둡고 복잡한 역사에 우생학과
태곳적 풍경의 자취까지 간직한 종이다 보니, 강렬한 감정을
불러일으키는 것도 당연하다.

보호구역의 허상

자연보호 활동가들에게 코닉은 대체로 강인한 관리 수단일
뿐이다. 지역 야생동물 보호 단체가 고지대 양이나 소를 선택할
수도 있었겠지만, 코닉에게는 명백한 장점이 있다. 가시나무,
어린 자작나무, 메마른 덤불 등 무엇이든 먹을 수 있고 빽빽한

갈대밭, 허리까지 차오르는 물속, 진흙탕 등 어디든 걸어 다닐 수 있다. 이들은 습지대에 침투하는 숲을 막아내고 물가와 늪, 덤불로 이루어진 풍경을 유지하는 데 요긴한 존재다. 거의 모든 날씨를 견뎌낼 수 있으며(추운 날씨에는 건초를 먹이로 주어야 한다) 아무런 도움 없이도 습지대에서 새끼를 낳을 수 있다. 게다가 야생종으로서 나름대로의 혈통까지 있다.

하지만 일부 지역민은 코닉과 이들의 도움으로 철저하게 관리되는 습지대를 순수한 영국 공유지에 대한 이질적이고 부자연스러운 침입처럼 여긴다. 심지어 보호구역이 일종의 야생동물 공원으로 변질되어간다고 생각하는 사람도 있다. 이곳의 대표 생물로 작은 이탄 물웅덩이에 숨어 사는 큰뗏목거미는 전문가의 세심한 돌봄을 받는다. 하지만 대략 5,000년 만에 이곳의 자연에 출몰하게 된 반¥사육 상태의 포유류 무리에는 그와 같은 방식으로 개입할 수 없다. 그리고 말들이 항상 야생의 정령처럼 행동하는 것도 아니다. 어느 날 아침 폴리와 나는 우리가 아파치족 정찰병처럼 말들을 추적하는 중임을 깨닫고 깜짝 놀랐다. 원형에 가까운 발굽 자국과 갓 떨어진 배설물 무더기를 쭉 따라가다 보니 오리나무 사이로 돌아다니는 말들이 보였다. 코닉 17마리가(거세한 수말 세 마리는 주류와 분리되어 별도의 무리를 형성하고 있었다) 울창한 습지대 수풀을 뜯어먹고 있었다.

나는 한 프랑스 잡지에서 이 말들의 성격에 관한 긍정적 설명을 발견했다.

타르판은 성격이 매우 차분하다. 붙임성 있고 호기심과 정이 많다. 매우 영리한 데다 독립적이고 고집이 세다. 인간에게 먹이와 보살핌을 받는 대가로 자유를 내주고 길들여진 현대의 말과 달리, 주인의 결정에 따르기보다도 자신의 상황 판단에 의존하는 편이다. 인간을 태우는 일은 즐기는 것 같지만 어디로 가야 할지 지시받는 건 싫어한다.

코닉은 가까이서든 멀리서든 집시처럼 보였다. 몸집이 작았고, 겨울 외투처럼 북슬북슬한 털가죽은 회색에서 황갈색까지 다양한 파스텔 색을 띠었다. 머리는 길쭉하고 묘한 위엄을 풍겼다. 말들이 우리에게로 다가와 도도하게 고개를 까닥였다. 우리는 가만히 서 있었다. 그들은 우리 몸 구석구석을 냄새 맡더니 겁먹은 폴리의 개를 핥아주었다. 그중 한 마리가 내 외투 지퍼를 잡아당겨 열려고 했다. "호기심과 정이 많은" 성격 때문일 수도 있겠지만, 그보다는 앞서 이곳을 지나간 사람의 주머니에 당근이 들어 있었기 때문이리라.

보호구역의 모든 경험이 이런 식의 환상으로 가득하다. 말들은 자유롭게 방목되지만, 암말과 거세한 수말이 울타리로 격리되어 있고 종마는 가끔씩만 들러서 봉사하는 폐쇄적 모계 집단이기도 하다. 이 습지대가 이스트 앵글리아의 대초원 경작지 한가운데 존재할 수 있는 것도 그만큼 철저하게 관리되기 때문이다. 몇 년 전까지만 해도 이곳은 거의 모든 공유지 습지대와 같은 운명에 처해 있었다. 농사용수를 많이 뽑아가다 보니 곳곳에서 지하수위가 낮아지면서 습지 전체가 말라가고 있었다. 굳어진 땅은 자작나무와 오리나무가 서식하면서 더욱 건조해졌다. 물론 이는 대체로 자연스러운 과정이며(보통은 더 느리게 진행되지만) 결과적으로 많은 지역민들의 취향에도 맞았다. 그들은 무성한 수풀과 늪이 어우러진 야생의 분위기를 좋아했다. 하지만 마지막 빙하기부터 이어져온 습지대는 사라져가고 있었다. 이런 변화가 중단된 것은 1990년대 후반 유럽공동체European Community의 대규모 보조금 덕분이었다. 보조금은 시추공을 막고, 수풀을 제거하고, 메마른 이탄 표토를 긁어내어 다시금 물을 채우는 데 쓰였다. 그 결과 이곳은 선사 시대 습지대의 복사판에 가까워졌다. 어쩌면 영국에 숲이 형성되기 시작했던 석기 시대의 계곡이 이런 모습이었을지도 모른다.

동굴벽화의 야생말

그런 생각을 하다 보니 이 말들이 낯익게 느껴진 이유를 알 것 같았다. 코닉은 석기 시대의 동굴벽화에 그려진 야생마와 거의 비슷하다. 갈기가 더 길고 발이 더 크긴 하지만(아마도 여러 세대 동안 농사용으로 교배된 결과일 것이다) 낮게 드리운 머리와 볼록한 배가 딱 봐도 닮았다. 3만 년 전 프랑스 아르데슈의 쇼베 동굴에 그려진 놀라운 말 벽화도 습지대 생활의 결과물일지 모른다. 말은 구석기 시대 동굴벽화에서 단연코 가장 인기 있는 주제였다.[5] 때로는 단 몇 줄로, 때로는 바위 표면을 교묘하게 활용하여 멋지게 그려냈다.

라스코 동굴의 '떨어지는'(혹은 넘어지는) 타르판은 구부러진 바위틈 주위로 고동색 안료와 숯을 사용해 그려서, 주위를 돌면서 바라보면 진짜 말이 등을 대고 구르는 듯 보인다. 로트의 페슈메를 동굴에 있는 '점박이 말' 벽화에서는 오른쪽 동물의 주둥이가 바위의 말 머리 모양 돌출부에 맞춰 그려져 있다. 벽화 전체가 점묘법에 가까운 양식인데, 손가락을 벌리고 그 사이로 황토 안료와 숯 혼합물을 불거나 뱉어서 그린 것으로 추정된다. 당연히 이 벽화 속의 말들은 일꾼이 아니었으리라.

유럽의 동굴벽화는 19세기 후반 처음 발견된 이래로 열띤 토론 주제가 되어왔다. 동굴 속 깊이 어둡고 구석진 위치, 벽화의 목적, 번뜩이는 유머와 풍자 등은 경이로운 예술적 성취 이상의 문제를 제기한다. 빅토리아 시대 사람들은 이 세련된 예술의 의미를 추측해보려 했지만 실패했고, 속상한 나머지 동굴벽화를 무의미한 낙서이자 몇몇 재주 있는 모사화가가 우연히 그려낸 것으로 치부했다. 이후로 그 복잡한 구조와 기법이 서서히 밝혀지면서 동굴벽화는 마치 로르샤흐 검사(잉크를 떨어뜨려 만든 좌우대칭 형상의 카드 10장에 대한 반응을 통해 심리 상태를 확인하는 검사 — 옮긴이)처럼 관찰자의 선입견과 편견에 따라 해석되었다.

'원시' 문화를 후기식민주의적이고 실리주의적인 관점으로 바라본 20세기 초 인류학자들과 민족지학자들은 동굴벽화를 순전히 기능적인 사냥 그림, 추격 서사, 포유류 도감 정도로 치부했다. 어쩌면 사냥을 위한 주술적 보조 도구로, 사냥감을 상상하고 나아가

'포획'하는 수단으로 여겼을 수도 있다. 타르판이 육류를 얻기 위한 사냥감이 되었고 종종 절벽 아래로 내몰렸다는 건 확실하다. 하지만 한편으로 젖을 짜기 위해 타르판을 반¥포획 상태로 기르기도 했는데, 이는 아마도 여성들이 관장했을 가축화의 전조였을 것이다.

다음 세대에 동굴벽화는 사냥뿐만 아니라 모든 번식과 성장의 풍요를 기원하는 다산 부적으로 여겨졌다. 곳곳에서 창과 생식기가 발견되면서 벽화는 구석기 시대의 핀업pin-up('핀으로 벽에 고정하다'라는 뜻으로, 주로 벽에 붙일 수 있게 대량 생산되는 성적 매력이 있는 여성의 이미지를 말한다 — 옮긴이), 섹스와 폭력에 대한 남성적 찬양으로 해석되기 시작했다. 하지만 이후로 변성 의식 상태(수면·최면·마약 등에 의한 정상적 자기의식과 다른 상태 — 옮긴이)에 대한 관심이 높아지면서 샤머니즘에 기반한 설명이 등장했고, 벽화 또한 약물이나 춤이 주도하는 의식의 일부라는 견해가 나타났다. 최근의 구조주의자들은 개별 벽화뿐만 아니라 벽화 전체의 배치와 분포를 살펴보기 시작했으며, 볼록한 표면에는 들소(남성 상징?)가 오목한 표면에는 말(여성?)이 자주 그려지는 등 보편적 연관성처럼 보이는 것들을 발견했다. 연구자들은 동굴벽화가 석기 시대 초기의 우주론과 철학을 복합적으로 표현한 것일 수 있다고 주장했다.

그런 이론 중 일부는 편향적 취사선택과 고정관념에 따른 사고에서 자유롭지 못했다. 따라서 동굴벽화가 제대로 측정되고 동물학에 따라 분석되며 무엇보다도 대강 베껴지는 대신 한 획 한

획 정확히 복제되면서 큰 타격을 입었다. 예를 들어 그때까지 창으로
추측되었던 그림 일부는 벽화 아래 남은 곰 발톱 자국으로 밝혀졌다.
사냥 주술로 설명할 수 있는 부분은 점점 더 줄어들었다. 어떤 지역에
주로 서식하는 동물이나, 화석과 동굴 속 식사의 잔해로 추론할 수
있는 주식主食 동물은 벽화에 가장 자주 그려진 동물과 정비례가
아니라 반비례 관계인 경우가 많다.

　　　클로드 레비스트로스가 말했듯이, 토템 동물은 "먹기 좋은"
동물이 아니라 "생각하기 좋은" 동물이었다. 특히 대형 고양잇과
동물이나 곰과 같은 육식동물은 주식 동물만큼이나 호의적으로
다루어지며, 때로는 동굴의 가장 깊은 구석이 이들을 위한 공간으로
꾸며지기도 한다. 인류 문화를 관통하는 거대 짐승에 대한 경외감의
초기 사례인 셈이다. 열띤 상상을 불러일으켰던 외음부와 발기 묘사
일부는 냉철한 조사 결과 말발굽 자국이나 작은 물고기 그림으로
밝혀졌다. 동굴벽화의 주된 목적이 넓은 의미에서 종교적인
것이었음은 의심할 여지가 없다. 깊은 동굴을 전시장으로 선택한 것,
암벽을 다른 세계로 통하는 일종의 문으로 활용한 것, 벽화 배열에
있어 이해하기 어려운 패턴 감각은 모두 동물의 영혼, 자연의 본질,
나아가 생명 자체의 정수에 도달하려는 시도를 암시한다. 하지만
이런 점들은 그림 자체의 탁월함이나 특징과는 무관하다. 벽화의
궁극적 목적이 얼마나 진지하고 영적이든 간에, 벽화 제작자들은
재능 있는 예술가라면 늘 그래왔듯이 열정적, 사회적, 신화적,
설명적이면서도 순수하게 유희적인 예술을 창조했다.

동물을 관찰할 때 감각은 공명한다

나는 쇼베 동굴의 말 벽화를 근접 촬영한 사진을 보고 있다. 말 네 마리가 있다. 대부분은 좌측에 그려진 다른 동물들과 마찬가지로 왼쪽을 향하고 있다. 좌측 위에는 큰 뿔을 가진 야생 소인 오로크 무리가 있고, 그 아래로는 코뿔소 두 마리가 서로 마주보고 있다(유럽 동굴벽화에서 오로크와 코뿔소가 함께 그려진 유일한 사례다). 말들은 서로서로뿐만 아니라 다른 동물들과도 겹쳐지게 비스듬히 그려졌다. 밀착된 말 머리들은 동일한 주제의 다양한 변형처럼, 하나의 말 머리를 포착하기 위해 촬영한 여러 장의 사진처럼 보이기도 한다. 가장 먼저 그려진 것으로 보이는 맨 위쪽 말은 타르판의 전형적인 자세대로 긴 머리통을 쑥 내밀고 있다. 바위 이음새의 그늘로 표현된 얼굴 근육이 부싯돌로 긁어낸 자국 때문에 더욱 강렬하게 두드러진다. 반면 맨 아래쪽 말은 상당히 다르게 생긴 셰틀랜드 조랑말이다. 작고 다부진 얼굴 피부는 점토와 숯을 섞어 검게 칠했으며, 윗입술을 살짝 들어 올린 표정은 놀라움 혹은 호기심을 드러내는 듯하다.

이 벽화의 사회적 또는 종교적 목적이 무엇이든 간에, 말에 대한 매혹과 그림 자체에 대한 몰입이라는 두 가지 특징만큼은 논란의 여지가 없다. 나로서는 동물에 대한 감정이입과 동물 묘사를 어떻게 구분할 수 있을지 모르겠다. 말의 형태뿐만 아니라 말을 묘사한 기술에서도 역동성, 개성, 미묘한 분위기, 구성과 우연의 상호작용에 대한 환희가 묻어난다. 인간이 처음으로 마음속 이미지를 외부에 구현한 것은 (실제로는 서서히 단계적으로 일어났겠지만) 최초의 문화적 순간이자 인류의 정체성을 결정적으로 확립한 행위였다.

하지만 그 이전에도 무의식적 쾌감과 성찰, 대략적인 개념화의 순간들은 있었을 것이며, 이후로 사냥 준비부터 벽화 완성까지의 모든 단계에서 이러한 것들이 다시 나타났을 것이다. 아마도 말에 대한 빈틈없는 관찰, 행동 방식과 서식지 기억하기, 차분하고 고요한 순간들, 목적 없이 그저 말을 바라보며 흉내 내기, 나중에는 젖을 짜며 느끼는 친밀감과 최초의 '이름 짓기' 등등. 심지어 철저한 계획에 따른 벽화 제작 의식에도 동물을 관찰할 때와 같은 역동성과 감각의 공명이 배어 있었으리라. 특정한 동물의 주둥이에 대한 기억이 화가의 얼굴을 기쁨으로 주름지게 하고, 물감을 입으로 뱉어서 칠할 수도 있겠다는 영감이 찾아온 순간도 있었을 것이다. 그리고 동굴 안을 비추던 동물 지방 램프의 우연한 깜박임에 절반쯤 그려진 말이 바위굽이를 따라 부드럽게 움직이는 듯했던 순간, 바로 그때가 애니 딜러드의 표현을 빌리면 "상상력이 어둠 속에서 기억과 만나는" 순간이 아니었을까.

겨울의 마지막 서리가 내린 저녁, 야생마 17마리를 보았다. 말들은 석양 아래 수정처럼 찬란하게 붉은 갈기를 나부끼며 갈대밭 속으로 달려갔다. 동굴벽화의 한 장면, 되살아난 빙하기 이스트 앵글리아의 환영을 보는 듯했다. 예술적으로 연출된 이 습지대 풍경에 말이 들어온 실용적, 과학적, 낭만적 이유 따위는 중요하지 않다. 말들이 이곳을 해방시켰다. 그들은 마법처럼 야생을 소환해냈다.

∵.

　　　이스트 앵글리아에는 동굴도 없고 절벽에 그려진
벽화도 없다. 이 고장의 독특한 풍경이라면 석기 시대의 부싯돌
광산이다(이곳 고유의 절제된 독창성과 은둔 취향에도 제법 잘 어울린다).
브레클랜드의 그라임스 그레이브스는 서쪽으로 30킬로미터에 걸쳐
펼쳐진 400여 개의 구멍과 구덩이가 모여 있는 곳이다. 5,000년
전에는 이곳에서 거의 산업적 규모로 부싯돌을 캐냈지만, 지금의
모래 고원은 조수에 둥글게 깎여 나간 언덕과 웅덩이로 가득한
버려진 해변을 연상시킨다.

　　　나는 화창한 늦겨울 오후 이곳에 왔다. 머리 위로
댕기물떼새가 스쳐 지나간다. 레이큰히스 공군 기지의 전투기들이
문명 세계에서 들끓는 전쟁의 조짐을 상기시켜준다. 발아래로는
원시 시대 주민들이 팔 장신구, 도끼, 송곳, 긁개, 끌, 작살, 낫,
부싯돌, 돌팔매, 습베, 미늘 등 생활에 필요한 도구의 소재를
캐내던 백악질 지하 동굴이 있다. 땅속이지만 너비 280센티미터,
깊이 900센티미터의 주 갱도로 무리 없이 내려갈 수 있을 만큼
밝았다. 사다리를 타고 내려가는데 백악질 벽이 비누처럼 연했다.
손톱으로 살짝 스치면 긁힌 자국이 뚜렷이 남을 정도였다. 그리고
보니 100년에 걸쳐 남겨진 손톱자국들이 군데군데 보였다.
손톱자국 사이로 50세기 전 불에 그슬린 사슴뿔로 그은 흔적이

있고, 백악질 가운데 두 줄의 부싯돌 광맥도 보인다. 벽 중간쯤에 세로로 30센티미터 정도의 검고 갈라진 광맥이 방금 물을 끼얹은 것처럼 반짝반짝 빛난다. 갱도 바닥에는 최상급 부싯돌을 품은 바닥돌이 있다. 주 갱도에서 갈라져 나온 작은 방과 회랑은 출입이 금지되었는데도 인공조명으로 밝혀져 있다. 천장은 매우 낮다. 광부들은 등을 대고 누워서 돌을 캐야 했으리라. 이 정도로 깊이 들어오면 갱도를 따라 내려온 빛도 닿지 않아서, 남유럽의 암벽화 동굴에서 발견되는 것처럼 뼈나 백악을 파서 만든 기름 램프를 써야 했다.[6]

　　　　지표면에도 부싯돌이 널렸는데 왜 굳이 지하에서 캐냈던 걸까? 물론 땅속의 갈라진 바위틈이 쪼개고 깎아내기 더욱 쉬웠을 것이다. 게다가 어둠 속 광물질의 미묘한 음영과 반짝이는 표면도 더 보기 좋지 않았을까? 지하 광산에서 이토록 힘겹게 캐낸 돌, (한참 훗날에나 발명될) 화약과 금속의 냄새가 나는 광석이 사냥이나 도구 제작에 더 강력한 힘을 발휘하리라고 여겨진 게 아닐까? 일부 갱도에는 단순한 채취 이상의 사회적이고 복잡한 과정이 진행되었던 흔적이 있다. 낙서, 백악질을 깎아 만든 조각품, 의도적으로 배치된 장례용품 무더기. 초창기 탐험가들은 어느 회랑에서 안으로 굽어지게 마주 놓인 두 사슴뿔과 그 사이에 놓인 지느러미발도요(이제는 이스트앵글리아에서 희귀해진 섭금류 철새다) 두개골을 발견하기도 했다.

　　　　생명은 어떤 식으로든 이 깊은 구덩이 속으로 파고든다. 인공조명이 밝혀진 방 안 암벽에 최대한 가까이 다가가자 조명 주변의 백악질 위에 자라난 조류藻類가 보였다. 적당히 공기가 들고 지상에서 더 많은 사절들이 찾아온다면 20년 뒤 이 조류는 어떻게 될까? 나는 브레클랜드의 모래 속에 드문드문 피어난 화려하고 덧없는 식물들을 상상해본다. 관리인의 눈을 피해 썩은 조류 퇴비에 뿌리를 내린 개불알풀과 패랭이꽃을, 나아가 지하 생태계 전체를 머릿속에 그려본다. 신석기 시대 브레클랜드에 아직 남아 있었을지도 모르는, 헤더와 얼음 연못 사이에서 지느러미발도요가 번식하는 대초원 지대를.

∵.

부싯돌은 지구상에서 가장 널리 쓰이는 소재 중 하나지만, 그것이 어떻게 형성되는지는 지금까지 아무도 모른다. 백악질에서 나온 석영石英의 일종으로 화산의 열과 압력에 변성되었을 가능성이 있다고만 밝혀져 있다. 무수히 많은 돌이 지표면에 저절로 솟아나는 것만 같던 칠턴에서는 부싯돌이 단지 햇볕에 구워진 백악질 덩어리, 자연이 만들어낸 쿠키처럼 여겨졌다. 인간이 자연적으로 날카롭게 갈라지고 모가 난 부싯돌을 가지고 최초의 뗀석기를 만든 시기가 언제인지는 정확히 밝혀지지 않았다.

풍경이 보여주는 역사 경험은 결코 역사가가 의도적으로 논리정연하게 재조립한 순서를 따르지 않는다. 단층들은 순서와 상관없이 뒤섞이며 실제로는 전혀 상관없는 의미를 보여줄 때도 많다. 계곡의 나무 속에 성게 화석이 있기도 하고, 물에 잠긴 토탄 구덩이에 뗏목거미가 숨어 있기도 하다. 링에는 2차 대전 당시 세워졌다가 재활용된 콘크리트 울타리 기둥과 죽은 나무를 엮어서 만든 공동 빨랫줄이 있다. 언어로서의 풍경은 순수한 피진어pidgin(서로 다른 언어를 사용하는 사람들이 상거래 등을 위해 만들어낸 단순하고 초보적인 언어 ― 옮긴이)다. 속어, 신조어, 모방, 유행하는 은어로 가득하지만 묘하게도 이해는 되게 마련이다.

　　　나는 심리 치료를 받던 시절, 정신과 의사를 놀려주려고 한 적이 있다. 층층이 저장된 기억을 인간에게는 이롭지만 본질적으로 부패한 물질인 이탄에 비유한 것이다. 기억이란 이미 끝났다는 점에서 이탄과 같다고 나는 주장했다. 비참한 관계, 해로운 습관, 나쁜 고착의 메아리도 이성적이고 자의식이 있는 사람의 마음속에서는 반쯤 썩은 갈대늪에 떨어진 꽃가루 화석 입자처럼 무해하게 떠다닐 수 있지 않을까? 심지어 필요한 경우 끄집어내어 조사하고 폭로할 수도 있으리라. 하지만 결국 화석은 살아 움직이며 상호 작용하는 사물의 표층에 속하지 않았다. 내 주장은 뻔한 부정否定이자 실없는 비유였다.

풍경, 역사의 메아리

　　　습지대에서는 이탄 자체도 계곡에서의 삶에 대해 완강하고 끈질기게 구시렁대는 것처럼 보였다. 어느 날 저녁 손닿는 대로 책을 읽다가 버지니아 울프가 스물네 살이던 1904년 이곳에서 여름을 보냈다는 사실을 알게 되었다.[7] 울프는 블로 노턴 홀에 머물면서 자전거를 타고 디스로 향했다. 아마 도중에 내가 사는 농가도 지나쳤으리라. 울프는 일기에서 잠자리가 윙윙대는 물가 풍경과 마르지판(아몬드와 설탕을 섞어 만든 제과용 반죽 — 옮긴이) 냄새 같은 메도스위트 향기를 묘사했고, 강에 빠졌던 일을 고백하기도 했다("습지대 산책에는 독특한 매력이 있지만, 다른 장소로 이동하는 수단으로서 수행되어서는 안 된다"). 또한 "이 낯설고 회녹색으로 물결치며 꿈꾸고 사색하고 기억하는 땅을 그려내려면 신중하고 숙련된 필치가 필요할 것"이라고 쓰기도 했다. 울프가 드러내는 심오한 생태학적 면모는 인상적이며, 결국 강에 빠져 죽은 그의 최후를 생각하면 더욱 마음이 복잡해진다. 하지만 울프 특유의 불안정한 상상력은 이 잿빛 물가에 공명하지 않을 수 없었으리라.

　　1,000년 전 이 계곡의 지명들을 지은 무명의 정착민들은 모두 이곳의 짙은 습기를 염두에 두었다.[8] 디스Diss는 앵글로색슨어로 '도랑' 또는 '고인 물웅덩이'를 뜻하는 디스disce에서 유래했다(지금도 디스에는 호수가 있다). 레드그레이브Redgrave는 '갈대 수로reed-ditch'일 수도 있지만 아마 레드그로브redgrove, 즉 오리나무숲이었을 것이다. 힌더클레이Hinderclay(1095년경에는 Hyldreclea였다)는 '강이 갈라지고 딱총나무가 자라는 안곡岸曲'이다. 텔네탐Thelnetham은 '백조가 즐겨 찾는 작은 마을'(고대 영어로 '백조'를 뜻하는 elfetu가 일반적인 음절 반전을 거친 것이다)이며, 블로Blo는 노턴이 쓴 것처럼 '황량한'이라는 뜻이거나 클레어의 blea처럼 '헐벗은'이라는 뜻이리라. 석기 시대

후기에 이 계곡은 백조와 버드나무가 어우러져 회색과 녹색이 물결치는 모습이었던 듯하다. 고고학자들은 농민들이 이탄을 채취한 구덩이에서 아마도 수만 년에 걸쳐 이탄층을 뚫고 내려왔을 버드나무 잔가지의 잔해를 발견했다.

습지대의 공식적인 역사도 딱히 평화롭지는 않다. 11세기 토지대장에 따르면 이곳은 영주가 드물고 소작농이 많은 지역이었다. 19세기 초까지는 어느 정도 자급자족할 수 있었던 공유지였는데, 사람들이 거주하고 일하는 곳이었다. 다른 용도로 쓰기에는 너무 습한 지대였다. 이곳 주민들은 전 세계의 농민들과 마찬가지로 연료로 쓸 이탄을 캐고, 빵 굽는 화덕에 땔 가시금작화 덤불과 초가지붕을 이는 데 쓸 갈대와 사초를 베고, 소나 거위 몇 마리를 방목하고, 산울타리 나무 열매와 공동 경작지의 곡물을 수확하여 생계를 꾸렸다. 겨울이면 다른 습지대 주민들처럼 야생 조류를 사냥하고 장어를 낚으며 물과 육지를 오가는 생활을 했다. 소작농들의 주요 '수출' 품목은 수만 개의 작은 땅뙈기와 텃밭에서 재배한 자급자족형 가내수공업 작물인 대마였다. 대마 농부 상당수는 직조업을 겸했고, 직접 재배한 대마 섬유를 동네 연못에 담가 줄기를 제거하고 부드럽게 만들었다.[9] 노픽의 큰 습지대 쪽에 위치한 사우스로펌은 19세기에 왕실의 지시에 따라 마포를 생산했다. 부유한 생활은 아니었지만 노예 같은 생활도 아니었다. J. M. 니슨의 표현대로, 공유지의 평민들은 "단순한 생계가 아니라 삶을 영위했다."

이런 경제 구조는 1815년에서 1820년까지 인클로저로 지역 공유지가 사라지고 개간되면서 종말을 맞았다. 습지대 대부분은 배수 처리되었지만, 지주들은 대범함 혹은 불안감 때문에 영국의 다른 지역보다 더 넓은 '빈민 할당지'(일종의 보상으로 방목지나 채소 재배지 몇천 제곱미터를 제공하는 제도였다)를 나눠주었다. 합리적으로 개선된 환경에서 자본주의 경제가 자리를 잡기 시작하자, 다용도로 쓰이던 대마는 더 비싼 밀에 밀려 작물로서의 가치를 잃었다.

남은 것은 관습의 메아리에 불과했다. 인클로저 이후 마켓 웨스턴 주민들은 과거 공유지의 정교하고 공정했던 관습들을 형편없이 패러디한 사초 베기 시합을 해야 했다. 종소리가 들리면 남아 있는 평민들은 습지대로 달려가 가능한 한 많은 사초를 베었다. 몇 시간 후 다시 종이 울리면 습지대가 폐쇄되었다. 그다음에는 관리인들이 들어와 나머지 사초를 베어내고, 이익금은 빈민에게 나눠주었다. 실업수당의 시작이었다.

주민들이 잃은 땅의 규모는 노퍽 최초의 상세 지도에서도 확연히 드러난다. 조지 3세의 지리학자였던 윌리엄 페이든은 1797년 약 2.5센티미터 단위로 세밀하게 측량한 노퍽 지도를 발행했다.[10] 당시는 '의회 인클로저'가 가장 치열해지던 시기로, 탐욕스러운 지주들은 공유지를 통해 얻을 수 있는 이익에 유난히 관심이 많았다. 그들은 브레클랜드와 워시 주변의 습지대 풍경을 좌지우지했다. 그러나 지도 속 노퍽의 마을 대부분은 사유화되지 않은 황야, 사초 습지, 널따란 비포장도로, 방목용 목초지나 얼마 안 남은 공동 경작지로 에워싸여 있다. 웨이브니 북쪽 강둑에는 공유지가 디스에서 셋퍼드까지 모자이크를 이루는데, 개중에는 폭이 6.5킬로미터에 달하는 지점도 있다. 이런 공유지 대부분이 1850년경에는 사실상 갈아엎어지거나 조림지 사업으로 인해 사라졌다.

풍경은 더 이상 존재하지 않는 장소를 안내하는 이정표와 그 역사의 메아리로 가득하다. 나는 주로 펜 레인을 따라 배수된 경작용 황야를 지나간다. 하이 커먼즈와 로우 커먼즈의 황량한 개간지, 헤더가 단 한 줄기도 남지 않은 링. 그래도 야생을 향한 그 끈질긴 연결이 완전히 끊어질 수는 없다. 계곡의 중심은 여전히 영감을 주는 야생의 가느다란 물길이며, 지극히 비물질주의적인 의미에서 '빈민의 몫'이다.

카우 패스처 레인

그리고 해자도 있다. 지금껏 살아남은 진정한 이 고장 풍속의 흔적이다. 이곳에서는 저택, 농가, 야적장에도 해자가 있다. 마을 녹지 전체를 띄엄띄엄 둘러싸고 있는가 하면, 들판의 사라진 저택 부지에도 비밀스러운 매장용 참호처럼 해자가 남아 있다. 해자를 처음 팠던 시기에는 물 저장고, 가축 여물통, 배수용 웅덩이, 양어장, 경계 표시 등 다양한 용도로 쓰였을 것이다. 개인 주택을 에워싼 원형 수로는 현대식 주택의 자갈 깔린 진입로처럼 지위를 나타내는 상징이기도 했다. 수백 년이 흐른 지금, 이런 수로는 인공 폭포로 바뀌었다. 단층집들은 물이 흐르는 외관을 뽐낸다. 덱이 깔리고 주철로 만든 왜가리(때로는 진짜 왜가리)가 있는 장식용 연못이 보인다. 군데군데 습지대로 돌아가 메도스위트와 큰바늘꽃이 무더기로 피어난 구간도 있다. 해자는 결코 무기력한 화석이 아니며, 훌륭한 민담처럼 강력하고 적응력이 뛰어난 풍경 서사다.

로저 디킨의 농가 주위 해자는 멜리스 마을의 대규모 녹지를 둘러싼 수로 중 일부지만, 또 다른 용도로도 쓰인다. 이른 아침에는 집주인이, 무더운 오후에는 그가 꼬드긴 모든 이들이 한 바퀴 빙 돌며 헤엄칠 수 있는 수영장이다. 로저는 진정한 공유지 주민이다. 단순히 공유지에 살 뿐만 아니라 그의 삶 자체가 공유지에 근거한다. 지극히 겸손한 성격만 아니었더라면 충분히 공유지 전문가로 행세할 수 있었으리라. 로저는 독창성과 동료 주민들을 존중하는 마음만 있으면 그 누구와도 무엇이든 해낼 수 있다는 신념으로 평생을 살았다. 30년 전 그는 16세기에 버려졌던 한 농가를 맨손으로 재건하기 시작했다. 벌목부터 배관 공사에 이르기까지 모든 것을 직접 배워가면서 말이다.

이제 그의 농장은 초현실적인 낙원 아르카디아를 방불케 한다. 초원으로 변해가는 들판, 골철판과 쓰러진 나무로 가득한 헛간, 주워온 돌무더기, 캔버라 폭격기의 조종석, 버려진 제재소 잔해를 에워싼 채소 텃밭과 묘목장, 날씨가 너무 더울 때 잠을 잘 수 있도록 개조한 양치기 오두막, 아침 수영이 힘들어지는 계절을 대비한 야외 욕탕도 있다. 로저는 더불어 살기를 추구한다. 예를 들어 레일란디 사이프러스 군락을 마주하면 본능적으로 태워 없애기보다

장미덩굴로 뒤덮는 방법부터 떠올린다. 그는 문제를 해결할 때 거의 항상 빙 돌아가고 가장 다사다난한 방법을 선택한다. 로저의 걸작 『워터로그』는 이처럼 서픅의 물길을 따라 펼쳐지는 다채로운 삶에서 진정한 공유 지대인 물과 친밀한 관계를 맺은 방법으로서 수영을 찬미하는 책이다.[11]

　　　당시 로저는 나무에 관한 후속 저서를 집필 중이었다(나무와 물이 어떻게 인간의 마음을 사로잡는지에 관한 책이었다). 나는 겨울 내내 그를 거의 보지 못했다. 로저는 늦가을에 키르기스스탄으로 여행을 떠난 터였다. 우리가 재배하는 사과와 호두의 조상종이 자라는 산에 오르고 견과류 수확기 석 달 동안 숲에서 야영하며 나무 열매, 꿀, 요구르트, 양고기를 먹고 사는 반￥유목민 부족과 함께 지냈다. 그는 짐보다 더 큰 호두 자루와 다양한 크기와 질감의 견과류, 이들의 현지 키르기스어 이름 목록을 가지고 돌아왔다. 그러고는 또다시 떠났다. 이번 목적지는 호주의 열대우림이었다. 로저에게서 마지막으로 받은 연락은 섣달 그믐날 자정에 걸려온 전화였다. 시드니를 불태우는 산불의 열기 속에서 폭발하는 유칼립투스숲을 지켜보는 중이라고 했다. 언제나처럼 위험을 감수하며 현장에 나가 있었던 것이다. 로저가 떠나 있을 때면 항상 아쉽고 그가 그리웠다. 그는 항상 낙관적이고 통찰력이 뛰어났으며, 우리 서로가 잘 아는 이 고장 방언으로 대화할 수 있는 상대였다.

　　　얼마 후 로저는 새로운, 정확히 말하면 부활한 프로젝트를 들고서 집으로 돌아왔다. 카우 패스처 레인 문제가 재부상한 것이다.

이 길은 옛 도로망의 일부이자 지역 공유지와 녹지를 연결하는 비포장도로다. 1980년대에 어느 농부가 수 세기 내내 인정받아온 공적 용도보다 자신의 단기 점유가 우선이라는 독단적 판단하에 이 길을 개간하기 시작했다. 로저는 이 무분별한 역사 훼손에 저항하여 도로 대부분을 지키는 데 성공했지만, 일부 구간은 이미 농부가 갈아엎은 터였다. 지역 당국이 최근 다시 이 문제에 관심을 보인다고 했다. 길 전체를 지방도로로 승격하여 갈아엎은 구간을 복원할 법적 근거를 마련하려 한다는 것이었다. 그러려면 이 길의 기원과 유래에 관해 더 많은 증거가 필요했고, 기획부 직원인 제인이 우리의 의견을 듣기 위해 멜리스로 내려오는 중이라고 했다.

며칠 후 나는 현장 조사와 상황 보고를 위해 로저의 농장으로 내려갔다. 그의 응접실은 마치 전략 회의실처럼 보였다. 탁자마다 오래된 지도와 항공사진이 펼쳐져 있었다. 어느 지도를 보든 이 도로가 1783년까지 거슬러 올라간다는 사실을 확인할 수 있었다. 하지만 이는 지리학적으로 엊그제나 다를 바 없는 시간이기에, 우리는 더 유서 깊은 흔적을 찾기 위해 제인과 함께 길을 나섰다. 그러다가 제인에게 깊은 인상을 주고 싶은 마음에 마치 셰익스피어의 3인 희극 같은 장면을 연기하기 시작했다. 로저는 도로의 지형적 경이로움과 순수한 매력을 선보였고, 나는 더욱 적극적으로 고대로부터 전해져온 꽃들을 보여주며 제인의 감성에 호소했다. 로저는 재치를 발휘해 작은 개울을 통과하는 '포장 물길' 위로 역사학의 망토를 펼쳤다(엘리자베스 1세가 진흙탕을 밟지 않도록 길가에 망토를 깔았다는 월터 롤리 경에 대한 비유 ― 옮긴이). 토지 소유주와 기획부 직원 모두가 당황한 기색이었지만 로저는 참을성을 갖고 설명했다. "아스팔트가 아니라 돌 포장도로예요. 물속에 돌이 있어요." 물에 잠긴 포석은 어렵지 않게 찾아낼 수 있었다. 지금껏 보존된 판판하고 독특한 역암 덩어리 세 개는 서픽보다 훨씬 더 먼 곳에서 온 게 분명했다.

하지만 이 도로에 대해 거창한 방어 진술은 필요하지 않다. 언뜻 봐도 유서 깊고 생태적으로 멋스러운 장소니까. 길은 첫 구간부터 끝까지 가축을 풀어놓아도 괜찮을 만큼 널찍하고, 군데군데 소들이 멈춰 쉬어갔을 작은 풀밭도 있다. 풀밭 가두리에는 예부터 서식해온 식물종이 무성하다. 앵초, 골고사리, 산쪽풀, 심지어 서픽에서 세터워트setterwort(병에 걸린 가축을 수술할 때 실seton 대신 이 식물의 뿌리를 사용해서 붙은 이름이다)로 알려진 헬레보루스도 한 종류 있다. 풀밭을 둘러싼 산울타리에는 계획하에 조성된 전원에서 볼 수 있듯 산사나무를 심어 만든 것이 아니라 예로부터 이스트 앵글리아의 자연림에 자라던 물푸레나무, 단풍나무, 개암나무, 서어나무, 참나무 등이 뒤섞여 있다. 게다가 형태도 나뭇가지를 엮은 것이 아니라 이 고장 전통대로 덤불 윗부분을 8년에서 10년마다 다듬은 것이다. 수관樹冠이 막대사탕 같은 나무도 있고 버섯 같은 나무도 있다. 반듯반듯한 조림지가 아니라 야생에서 자라난 참나무 개체군에 기대할 수 있는 다양성이 그대로 드러난다.

카우 패스처 레인은 원주민들이 자연림을 베어내고 만든

가축몰이 길이다. 아직도 길가 곳곳에 농사를 짓기 위해 벌채된 숲의 흔적이 남아 있다. 이는 중세 시대에 산울타리를 '만드는' 일반적 방식이었지만, 나는 감히 이 길이 그보다도 훨씬 과거의 산물이라고 추측한다. 이 고장 풍경의 근간이 대부분 그렇듯 철기 시대까지 거슬러 올라갈지도 모른다. 그렇다면 이 지역 대부분의 공유지와 (아마도 하룻밤 묵어갈 휴식처로 시작되었을) 녹지보다, 나아가 그 주변에 형성된 정착지보다 더 오래된 셈이다. 몇 주 후 의회가 카우 패스처 레인을 지방도로로 지정하기로 합의했다는 소식을 들었다.

∵.

        짧은 공무 출장을 마치고 돌아오자 마음이 한층 평안해졌다. 내가 번잡한 집안일과 인생을 정리하는 일에 몰두해 속세를 멀리할 위험에 처했다는 것을 나 자신도 잘 알고 있었다. 내가 끼적이는 글은 여전히 세상에 별 도움이 안 되는 것처럼 느껴졌기에 한층 더 적극적이고 효과가 확실한 일을 해보고 싶었다. 동굴벽화를 그린다든지, 양치기 오두막을 꾸민다든지, 습지대를 보존한다든지. 작은 텔레비전 화면에 비치는 계곡 밖 세상은 점점 더 멀고 실체가 없어 보였다. 창밖에는 계속 비가 내렸고 밭에서는 농약 살포기가 끝없이 돌아가고 있었다. 중년에야 빵 굽는 법을 배운 사람만이 느낄 수 있는 자기 만족감에 빠져 있다 보니 왕실 집사의 경범죄나 다우존스지수의 불규칙한 요동이 나와 무슨 상관인지 알 수 없었다. 내가 세상의 본질에 통달한 것 같았다. 나는 습지대의 은둔자가 되어가고 있었다. 낭만주의에 관한 조너선 베이트의 언급이 불길하게 귓가에 맴돌았다. "사물의 영혼에 심취하는 대가는 인간 공동체로부터의 확고한 단절이다. 범신론이 박애주의를 대체하고 자연과의 교감이 사회 인식을 대신한다."

하지만 솔직히 말하면 나는 전혀 거들먹거리지 않았고 사람들과 거리를 두지도 않았다. 이스트 앵글리아로 이사한 지 여섯 달도 지나지 않아 나는 다시 내 삶을 통제할 수 있고 안정감을 되찾았다고 느꼈다. 이런저런 라디오와 언론 일로 내 밥벌이를 하면서(『영국 식물 백과사전』을 칭찬해준 서평 덕분에 책도 재판에 들어갔다) 여태껏 경험해보지 못한 정서적 지지도 받고 있었다. 폴리는 내게 위안을 주는 연인이었지만 아직 동거인은 아니었기에 어떻게든 나 혼자서 살아가야 했다. 그리고 희한하게도 나는 애국심을 느꼈다. 어리석은 국가중심적인 민족주의가 아니라 내 조국, 나의 새로운 고향에 대한 애착이 커지면서 생겨난 감정이었다. 타자에 대한 적대감만 없다면 고향을 사랑하는 마음이 나쁜 감정일 리 없다. 그것은 모든 생명체가 다른 생명체를 무시하지 않고 자신의 영역에 충실하게 살아가는 진정한 생태적 사랑이다. 계곡과 그 안의 모든 거주자들은 내게 관대했으며, 나는 이곳에서 살아남았을 뿐만 아니라 점차 번성하고 있는 그들의 특별한 독립성과 창의성에 감탄했다.

그리하여 내 안의 늙은 아나키스트는 습지대 주민으로 정착하는 데 만족했다. 뉴스에서 이라크와의 전쟁에 관해 이야기하는 블레어와 부시를 보면 정치와 외교, '개량적 환경주의'가 스스로 자초한 악순환으로, 과거의 이데올로기적 실험에 따른 피해를 끊임없이 복구하는 문제로 표류해가는 듯했다. 내 작은 방에서 내다보노라면 이런 상황은 의원병醫原病(치료로 인해 발생하는 만성 질환)의 정치적 등가물처럼 느껴졌다.

자연 다큐멘터리가 숨기는 것

나는 어스름한 참나무 방 안에서 텔레비전 '자연' 다큐멘터리를 보며 위안을 찾았다. 블래키는 짜증을 내며 텔레비전을 등지고 내 무릎에 앉았다. 자신의 세계에 단단히 뿌리내린 작은 고양이에게 대형 고양잇과 동물은 이해할 수 없는 존재였다. 하지만 화면 속에서 낯익은 참새나 울새가 노래하면 몇 센티미터 거리를 두고 열심히 지켜보곤 했다. 얼마 지나지 않아 나도 블래키와 마찬가지로 흥미를 잃었다. 육식동물이 사냥감을 쫓는 장면만 끝없이 반복되니 오히려 야생동물의 복잡다단한 삶을 희화하는 것처럼 느껴졌다. 인간이 새의 관점으로 세상을 볼 수 있도록 새들의 등에 소형 카메라를 달고 촬영하기도 했다. 애니메이션으로 형상화된 공룡과 원시인은 니체와 바버라 카틀랜드(빅토리아 시대 배경의 로맨스 소설로 유명한 작가 — 옮긴이)가 공동 집필한 것 같은 대본에 따라 고통스러운 가족 드라마를 연기하며 예정된 운명을 향해 달려갔다. 거의 모든 프로그램이 자연계를 축소하고 제자리에 고정시키려 하는 듯했다. 동물을 장난감 혹은 골칫거리로 보여주거나 그저 말초 감각의 덩어리처럼 묘사하기도 했다. '이상한 동물', '놀라운 동물', 그리고 '학살자 동물' 시리즈들이 있었다.

모든 채널에 가장 빨리 확산된 프로그램은 젊은 남성 진행자가 불운한 파충류를 괴롭혀 보복 행동을 유도하는 종류였다(그는 빅토리아 시대 차림이었는데, 이는 역사적으로 매우 정확한 선택이었다. 그 시대 사람들이 송곳니를 드러낸 동물 머리를 박제해 벽에 장식한 것도 사나운 짐승은 사냥당해야 마땅하다는 사고방식 때문이었으니까). 상황과 상관없이 카메라의 초점과 속도가 정신 사납게 휙휙 바뀌어서 시청자는 진정한 감각적 경험을 할 수가 없었다. 하지만 그걸로 끝이 아니었다. 필연적이고 끔찍한 결말이 기다리고 있었다. ITV가 고대 로마의 서커스를 방불케 하는 〈인간 대 야수〉 시리즈를 제작한 것이다. 소인 44명에 맞서 맥도널 더글러스 DC-10 여객기를 끌어당기는 코끼리, 곰과 인간의 핫도그 먹기 시합, 오랑우탄과 차력사 여러 명의 줄다리기 등이 방영되었다.

이때까지 본 것들보다는 낫기를 바라면서, 데이비드 애튼버러가 참여한 대작 〈포유동물의 삶The life of Mammals〉도 시청했다. 하지만 육식동물 중심의 먹이사슬과 자연 속 중요도 위계에 대한 완고한 관점은 매한가지였다. 시간이 지날수록 똑바로 서서 걷는 포유류 동물들을 보여주며 '존재의 거대한 사슬(서구 기독교 철학에서 신이 선언했다고 주장하는 물질과 생명의 엄격한 위계 구조 — 옮긴이)'을 따라가다가, 마지막 방영분에서는 전쟁을 일으키고 텔레비전 다큐멘터리를 만들 수 있는 슈퍼 포유동물의 승리로 끝을 맺는 식이다.

하지만 그 직전 방영분에서는 공격성과 경쟁에 관한 텔레비전 다큐멘터리의 상투적 관점과 살짝 다른 이야기가 등장하긴 했다. 종의 장벽을 넘어 소통하고 협력하는 원숭이들에 관한 이야기였다. 애튼버러에 따르면 숲에서 각기 다른 높이에 서식하는 다양한 원숭이 종은 위험이 다가오는 것을 감지하고 "포식자별로 특화된" 경고음을 울리며, 그러면 무리 전체가 생존하기 위해 뿔뿔이 흩어진다. 애튼버러는 이를 "세계에서 가장 특별한 포식자 대항 동맹"이라고 표현했다. 그러고는 파티용 장식품 가게에서 파는 조잡한 장난감 표범을 끌고 나왔다. 원숭이에게서 '표범이 다가온다고 경고하는 울음소리'를 끌어내기 위한 것이었다. 유쾌하고 사교적인 동물인 원숭이들은 당연히 그가 바라던 소리를 내주었지만, 알 게 뭔가, 사실 원숭이들이 그냥 깔깔댄 것일 수도 있는데.

방금 본 장면이 믿기지 않아서 다시 한번 돌려보았다. 애튼버러가 카메라 앞에 서서 예의 친근하고 호감 가는 나직한 목소리로 말하기 시작했다. 뭔가 놀라운 걸 보여주겠다는 듯 괜히 한 번 어깨 너머로 시선을 보냈다. 그러고는 가짜 표범을 끄집어냈다. 이 프로그램이 보여주려는 것은 거칠게 말하면 오래전 피니어스 T. 바넘(19세기 미국의 유명한 순회 서커스 흥행사로, 쇼비즈니스의 선구자로 유명하다 — 옮긴이)이 탄생시킨 동물원의 전통에 따른 엽기적 구경거리였다.

문득 프랑스 작가 콜레트가 1930년대에 이미 이런 식의

미묘한 동물 착취를 언급했다는 것이 떠올랐다.[12] 콜레트는 일련의
내밀한 에세이를 통해 동물과의 관계를 탐구해온 작가였다.
비단뱀의 곡선, 부정맥이 있는 반려견의 심장 소리, 고양이가 물어온
도마뱀과의 교감에 관해 썼던 그는, 뱅센의 어느 동물원에서 가슴
아파하며 다음과 같이 선언했다.

> 이제 우리에게는 (인간이 강제로 굶긴) 표범이 어떻게 염소의 목을
> 찢어발기는지 모르고 지낼 자유조차 없다. 게다가 그 염소에게는
> 항상 지켜야 할 새끼가 있게 마련이다. 전투에는 어떻게든
> 양념을 쳐야 하며 수동적 희생자는 촬영할 만한 가치가 없기
> 때문이다. 나는 인간이 이런 야생동물들과 멀리 떨어져 그들
> 없이 살아갈 수 있기를 꿈꾼다. 동물들은 태어난 곳에서 살도록
> 내버려두면 좋겠다. 그러면 우리는 그들의 진정한 모습을 잊을
> 것이고 우리의 상상력도 다시 풍부해질 것이다.

> 나는 야생동물 없이 살아갈 수 없으며, 이 점에서는 인류
> 전체가 마찬가지일 것이라고 짐작한다. 우리의 기원, 생명의 원천,
> 우리가 통제할 수 없는 진화 방식과 지혜, 우리와 다른 관점을
> 제공하는 생명체이자 우리의 친구들과 유대가 끊어진다면 어떤
> 일이 일어날지 짐작하기도 어렵다. 동물을 꿈이나 전설로만 접할 수
> 있다면 인간은 얼마나 외로운 존재가 될까. 하지만 그렇다고 해서
> 야생동물과의 관계가 착취와 조작, 관리가 아니라 상상력과 존중을

통해 이루어져야 한다는 콜레트의 주장을 부정할 수는 없다.

문득 텔레비전 다큐멘터리 기획자와 제작자가 상상하는 인간과(정확히는 그들 자신과) 자연의 관계란 어떤 것인지 궁금해졌다. 서커스 단장인 그들이 무대 앞에 앉은 관객인 우리를 경탄시키는 진부한 방식일까? 그들이 자연계의 인지도를 높이고 대중적인 관심을 자극했다는 사실은 분명하지만, 그들은 인간과 자연이 어떤 관계를 맺기를 바라는 걸까? 18세기에 '호기심의 방(탐험가나 수집가가 특이한 자연물이나 예술품을 모아서 전시한 방 — 옮긴이)'을 만든 사람들처럼, 그들도 세상을 유리 진열장에 넣어 멋지게 전시할 수 있는 다양한 오락거리의 집합으로 보는 것인가? 그들은 정말로 자연계의 기술적 변형(더 느리게! 더 가까이! 더 크게!)이 인간과 자연의 관계를 이해하는 데 도움이 된다고 믿는 걸까? 아이러니하게도 소위 '1급' 다큐멘터리의 목표는 인간이 자연계에 영향을 미친다는 점뿐만 아니라 심지어 같은 생물권의 일부라는 사실조차 드러내지 않는 것이다. 자연은 주체가 아닌 객체라는 관점, 줄거리 조작, 행동의 복잡성에 관한 상투적 설명 등 상업적 영상에 담긴 모든 것이 자연에 이루 말할 수 없이 심대한 영향을 미치는데도 말이다.

인간의 오만과 착각

4세기 전의 저술가 프랜시스 베이컨은 자연에 대한 유기적 관점에서 현대 세계의 기계론적 환원주의로 넘어오는 이정표가 된 인물이다.[13] 동물 다큐멘터리 제작자들은 전부 베이컨이 제시한 모범

답안을 따르는 것처럼 보인다. 자연은 과학에 '봉사해야 하며' 과학에 의해 조형되어야 한다. 자연의 '탐색자와 관찰자'는 자연의 '음모와 비밀'을 발견하려고 한다. "자연의 정체를 뚜렷이 드러내려면 있는 그대로 방치하는 대신 기술(즉 과학)을 통해 시련과 고통을 가해야 한다."

베이컨 이후 자연에서 인간의 위치에 대한 관념 변화는 친숙하고도 우울한 이야기다.[14] 인간이 자연을 '묘사'하는 방식은 지극히 오래된 힘겨루기의 검열된 버전이다. 역사적으로 대부분의 평범한 사람들은 자연에 평생 두려움과 경탄이 뒤섞인 감정을 느낀 반면, 모세에서 뉴턴에 이르는 철학자들은 인간이 지상의 최상위 계급이며 나머지 피조물은 인간의 이익을 위해 존재한다고 보았다. 17~18세기 계몽주의 시대에 이 같은 전제는 신의 완벽한 설계를 이해하고 해독하려는 강렬한 열망을 통해 표출되었다. 베이컨이 말했듯이 과학은 "인간 제국의 영토를 확장하여 거의 모든 만물에 영향을 미치는 것"을 목표로 인간의 권리를 행사하는 새로운 수단이 될 터였다. 때로는 길버트 화이트처럼 자연의 '미세한 특이성'에 깊은 관심을 기울이며 인간과 공존하는 생물들을 진정으로 존중하게 된 사람도 있었다. 하지만 이처럼 자연계의 아름다움과 복잡성에 감동한 사람들도 대부분 스스로를 자연의 초점이자 중심으로 여기는 사고방식을 버리지 못했다.

19~20세기 동안 자연의 역학에 매혹된 사람들은 필연적으로 자연의 상호 연결성과 취약성을, 그 복잡한 유대 관계에

우리도 포함될 수밖에 없다는 사실을 깨달았다. 그러다 보니 멈춰
서서 우리 자신을 돌아볼 수밖에 없었다. 우리는 그런 깨달음 앞에서
더욱 다정하고 조심스럽고 감사하는 마음으로 지구의 동요와
변화무쌍함에 귀를 기울였어야 했다. 하지만 우리 문화에 뿌리내린
지 오래된 봉건적 본능은 빅토리아 시대의 제국주의적, 가부장적
충동에 의해 금세 다시 왜곡된 형태로 나타났다. 우리는 자연의
보호자 역할에 익숙해졌고, 농장이나 식민지를 돌보는 것과 같은
방식으로 자연을 돌보았다. 어쩌면 위대한 생물학자 루이스 토머스가
말했듯 이것이 유일하게 현실적인 방식일지도 모른다.[15]

> 미래는 절망적이다. 우리는 모든 생명체와의 친족성에
> 대한 새로운 지식으로 가득하지만, 여전히 19세기 사람들과
> 마찬가지로 자연을 마구 짓밟고 정복하고 문명화한다. 그리고
> 우리 스스로 소멸하지 않는 한 이런 방식의 지배를 멈출 수
> 없을 것이다. (…) 우리는 이런 식으로 발전했고 이런 식으로
> 성장했으며 이렇게 태어난 생물이다.

토머스 본인도 이처럼 우울하고 패배주의적인 결론에
만족하지 못했다. 그가 제시한 장기적이고 포괄적인 '해결책'은
인류의 역할을 "지구를 위한 일꾼으로서 (…) 새로운 공생 관계를
돌보고 정보를 모으며 나름대로 가꾸기도 하는 존재"로 상정하는
것이었다(예전에 토머스의 이런 비유를 제임스 러브록에게 들려줬더니

"지구에 고용된 일꾼이란 말이죠. 그거 괜찮네요!"라는 대답이 돌아왔다).
일꾼이란 집주인보다 겸손하고 유용한 역할이다. 생태계의 다른
곳에서 시작된 일들을 배제하지 않으면서 인간의 재능에도 잘
맞는다. 하지만 러브록의 그럴듯한 말 바꿈에도 불구하고 이는
결국 세속적이고 실용적인 역할이며, 고대로부터 이어져온 인간과
자연의 복잡한 심리적 유대감 일체를 소외시킨다. 환경 운동가인 빌
맥키벤은 토머스의 견해에 응답하여 다음과 같이 적었다. "그것이
우리의 운명인가? 통제받는 세계의 '관리자', 모든 생명의 '보호자'가
되는 것이? 안정된 직위를 얻기 위해 자연계와 우리 삶의 신비, 활기
넘치는 창조로 가득한 세상을 포기하겠다는 건가?"

오늘날 우리가 지향해야 할 역할을 서술하는 데 흔히
쓰이는 말은 '집사'다. 우리는 이 행성의 천연자원을 보존하고
예산을 관리할 의무가 있는 지구의 자산 관리자다. 물론 집사는
다른 누군가의 대리인이게 마련인데, 때로는 그게 과연 누구인지
확실하지 않을 수 있다. 최근에는 신이 아니라 인류, 우리의 자녀,
'후손'일 때가 많고, 아주 가끔은 자연 그 자체일 수도 있다(이런
시각조차 생물권 전체가 아주 오랫동안 인간 없이도 알아서 잘 지내왔다는
점에서 오만하게 보일 수밖에 없다). 주류 환경주의는 부끄러울 정도로
공리주의적이고 인간 중심적이다. 우리가 건강하고 깨끗하고 생물
다양성이 보존된 생태계를 원하는 것은 '깨어 있는' 이기주의, 즉
우리의 물질적 미래가 그런 생태계에 의존하기 때문이다.

물론 모든 유기체와 마찬가지로 인간 역시 건강한 생태계를

누릴 권리가 있다. 집사주의의 문제는 우리 몫에 대한 요구가 아니라 우리에게 다른 모든 생물종의 몫을 결정할 권리 혹은 의무가 있다는 신념이다. 관리적 관계는 결국 '우리' 대 '그들'의 관계일 수밖에 없다. 우리는 자연계를 하나의 총체로서 볼 수 있어야 한다는 걸 알지만 그럼에도 자연계에서의 힘과 중요도에 따른 구분을 전제하게 된다. 애초의 의도는 선량했더라도, 이렇게 되면 관리자가 극복하고자 하는 생태 위기의 근본 원인인 권위주의적 반동으로 되돌아가는 셈이다. 관리자는 자연을 정적인 시스템이자 사물의 집합으로 간주하고 계승, 서식지 이동, 자연 재해, 자연의 자체적 회복 및 성장과 같은 역동적 과정을 무시하기 쉽다. 그는 돌보기보다 감독하기를 선호하며, 자연계의 포괄적 관리를 서로 공평한 관계를 맺기 위한 방법이 아니라 '자연을 위한 과업'의 목표로 여긴다. 무엇보다도 관리가 필요한 대상은 우리 자신이 아닌지 돌아봐야 할 상황에서 오히려 교묘하게 비인간계를 관리 대상으로 재구성한다. 자연에 대한 설명presentation은 관리적 관계에 딱 들어맞는 방식이다. 비인간계를 붙잡아 깔끔하게 포장한 뒤 알기 쉽고 먹기 편하게 접시에 올려놓는 셈이다.

존 클레어는 자연을 설명하는 사람presenter이 아니었다. 그는 대변자representer, 대리인, 정치적 의미에서의 집사였다. 그는 자신의 '특별한 장소들'에 거리를 두고 객관적으로 쓰기보다 그곳들로부터 쓰려고 한다. 또한 동료 생명체들을 대변할 때 동일시와 같은 손쉬운 연대에 의존하지 않는다. 글을 쓴다는 행위가 그와

자연을 갈라놓는다고 여겨질 수 있는 바로 그 지점에서, 그는
소외된 다수의 노래를 가다듬고 통역하는 특별한 생태 음유시인이
되어 자연에 재합류한다. 「스워디 웰의 비가」에서 클레어는 마치
그 자신이 "사악한 인클로저"와 "이윤의 탐욕스러운 손길"에
억압되고 착취당한 "땅 한 뙈기"인 것처럼 쓴다. 길고 매혹적인 시
「나이팅게일 둥지」에서는 범속한 "적갈색" 깃털로 둥지를 튼 새와
한편이 되겠다고 선포하고, "이 주름진 양치류 잎들이 / 개암나무
밑가지 사이로 기어오르는 곳"에서 노래하는 새를 지켜본다.

> 새는 찬란한 여름의
>
> 가장 즐거운 부분을 나눠주었네 ― 나의
>
> 즐거운 몽상 속에 새의 자리가 마련되도록

클레어와 나이팅게일의 관계는 일종의 문화적 공생일까?
그가 새를 찬미한 것은 새와 공유한 기쁨에 대한 보답이었을까?
최고의 텔레비전 다큐멘터리는 클레어의 다정하고 꾸준한
관찰을 모방한다. 촬영기사의 끈덕진 경계 태세를 보고 있으면
"침묵하라, 나무 문이 살며시 흔들리며 열리게 하라"라는 클레어의
시 구절이 떠오른다. 하지만 촬영기사의 냉정한 객관성에서 새가
나눠준 세계를 바라보는 시인의 시선, 주의를 기울이기에 앞서
소중히 아끼는 마음을 느끼기는 어렵다.

인간의 전쟁은 철새에게……

환멸과 우울함을 느끼며 뉴스를 보던 나는 문득 프로그램이 바뀐 줄 알고 깜짝 놀랐다. 총리가 이라크와의 전쟁을 선포하고 있었다. 언제나처럼 조심스럽고 불안스러우면서도 엄숙한 말투였다. 다 근거가 있어서 하는 얘기다, 언젠가는 반드시 이라크가 "대량 살상 무기"를 보유하고 있다는 증거를 제시하겠다, 사실 이라크의 대량 살상 무기는 국제 테러 음모의 일부에 지나지 않는다, 성전聖戰으로 맞서겠다, 나를 믿으라, 내가 뭐든 가장 잘 알고 있으니까. 그는 언제든 사담 후세인 모형을 끌고 나와 모든 영국 국민이 집단적 공포에 빠지게 할 수 있었다.

텔레비전으로 전 세계를 위풍당당하게 활보하는 유명 인사들을 지켜보는 것이 인간사와 생태계 문제를 고찰하는 가장 심오한 방식은 아닐 수도 있다. 하지만 적어도 텔레비전은 그자들을 적당한 거리를 두고 볼 수 있게 해준다. 어쨌든 간에 그날 저녁 나는 깊은 실망감에 빠졌다. '존재의 거대한 사슬'이라는 과거의 창조 이미지가 점점 더 '존재의 거대한 위계 구조'로 보였고, 심지어 아래로 갈수록 점점 더 혼란스러워지는 것 같았다.

2003년 2월 15일로 예정된 반전 행진에 참여해야 할지 많은 주민들이 오래도록 고민했다. 아무도 사담 후세인을 응원할 생각은 없었고, 1970년대에 많은 이들을 정치 행위에서 멀어지게 했던 거리 폭력의 물결을 되돌릴 생각도 없었으니까. 하지만 전국적으로 분노의 분위기가 팽배해 있었다. 위대한 프로젝트 앞에서 예의와

3장 잃어버린 공유지

민주주의가 불편한 것으로 치부되어 밀려나고 있다는 느낌이었다. 결국 계곡에서만 무려 200명의 주민이 나가 템스 강가에 모인 200만 명에 합류했다. 영국에서, 어쩌면 서구에서도 역대 최고 규모의 정치 시위였다. 참여자 중 10분의 9는 시위에 나온 경험이 없었다. 분위기는 조심스럽고 독단적이지 않았지만 단호한 결기가 흘렀다. 어찌 보면 우리의 신념과 감정을 공유하는 축제와도 같은 자리였기에. 과격함과는 거리가 먼 군중이 이렇게 많이 모여든 것은 전쟁 때문만이 아니라 점점 커져가는 박탈감 때문이 분명했다("전쟁 대신 차를 만들자Make Tea Not War"라는 유명한 포스터 문구와 딱 어울리는 시위였다). 우리의 이름으로 계획된 전쟁은 무수한 단체와 정파의 깃발 아래 냉담한 정부의 정책가들, 무책임한 석유 다국적 기업들, 이라크에 무기를 대준 군수업자 카르텔, 시민에게 귀 기울이지 않는 비대하고 육중한 온갖 국가기관들과 한통속인 것처럼 보였다.

　　　내 마음속에는 또 하나의 횃불이 있었다. 아프리카에서 티그리스강과 유프라테스강 삼각주를 지나고 이라크 중부를 거쳐 동쪽으로 날아가는 제비와 유럽멧비둘기, 뻐꾸기 등의 여름 철새들을 위한 것이었다. 새들의 이동 경로는 가난한 이라크와 부유한 유럽을 매년 미약하게나마 연결해주고 있었다. 이제 그들은 이동 내내 미국과 영국의 폭격기뿐만 아니라 사담 후세인의 농약 살포 비행기와도 싸워야 했다.

∵.

　　다음 달에 나는 칠턴의 옛집으로 돌아갔다. 잘하는 일인지 확신할 수는 없었다. 떠날 때는 뒤돌아보지 말고 확실히 떠나야 한다고들 말하지 않는가. 하지만 칠턴은 내 삶이자 뿌리였고 좋든 나쁘든 나를 길러낸 곳이었다. 나의 외골격이자 첫사랑이고 내 원재료였다. 산등성이를 둘러친 초록빛 절벽이 여전히 내 안에 있는지, 아니면 과거의 덜 반가운 유령들과 함께 사라졌는지 확인하기 위해서라도 돌아가야 했다. 그 모습이 그리운 것 같으면서 그립지 않은 듯도 했다. 내가 아팠을 때 정신과 의사는 항상 산에 올라가보라고 권했다. 그는 붉은솔개가 날아다니는 산속을 거닐고 온 내 모습을 본 적이 있는데, 바로 그 순간에 과거의 진정한 나와 새들이 내게 주는 의미를 엿보았다고 생각하는 듯했다. 심지어 산까지 차로 태워주고 점심도 사준 다음 다시 병원에 데려다주겠다고 했다. 하지만 그 정도 약속도 내게는 너무 부담스럽게 느껴졌다. 산에 가도 심드렁하지 않을까, 한때 나를 깊이 감동시켰던 무언가가 완전히 사라진 것만 느끼지 않을까 싶어서 두려웠다. 칠턴의 고지대와 자유로이 날아다니는 붉은솔개 떼는 내게 일종의 시금석이 될 터였다. 내가 그들을 되찾았는지 과감히 확인해보아야 했다.

　　칠턴의 솔개에는 훈훈한 사연이 있다.[16] 그들은 19세기에 사냥꾼들이 거의 멸종시키기 전까지 영국 전역에서 흔히 보이던 새였다. 하지만 새끼 꿩을 잡아먹을 뿐만 아니라 기이하게도 인간의 빨랫감을 훔쳐 둥지를 꾸민다는 이유로 박해를 받았다.

솔개들에게 최후의 보루가 된 곳은 이 새를 야생의 상징으로
여기며 보호한 웨일스 중부의 케레디기온주였다. 1980년대 후반
영국 자연보호협회는 솔개를 돕기로 결정했고, 입스턴 마을 근처
존 폴 게티의 칠턴 사유지에 스페인에서 사육된 솔개 몇 쌍을
방사하도록 허가했다. 유럽에서 솔개가 주로 서식하는 구릉성
사바나에 가까운 지형이었다. 솔개들도 그곳이 마음에 들었는지
계속 머물며 번식했고, 그리하여 나는 1990년 M40 고속도로에서
처음으로 솔개를 (우연히) 목격할 수 있었다. 솔개는 한동안 내게
영국 남동부에서 가장 야성적인 지역의 상징이자 성배였으며, 가끔씩
상상력이 솟구칠 때면 나의 켈트족 선조처럼 느껴지기도 했다.

어느 3월 오후에 나는 끝내지 못한 과업을 완수하러
남쪽으로 차를 몰았다. 얼마 전까지만 해도 2주마다 정신과 의사를
만나러 오가던 길이었다. 산은 늦겨울에 기대할 수 있는 최상의
모습을 보여주었다. 황량하고 위태로워 보였지만, 언제라도 일어설
듯 탄탄한 근육질을 자랑했다. 나는 예전에 자주 다닌 길을 따라갔다.
절벽 아래로 쭉 이어지다가 킹스턴 블런트라는 작은 마을에서
동쪽으로 휙 꺾여 산허리로 올라가는 길이었다.

그곳에 솔개가 있었다. 멀리서 보니 잿빛 하늘에
떠다니는 평범한 큰 새 같았다. 그 순간 두 마리가 날아올랐다가,
급강하했다가, 다시 솟구쳐 올랐다. 마치 헐벗은 산등성이 숲을 향해
팽팽히 당겨진 두 개의 석궁처럼. 새들이 내게로 날아왔다. 유유히
바람을 타고 소용돌이치는 대기를 가로질러 미끄러지듯, 몸과 꼬리에

흩날리는 적갈색 솜털이 뚜렷이 보일 만큼 바짝 다가왔다. 새들은 크게 외치고 있었지만 바람이 그 소리를 저 멀리 날려버렸다. 나는 더 남쪽으로 차를 몰아 고원에 올라갔다. 사방에 솔개가 있었다. 돌풍을 타고 지붕 바로 위까지, 나아가 새 먹이통이 달린 곳까지 내려왔다. 점심을 먹으러 들른 펍에서도 창밖으로 산울타리를 넘어 날아가는 거대하고 활기찬 솔개들이 보였다. 밖에 나오니 코앞에 한 마리가 바람 따라 날아가려 하는 참이었다. 두 팔을 쳐드는 무용수처럼, 돛을 반쯤 풀어낸 배처럼 느긋하게 양 날개를 들어 공기를 감싸더니 몸속으로 접어 넣었다. 너무도 평온하고 무심하며 강건한 그 모습에 나도 두 어깨가 솟구쳐 오를 듯했다.

해가 기울어갔다. 나는 황량한 목초지를 지나는 지름길을 택했다. 갑자기 하늘이 솔개로 가득 찼다. 눈 닿는 곳 끝까지 새들이 촘촘한 그물망 같은 궤적을 그리며 날고 있었다. 솔개들은 마음껏 바람을 즐기려고 일부러 거기 모여든 것이었다. 모든 맹금류는 바람을 좋아한다. 그들은 바람을 만날 때 비로소 자신의 존재 이유를 깨닫고 일종의 각성 상태에 도달한다. 하지만 이것은 그 이상의 놀라운 단체 전시 행위였다. 솔개들은 대담하게도 특유의 비행 기술을 극한까지 끌어올렸다.

나는 그 자리에 뿌리박힌 듯 서 있었다. 솔개가 끝도 없이 나타났다. 눈앞에 30~40마리가 날아다녔고 뒤돌아서니 또 그만큼이 보였다. 새들은 한껏 흥분해 있었다. 들판을 스치다가, 사냥감을 덮치다가, 빙글빙글 돌다가, 가만히 멈추기도 했다. 한 마리가 솟구치거나 급강하할 때마다 나도 함께 오르락내리락하는 것 같았다. 나도 모르게 숨을 깊이 들이쉬었다가 내쉬었다. 무슨 일이 벌어지고 있었던 걸까? 대규모 구애 모임도, 혹은 요즘 칠턴에서 볼 수 있듯 집주인들이 새 먹이통에 스테이크를 내다놓아서(선의에서 그랬겠지만 까딱하면 새들의 소화기관을 손상시킬 수 있다) 벌어진 파티도 아니었다. 그것은 종족의 결속이자 하루가 끝나고 연대를 확인하는 축제였으며, 모두가 가장 잘 아는 환경에서 서로 자신감을 북돋아주는 행사였다. 마치 인간들이 미친 듯 춤추며 묵은해를 떠나보내는 것처럼.

숲은 내 것이 아니다

내 숲으로 돌아가는 것은 더욱 힘든 일이었다. 춤추고 싶은 기분은 전혀 들지 않았다.[17] 매각이 임박한 터였다. 숲이 어떻게 될지 모른다고 생각하니 괴로움에 마음이 울렁거렸다. 마을은 초조한 분위기였다. 현지인과 외지인 대지주들이 수표를 세고 있었다. 숲은 이전처럼 사냥터가 되거나 혹은 페인트볼 경기장이 될 수도 있었다. 어쩌면 발굽이 커다란 경주마들이 숲을 쑥대밭으로 만들지도 몰랐다. 처음부터 나를 돕고 보호하며 대체할 수 없는 든든한 버팀목이 되어준 친구들인 프랜시스카 그린오크와 존 킬패트릭이 숲을 매입하려고 서둘러 지역 트러스트를 조성하긴 했지만, 그들도 이런 비상사태에 미처 대비하지 못한 나의 무심함에 무척 화가 나 있었다.

여러모로 조짐이 나쁜 3월의 주말이었다. 숲 입구의 큰 너도밤나무에 "숲 팝니다!"라는 안내문이 붙어 있었다. 20년 전

보았을 때 내 기도에 대한 응답을 들은 것처럼 전율했던 안내문과 똑같은 내용을 똑같은 중개인이 똑같은 나무에 붙인 것이었다. 바로 옆 물푸레나무에는 포드 에스테이트 한 대가 처박혀 있었다. 하지만 이 승합차에는 기이하게도 미완성된 사연의 불길한 흔적이 남아 있었다. 도색과 실내 장식 장비를 가득 실은 채 충돌하면서 페인트 통이 앞으로 튀어나와 터졌는지, 차 내부가 파충류의 피처럼 엷고 끈적끈적한 액체로 뒤덮여 있었다. 차라기보다 도리어 차에 치여 죽은 짐승처럼 끔찍하고 섬뜩한 꼴이었다. "대체 무슨 짓을 한 거야! 생각도 없이 사고를 치고 달아나다니!"라고 내게 외치는 것처럼.

처음부터 내가 이 숲을 개인 재산이나 소유물로 여기지 않았음을 상기해야 했다. 앞에 썼듯 애초에 내가 이 숲을 산 건 원래의 서식자들에게 돌려주기 위해서였다. 하지만 (인클로저로 길이 막힌 1853년에 마을 구석구석 나붙었던 안내문과 섬뜩할 정도로 비슷한) 중개인의 단순명료한 안내문을 보니, 문득 내가 판매자가 아닌 구매 예정자였던 때가 떠올랐다. 사냥 모자를 쓰고 회람판을 든 채 공터를 둘러보는 입찰 경쟁자들을 숲속에 숨어 지켜보면서 이 숲이 남의 것이 될지도 모른다는 생각에 괴로워했다. 어쩌면 그때부터 줄곧 생태적 이타주의의 허울 아래 이기적 욕망을 숨기고 있었던 게 아닐까. 나는 공동체 실험을 위한 놀이터를 마련하고 싶었다. 20세기의 마을 주민들도 '숲으로 돌아가' 상업적 점유에 따르는 피해를 줄이고 즐겁게 지낼 수 있을지 확인하고 싶었다. 나아가 이 숲이 일터 구실도 할 수 있었으면 했지만, 자기 소유의 삼림 유지비를 합법적인 '야외 작업장' 운영비로 국세청에 청구하겠다고 했던 내 친구 토니 에번스처럼 배짱이 좋지는 못했다.

하지만 나도 나 자신과 풍경 모두가 모델 노릇을 할 일종의 작업장을 찾고 있었던 게 아닌가? 아니면 나만의 가정을 꾸리지 못했다는 실패를 만회할 은신처를 원했나? 마을 전체가 이곳에서 활기차게 일하고 놀았다. 내 친구들과 개구리, 새매, 오소리, 난초, 문착 사슴, 떠돌이 박쥐로 구성된 대규모 공동체였다. 우리는 마지막 소유주의 부적절한 식재(성냥개비 재료인 포플러)를 베어내어 햇빛을 들이고, 식물이 다시 자유로이 자라나게 하고, 오솔길을 여럿 만들었다(많은 경우 동물들이 오간 흔적을 따라 발길을 내는 것으로 충분했다). 실험적 현장 민주주의를 통해 공터 위치를 정하고, 땔감을 생산하기 위한 나름대로의 벌목 작업 체계를 만들었다. 하지만 고백하건대, 우리가 이룬 성취의 상당 부분을 내가 시작했거나 결정했다는 점이 줄곧 마음에 걸렸다. 우리가 작업할 시기와 장소, 중요하게 간주해야 할 식물 군락뿐만 아니라 너도밤나무 200그루를 비롯한 목재를 현금화하기로 한 것도 내가 내린 결정이었다. 나는 언제나 그랬듯 단순 참여와 미묘한 통제 사이에서 줄타기를 하고 있었다. 다만 이번에는 다른 여러 사람들도 입찰에 참여할 터였고, 나는 그 사람들의 미래와 그들이 이곳에서 차지할 지분에 대해 마음의 준비가 되어 있지 않았다. 나는 자신의 유한성을 받아들이기가 두려워서 그에 대한 반작용으로 숲이라는 영속적이고 풍요로운 장소를 손에 넣은 걸까?

트러스트는 순조롭게 준비되는 중이었다. 조만간 자연유산 복권 기금이 나오면 숲의 미래를 '영구적으로' 보장할 수 있을 터였다. 게다가 남쪽으로 30킬로미터쯤 떨어진 서식지에서 솟아올라 너도밤나무 위로 날아가는 붉은솔개 떼를 보았는데, 아마도 상서로운 징조 같다고 했다. 숲 자체도 전날의 비바람에 깨끗하게 씻겨 새로 태어난 것처럼 보였다. 블루벨 새싹은 벌써 15센티미터나 자라서 몇 주만 지나면 꽃이 필 듯했다. 나는 이 꽃밭에 네발로 엎드려 순백색에서 흰 줄무늬가 있는 하늘색과 짙은 남색까지 17가지 색채를 세어본 적이 있다. 어느 날 오후에는 푸른 꽃 속에 파묻혀 낮잠이 든 새하얀 사슴을 보고 깜짝 놀라기도 했다. 유니콘만큼 진귀한 광경이었다. 아이들도 꽃들 사이에서 잠을 자곤 했다. 아이들은 우리의 믿음을 지켜주는 존재였다. 그들은 직업윤리에 대한 우리의 공격에도 아랑곳하지 않고 순수하고 무의식적인 정령 숭배심을 간직하고 있었다. 나무와의 대화에 열중하거나, 개구리가 "나뭇가지를 넘어가지 못할까 봐" 고이고이 번식지인 연못까지 배웅해주기도 했다. 우리가 만든 오솔길들, 너도밤나무 줄기의 반드르르한 잿빛 광택, 솎아낸 자리에 다시 돋아나는 묘목 무더기를 바라보노라니 문득 내가 이곳을 떠나 정착한 습지대의 생명력을 과대평가한 건 아닌가 싶었다.

숲에 나름대로 책임감을 느끼다 보니, 내가 이곳의 변화에 관심이 많아졌다는 것도 깨달았다. 일주일에 두세 번 숲속 오솔길을 거닐던 시절에는 아주 미세한 변화까지도 알아차릴 수 있었다. 어느

물푸레나무 묘목이 몇 센티미터 자랐는지, 어느 나뭇가지가 바람에
떨어졌는지, 나무살갈퀴 군락이 정확히 얼마만 한지, 갑자기 불어난
물길이 어디로 이동하는지, 오소리가 전날 밤 어디를 지나갔는지도
알았다. 우리가 이전 소유주의 포플러 인공림을 베어내어 생긴
공터에는 자연스럽게 되살아난 숲이 우뚝 솟아 있었다. 우리는
나무를 전혀 심지 않았는데도 10여 종의 나무가 저절로 자라나
있었다. 나무 아래에 이미 월계서향과 방패고사리 덤불이 무성했다.
나는 숲 꼭대기까지 걸어 올라갔다. 종종 여기서 홀로 일하면서
유독 눈에 거슬렸던 포플러의 나무껍질을 빙 둘러 벗겨서 휴경기에
박새와 딱따구리가 둥지를 짓는 데 쓰게 했다. 이제는 나무가 얼마나
멀리까지 쓰러졌는지 훤히 내다보였고, 그 아래 죽은 가지 사이로
솟아난 어린 참나무들도 눈에 들어왔다.

　　　우리가 유일하게 공들여 만든 조경 요소는 처음부터 그
자리에 있었던 것처럼 자연스러워 보였다. 험난한 숲속 비탈에도
차량이 진입할 수 있게 만든 길이었다. 길을 내면서도 주제넘은 짓이
아닌지, 우리가 달성하려는 목표와 모순되진 않는지 염려스러웠다.
걱정할 필요가 없었다. 그곳은 매우 사회적인, 어쩌면 공유지다운
풍경으로 빠르게 진화하고 있었으니까. 길을 만들자고 결정한 사람은
바로 나였다. 마을 아이들은 공사의 여파를 완화하기 위해 양치류와
꽃을 집으로 가져가 겨우내 돌보기도 했다. 굴착기 운전자는 우리가
미처 생각도 하지 못한 은근하고 매력적인 굽잇길을 만들어 봄이면
석양이 비쳐들게 했다. 거기에 다양한 식생이 자리 잡아 복잡성을

더해주면서 길 자체는 사소한 지질학적 교란처럼 존재감이 흐려졌다.
처음에는 맨둥한 백악질 땅에 자라난 조류藻類가, 그다음에는
블루벨이, 그다음에는 좀사위질빵과 우리가 아끼던 줄무늬
나무살갈퀴 군락이 우리의 헛짓거리를 가려주었다. 이제 식물들은
자기네 나름의 계획을 수행하고 있었다. 둑은 그늘이 지고 이끼로
둘러싸였다. 나무살갈퀴 군락은 양지바른 곳으로 20미터 정도 옮겨
갔다. 그럼에도 길은 명백히 우리가 숲에 덧붙인 꾸밈음으로서
거기 남아 있었고, 배를 떠난 선장인 나도 작은 흔적이나마 남길 수
있었다는 데 비합리적인 감동을 느꼈다.

　　　　하지만 더욱 기뻤던 것은 칠턴이 내 안에 지울 수 없는
흔적을 남겼다는 사실이었다. 그곳에 돌아왔다고 해서 떠난 것이
후회스럽다는 마음이나 집에 처박혀 꼼짝 않던 무렵의 불편한 기억이
떠오르지도 않았다. 응석받이 시절이나 질병과 은둔에 관한 생각도
깨끗이 씻겨나간 듯했다. 칠턴은 단지 내게 세상에서 가장 친숙한
곳이고 앞으로도 그러하리라. 칠턴 산등성이와 골짜기는 종종 꽉
움켜쥔 주먹에 비유되는데, 그 지형을 보면 케케묵고 진부한 표현을
떠올릴 수밖에 없다. 나는 칠턴 산등성이와 골짜기, 특히 하딩스
우드를 내 손등처럼 잘 알며 이젠 의무감이 아닌 애정으로 언제든
그곳에 돌아갈 수 있다고.

잃어버린 공유지

다시 해가 저문다. 내 '휴게실common room'에 관한

농담을 생각해보려고 하지만 쉽지 않다. 혼자만의 방은 온 세상을 통틀어서 가장 내밀한 공간이며, 이는 인간이 아닌 다른 동물에게도 마찬가지다. 대부분의 동물은 날씨가 견디기 힘들 만큼 춥지 않은 이상 좁더라도 홀로 쉴 수 있는 공간에 대한 욕구를 포기하지 않는다. 하지만 어느 정도 거리를 두고 떨어져서 보면 사유재산으로서의 공간과 땅에 관한 개념은 흐릿해진다. '영국인의 집은 그의 성城'이라는 말은 영국 민중의 생득권과 충돌한다. 하지만 이처럼 완벽하게 모순적인 견해가 놀랍게도 세계 곳곳에 만연해 있다. 토지가 일종의 공공 유산이라는 믿음은 뿌리 깊은 것이며, 어쩌면 생명의 시초부터 본능적으로 존재했을지도 모른다.

내가 어렸을 때 정원과 그 너머의 공유지를 분리하는 것은 단 한 장의 철조망뿐이었다. 철거된 공회당 부지에는 분리된 '거주 구역'이 조성되었다. 한때 잘 가꾸어졌던 부지는 소유권이 없는 채로 우리와 새로운 공영주택 단지 사이에 놓여 있었다. 수만 제곱미터에 달하는 땅이 돌이킬 수 없이 야생으로 돌아가는 중이었다. 이국적인 삼나무와 유럽전나무는 무성하게 자라난 가시덤불과 풀줄기에 포위당했다. 동네 안의 사바나였던 그곳을 우리는 즉시 자연스러운 생물학적 고향으로 받아들였다. 우리는 그곳을 단순히 '벌판'이라고 불렀다. 원시적 의미에서가 아니라, 그곳이 우리에게 필요했고 또 주어졌던 유일한 터전이었으니까.

그 땅은 우리가 사는 집들을 지은 사람의 소유였다. 그는 가끔씩 무성하게 자란 풀밭을 써레질하거나 소 몇 마리를 풀어놓기도

172

했지만, 그 땅이 남녀노소를 불문하고 온 동네 사람들의 공유지로 사용되는 데 만족하는 듯했다. 흥미로운 점은 내 친구들이 누가 가르쳐주지 않았음에도 그 땅을 공평하게 나누고 식민지화하는 방식을 개발해냈다는 점이다. 땅 소유주의 취미 농사뿐만 아니라 우리 부모님들의 더 실용적인 용도(그곳은 역에서 집으로 가는 지름길이기도 했다)까지 조화롭게 말이다. 누구도 우리 패거리의 우두머리를 자처하지 않았고, 나이나 힘이 더 많다고 해서 특별한 권리를 주장하지도 않았다. 하지만 우리는 어떻게든 그 땅의 지형, 도로망, 회의 및 야영 장소, 출입 금지 구역, 의식 장소를 정했다. 일종의 농민 경제도 고안했다. 옛 공회당 잔해에 남은 벽돌을 재활용하고 가로수에 열린 호두와 밤과 아몬드를 쓸어 왔다. 자작나무 장작불로 감자를 구워 먹었다. 우리는 그야말로 온갖 것에 애니미즘이라 할 만큼 세심한 주의를 기울였다. 땔감이 될 만한 나무의 질감, 얼굴처럼 보이는 옹이, 커다란 부싯돌, 나긋나긋한 풀 줄기와 그것을 활용한 별별 고문 방법, 풀잎의 맛, 우리가 '음모를 꾸밀' 때 부모로부터 숨기 충분했던 땅속 구덩이. 우리는 여름방학이면 온종일 그곳에 죽치고 지냈다. 차 마실 시간이나 잠잘 시간에만 집에 돌아가는 날도 많았다. 거주지로서 그곳에는 단 하나의 실질적 제한이 있었는데, 우리 패거리만의 영토이며 다른 누구도 머물 수 없다는 것이었다. 공영주택 단지에서 침입해 온 해적들은(그들은 '벌판' 북쪽에 자기네 구역이 따로 있었다) 엄숙하게 즉결 처분되었다.

　　　　　　　　3장　잃어버린 공유지

산속에 있던 마을의 정식 공유지는 완전히 달랐다. 내게는 낯설고 서먹하게 느껴지는 장소였다. 너무 습해서 럭비를 못 하는 날이면 거기 가서 장거리달리기를 해야 했는데, 그러다 보니 외로움과 고단함과 겨울을 연상시켜 싫은 곳이 되었다. 하지만 동네 사람들은 나처럼 그곳에 대해 치졸한 혐오감을 느끼지 않았다. 이 문제에 있어서는 보기 드물게 모든 계층의 의견이 일치했다. 버컴스테드 공유지는 1866년에 장엄한 직접 행동을 통해 불법 인클로저로부터 해방된 장소였고, 동네 사람들은 그 역사를 잊지 않고 있었다. 고사리와 덤불이 우거진 이 광활한 땅은 태곳적부터 공유지였지만, 그럼에도 주민들의 법적 권리는 미미한 수준에 그쳤다. 1920년대에 영주였던 브라운로 가문이 영지를 처분했을 때 공유지 절반은 내셔널 트러스트(영국의 자연 및 역사 유산 보전을 위한 회원제 자선 단체 — 옮긴이)가, 나머지 절반은 지역 골프 클럽이 사들였다. 몇 년 후 골프 클럽은 메트로폴리탄 공유지법 규정에 따라 대중의 '산책 및 운동' 권리를 인정했다.[18] 그러나 내 저서 『조국』에서도 설명했듯이 지주와 주민의 관계는 여전히 긴장된 상태로 남아 있다.

몇몇 동네 사람들은 헤더 벌판을 돌아다니며 완전히 사라지지 않은 골프공을 찾곤 한다. 산책을 나온 사람들이 골프 치는 사람들의 욕설과 공이 날아올지 모를 위험을 무릅쓰고 페어웨이(골프장에서 퍼팅을 하는 그린까지 넓게 이어져 있는 손질된

잔디 구역 — 옮긴이)를 가로지르기도 한다. 그들이 내세우는
것은 법적 권리보다도 공동 유산, 성역, 마을을 지켜주는
'근거지'로서의 공유지에 대한 의식이다. 숨이 막힐 정도로
무덥던 어느 날, 마을 중심가의 정육점 주인이 "공유지의 신선한
공기가 들어오도록" 항상 가게 뒷문을 열어놓는다고 손님에게
설명하는 것을 들은 적이 있다.

이후에는 나도 마을 공유지를 사랑하게 되었지만,
그것은 주민으로서보다도 학자로서의 애정이었다(나에게 공유지는
1950년대에 뛰놀던 그 거친 벌판이었으니까). 나는 인간적 감수성과
생태적 지혜에 근거한 공유지의 관습에 관해 읽었다. 고사리와
가시금작화 채취가 금지된 절기, 허용되는 밀낫 크기 규정, 60세
이상과 14세 미만에 대한 예외 적용 등. 비노그라도프의 장대한 저서
『영국의 봉건제』도 읽었다. 전성기의 공유지는 균형 잡힌 폐쇄형
에너지 시스템이었으며, 동물들은 공유지에서 풀을 뜯고 배변하여
거름을 제공함으로써 대가를 '지불'하는 방식이었다고 분석한
책이다. 고대로부터의 이 공평한 시스템이 현대의 다트무어 지역에서
격렬한 논쟁거리가 된 적이 있다. 야생 약탈자의 전형인 꿀벌을
공유지 동물로 간주할 수 있는가 하는 문제였다. '지구의 벗(그린피스,
세계자연기금과 함께 세계 3대 환경 보호 단체로 꼽히는 국제 환경 운동
연합 — 옮긴이)'의 구호가 "지역적으로 행동하되 지구적으로
생각하라"라면, 주민들의 구호는 "지역적으로 행동하고 지역적으로

생각하라"였다.

　　　　이런 구호가 지금은 편협하게 보일지도 모르지만 당시에는
독립성과 검소함을 장려하고 모든 주민과 서식 생물 간에 친밀한
관계를 형성해주었다. 프랑스 역사학자 피에르 부르디외는 이런
공동 주거를 가리켜 "아비투스habitus"라고 칭했다.[19] 구체적으로는
"관습과 전통적 기대, 사용 한도를 결정하고 가능성을 명시한 규정,
법과 이웃 간 압력에 따른 규범과 제재로 이루어진 생활환경"을
뜻한다.

∵.

　　　　나는 이스트 앵글리아의 링도 원래 이런 방식으로
작용했을 것이라고 생각한다. 창밖으로 1제곱킬로미터에 달하는
링이 거의 끝자락까지 펼쳐져 있다. 웨이브니강의 최초 범람원에
위치한 이 땅은 한때 습지대와 마찬가지로 이탄에 뒤덮여 있었지만,
1840년대에 이르러 이탄이 파헤쳐지면서 순수한 모래를 드러냈다.
'승리를 위한 텃밭' 캠페인이 펼쳐진 2차 대전 시기만 해도 너무
척박해서 경작되지 않았으나, 역설적으로 1940년대와 1950년대에는
황무지와 경작지가 공존하게 되었다. 로이 포터와 그의 가족은
대대로 링에서 살아왔다. 낮에는 건설 현장 십장이고 저녁에는 올드
록 카피 밴드에서 스트라토캐스터 기타를 치는 로이는 2차 대전
직후를 생생히 기억한다. 링 곳곳에 헤더와 가시금작화 덤불이
무성했고 새, 특히 종달새가 넘쳐났다. 남자들은 자고새와 토끼를

176

사냥하고, 아이들은 뛰어놀고, 여자들은 공동 빨랫줄에 빨래를 널었다. 모두가 집에서 필요한 만큼 모래와 자갈을 파냈고, 침입한 나무는 베어내 땔감으로 쓰거나 때로는 불 질러 태웠다.

그렇다고 해서 링이 평범하고 일상적인 장소는 아니었다. 혹독한 겨울날이면 사람들은 빙판이 된 얕은 연못에서 스케이트를 탔다. 여름에는 동네 아이들이 삼삼오오 짝지어 강가로 헤엄치러 갔는데, 당시만 해도 운하가 건설되지 않아서 모래톱이 남아 있었다. 엄마들은 차 마실 시간이면 호루라기를 불어 아이들을 불러들이곤 했다. 시추공을 뚫어 수위를 내리기 전까지 링에는 기묘하고 야릇한 안개가 피어올랐고, 머리까지 차오르는 수증기 때문에 발밑 땅이 전혀 보이지 않았다. 그런 날 밤이면 링에서는 술에 약했던 로이의 아버지가 엉뚱한 집에 도착하기도 했다.

근원적 장소가 모두 그렇듯 공유지는 무대이자 렌즈이기도 하다. 거기서는 모든 것이 더 선명하고 극적이다. 서리는 더 차갑고 홍수는 더 깊고 굽잇길은 더 넓으며, 불발탄은 더욱 교묘하게 숨겨져 있다. 링의 척박한 지표면에는 일종의 장엄함이 있다. 그곳에서는 어떤 일이든 일어날 수 있다. 하지만 링은 변했다. 공식적이든 비공식적이든 과거의 관습은 모두 불법이 되었다. 이제는 그 누구도 토끼를 쏘거나 모래를 파거나 나무를 벨 수 없다(새로운 자연보호 관리자만 제외하고). 불과 3킬로미터 떨어진 디스 시내가 커지면서 자동차로 찾아오는 관광객도 늘어났다. 게다가 지역 야생동물 트러스트가 이곳을 임차하면서 미묘한 변화를 가져왔다. 황야 지대는 희귀하고 특별한 만큼 이를 유지하려면 맞춤형 관리가 필요하다는 전제하에 긴 풀을 베어내고 예초기를 동원해 가시금작화와 키 큰 헤더 덤불을 대폭 쳐냈다. 황야의 모래땅에 붙어 자라는 식물들의 성장을 부추기기 위해서였다. 링은 특화 지역이 되었다.

덤불은 자연보호의 공인된 적이다. 나이팅게일, 번식기의 딱새, 알을 품는 겨울 철새, 희귀한 난초와 온갖 곤충의 자연 서식지임에도 불구하고, 덤불은 거의 모든 자연 보호구역에서 우선적으로 제거되거나 최소한 통제된다. 대부분은 그럴 만한 이유가 있어서다. 덤불은 한마디로 무성하게 자라나는 관목림이며, 불이나 방목 동물, 인간의 개입으로 제거되지 않는다면 황야, 습지대, 백악질 땅 등 모든 서식지가 최종적으로 도달하는 단계다. 하지만 때로는 덤불이 지나치게 푸대접을 받는 것처럼 느껴진다. 관리가 아닌 자연스러운 성장의 결과인 야생성과 예측할 수 없고 들쑥날쑥한 울창함이 덤불의 이미지를 망친 것일까.

그러나 링에서 덤불이 제거되자 예상치 못한 존재가 돌아왔다. 토끼 무리가 급속도로 침투한 것이다. 초원 보호구역에서 토끼는 자급자족하며 흔한 초목을 억제하는 소형 초식동물로서 환영받곤 한다. 하지만 새로 조성된 짧은 잔디밭에서 쉽게 풀을 뜯을 수 있다는 장점에 이끌려 엄청나게 많은 토끼가 몰려들면서 초목 대부분을 베어낸 링의 초원은 침식되기 시작했다. 공정하게 말하자면 손실뿐만 아니라 이득도 있었다. 애기수영, 갈퀴덩굴, 오크모스처럼 짧은 잔디밭에 서식하는 식물은 번성했다. 개를 산책시키는 사람들은 접근성이 좋아졌고 탁 트인 전망을 즐기게 되었다. 그러나 식물과 새 그리고 인간의 다양성은 감소했다. 모든 서식 생물종을 보호하기 위해서라면 과거에 흔했던 무작위적 화전과 벌목이 더 나은 방식이 아닌가에 대해서는 논쟁의 여지가 있다. 지역 생물 전체에 대한 관심이 결여된 자연보호는 일종의 단일 재배에 그칠 수 있다.

공유지의 비극

공유지 제도는 결코 완벽하지 않았다. 지역 인구가 증가하면서 방목압grazing pressure(목초지의 풀 중량당 방목 동물의 수 — 옮긴이)은 공유지가 감당할 수 있는 수준을 넘어섰으며, 책임감 있는 사용 규칙과 관습을 어기는 불량한 개인이(공동체 외부뿐만 아니라 내부에서도) 나타나기도 했다. 이들은 보통 영지 법정이나 이웃의 제재를 통해 처리되었다. 이 같은 방대한 위반 사례 기록만 보면 공유지의 문제점에 관해 편파적 시각을 가질 수도 있다. 그런 문제들은 공유지가 잘 굴러가던 시절에도 존재했으나 단지 기록되지 않았을 뿐이다.

그럼에도 불구하고 공유지 제도가 붕괴된 것은 내부적 요인 때문이 아니었다. 1960년대에 미국의 생태학자 개릿 하딘은 「공유지의 비극」이라는 (신랄하고 청교도적이지만 후대에 엄청난 영향을 미친) 논문에서 "소유자가 없는" 자원의 피치 못할 운명을 묘사한 바 있다.[20] 사유재산에 부과되는 것과 같은 규제를 받지 않는 천연자원은 과도하게 개발되어 절멸 위기에 처할 수밖에 없다는

것이다. "모든 인간은 한정된 세계에서 자기 재산을 한정 없이
늘리도록 몰고 가는 제도에 갇혀 있다. 공유지의 자유를 신봉하는
사회에서 모두가 각자 최선의 이익을 추구하다 보면 결국 멸망에
이르게 마련이다. 공유지의 자유는 모두에게 파멸을 가져온다."
하딘의 비관론은 노마드 실업가들이 '원시' 자원을 착취하는
경우(벌목이나 대규모 저인망 어업)에는 합당했을지도 모른다.

하지만 그는 연고주의와 이웃애가 자연스럽게 자치로
이어졌던 영국의(나아가 전 세계 농민 사회의) 공유지 제도에 관해서는
전혀 몰랐던 게 분명하다. 게다가 하딘은 흥미롭게도 영국의
인클로저 옹호자들이 주장했던 것과 똑같은 논거를 내세웠다. 인간의
탐욕은 근절할 수 없는 악덕이며, 천연자원에 대한 자유로운 접근을
(특히 도덕성이 결여된 가난한 사람들에게) 계속 허용한다면 경제적
재난이 일어날 수 있다는 것이다. 물론 인클로저 옹호자들이 의미한
것은 자기들의 경제적 재난이었지만 말이다. 그러나 그들이 말한
재난은 이데올로기적 허구에 지나지 않았다. 거의 모든 경우 제도의
종말을 불러온 것은 비효율성이 아니라 외부 세력의 착취였다.

공유지 탈취를 정당화하기 위해 전개된 법적 논리는
당시의 현실을 그대로 드러낸다. 기본 전제는 공유지가 과거의 어떤
지주들이 '부여한' 것이기에 간단히 철회될 수도 있다는 것이었다.
공유지가 생겨나기 이전의 상황은 의도적으로 모호하게 표현되었다.
마치 아담이 에덴동산을 물려받은 것처럼 지주들에게 영지 소유권이
주어졌다. 이런 법적 신화로 인해 법은 중재자가 아니라 수탈 도구가

되었다. E. P. 톰슨은 다음과 같이 썼다. "법은 공유지가 자비로운 색슨족이나 노르만족 지주들이 부여한 것이며, 따라서 공유지 사용은 권리가 아니라 시혜에 가깝다는 거짓을 내세웠다. 사용권이 사용자에게 마땅히 주어져야 한다고 여겨질 위험을 방지하기 위해서였다."[21] 사용권의 실제 기원을 확인하는 데 역사가가 필요한 경우는 드물다. 공유지의 법적 '권리'는 훨씬 더 광범위한 공동 사용 제도의 정치적으로 승인된 잔재일 뿐이다.

그러나 법적 음모는 단순히 과거의 관례와 용도를 무효화하는 것 이상으로 심각한 피해를 끼쳤다. 살아남은 사람들은 실제 주거 여부가 아니라 재산 소유 여부에 따라 나뉘게 되었다. 부동산 보유자는 습지대에 대한 권리를 갖지만 소작인은 갖지 못할 수 있었으며, 소작지조차 없는 가난한 사람은 확실히 배제되었다. 과거에는 지역 생태계에서 살고 있는 것만으로 획득할 수 있었던 사용권이 재산권으로 바뀌었다. 사용권은 자연 자체가 물화된 것과 정확히 일치하는 과정을 거쳐 '구체화'되고 물건으로 치환되었다.

E. P. 톰슨은 권리를 '내 것'이나 '네 것'이 아니라 '우리 것'으로 여기는 '관습적 인식'을 언급했다. 클레어의 관습적 인식은 비인간계를 아울렀고, 톰슨은 클레어에 관해 "지금 와서 돌아보면 그는 생태적 저항 시인이라고 할 수 있다. 그는 이 시에서는 인간에 관해, 저 시에서는 자연에 관해 쓴 것이 아니라 양쪽을 연결하는 균형이 위태로워진 것을 탄식했다"라고 썼다. 인클로저를 다룬 클레어의 비가悲歌「회상」(2장에서 일부 소개한 바 있다)은

사냥터지기가 잡아서 매달아둔 동물들에 관한 다음 구절로 이어진다.

> 오, 내가 결코 떠올리지 못할
> 저 유쾌한 마을들의 이름이여
> 온 들판에 홀로 남은 버드나무 고목 위에
> 줄줄이 매달린 작은 곰팡이 덩어리가
> 바람에 나부끼네. 그 모습에 나는 한숨 쉬고
> 자연은 얼굴을 가리며 묵묵히 탄식하네.
> 산속에서 자유를 구한 자들에게는 여전히 공유지가 있었다네.
> 모든 공유지가 사라지고 집 없는 비천한 광부들을 죽일
> 덫이 놓인 뒤에도,

여기서 '광부들'은 사실 두더지를 뜻하지만, "인간과 자연은 생태적으로 너무나 밀접하게 결합해 있기에 서로를 대변할 수 있다". 바로 그렇기에 공유지와 자연이 서로에게 '이로운' 것이다. 공유지 제도하에서 인간은 동료인 생물들과 서로 배려하고 공존하며 살아갔다.

∴

하지만 공유지가 사라진 세계에서도 사냥터지기들의 승부는 계속 이어졌다. 항상 자연보다 먼저 공격에 나서려 하는 서방 세계가 춘분spring equinox을 24시간 앞두고 이라크에 전쟁을

선포한 것이다. 이튿날 나는 습지대를 지나 브레클랜드까지 기나긴 봄 산책에 나서기로 했다. 따뜻하고 화창한 아침이었지만 서쪽에서 불어온 강풍이 우리의 얼굴을 세차게 때렸다. 바람 탓에 한창때인 딱따구리와 오목눈이 말고는 밖에 나온 새가 없었다. 습지대에서는 자연보호대원들이 나무를 더 베어내고 웅덩이를 준설하고 둑을 쌓는 작업을 이어가고 있었다. 너무 과하고 또 뒤늦은 조치였다. 강가의 축축한 이탄 흙에 심어진 애기똥풀과 동의나물 몇 송이 말고는 별로 볼 것이 없었기에, 우리는 표지판이 없는 길을 따라가보기로 했다. 도랑을 따라 산울타리 아래로 걷다 보면 거센 바람 속에서도 자연을 새롭게 바라볼 수 있을 것 같았다.

등태선isophene이라는 식물학 척도가 있는데, 특정한 식물종의 평균 첫 개화일이 일치하는 지점들을 연결한 선을 뜻한다. 따라서 3월 21일의 앵초 등태선은 펨브로크셔의 절벽과 데번 북부의 도로, 노리치 중부의 야생초 정원을 연결하게 된다. 등태선은 조수가 밀려들어 오듯 북쪽과 동쪽으로 불규칙하게 소용돌이치며 봄의 전국적인 진행 상황을 드러낸다. 이론적으로 봄의 진행 속도는 천천히 걷는 것과 비슷한데, 우리는 서쪽으로 빠르게 이동하고 있으니 시속 8킬로미터의 전속력으로 봄과 마주쳐야 할 것이다. 하지만 토양은 (그리고 식물도) 그렇게 딱 떨어지지 않으며, 예측하기 어려운 존재다. 게다가 양지바른 강둑이나 서리 내린 분지와 같은 국지적 지형에도 각각의 규칙이 있다. 어쨌든 전혀 다른 지형에서라면 이처럼 사소한 지역 차이는 완전히 무시할 정도는 아니라도 지극히 미미했을 것이다.

습지대에 들어서기 직전에 오리와 닭 사육장이 나타났다. 약 1.3제곱킬로미터 규모의 정사각형 시설로, 엄중한 울타리와 경비견에 둘러싸여 강제수용소처럼 보였다. 창문 하나 없는 속성사육 축사 옆으로 날아다니는 플라스틱 쓰레기가 축사의 존재를 감추려고 심어놓은 관상식물 이파리에 휘감겼다. 국민 식생활의 주요소가 이런 곳에서 생산되고 있다는 사실을 떠올리니 새삼 오싹해졌다. 제도적 감금을 위한 시설이 모든 국가와 생물에게 동일하게 적용된다는 사실이, 21세기 민주주의국가에서 이런 시설이 용인되어야 한다는 사실이 놀랍다.

양계장을 지난 뒤에도 산업적 농업의 철옹성은 무너질 줄 몰랐다. 우리는 19세기에 힌더클레이와 블로 노턴 마을의 공유지였으나 이제 기다란 갈대밭과 웅덩이만 남은 습지대를 통과했다. 습지대에 물을 대는 리틀우즈 강가의 자투리땅과 꼬부랑길은 대부분 곧게 정리되어 있었다. 수자원위원회와 지역 농부들이 물을 퍼 가면서 수위가 급격히 낮아졌고, 물이 빠진 이탄 땅에 고사리와 자작나무가 서식하기 시작했다. 계속 황량하고 너저분한 풍경이 이어졌다. 버려진 콤바인, 싹이 난 건초더미, 낡은 타이어와 고철 무더기, 지독한 살균제와 닭똥 악취……『콜드 컴퍼트 팜』(황폐한 시골 농장을 배경으로 펼쳐지는 영국의 코미디 소설 — 옮긴이)과 공동 농업 정책(유럽연합이 곡물과 경작지에 직접 보조금을 제공하는 정책 — 옮긴이)의 만남 같았다.

이윽고 황무지가 끝이 났고, 우리는 브레클랜드 변두리의 모래땅으로 넘어왔다. 강 너머 북쪽 가스소프 소교구의 널따란 양 목장을 보니 19세기 초 이 지역 풍경을 충분히 상상할 수 있었다. 머리 위로 댕기물떼새가 날아다녔고 그해의 첫 멧노랑나비와 공작나비가 보였다. 산토끼들이 들판에서 뛰어다니고 치고받고 공중제비를 넘으며 놀고 있었다. 문득 산토끼에 관한 멋진 중세 영국 시 구절이 떠올랐다. "가벼운 발걸음 / 폴짝대며 걷다가 / 가만히 주저앉네. / 곧장 집에 가는 법이 없지."

그 순간 놀랍게도 양 떼 뒤의 흐리고 아득한 초원 어딘가에서 마도요 노랫소리가 들려왔다(영국에서 마도요 울음소리는 봄을 알리는 신호로 여겨진다 — 옮긴이). 수백 미터만 더 가면 이스트 앵글리아 대초원이 데일스산맥으로, 염습지로, 혹은 그 옛날 본연의 모습으로 변할 것만 같았다. 더 이상 공유지는 아닐지언정, 과거의 등태선은 여전히 그곳을 지나며 자연과 인간이 함께 축하하는 특별한 순간들을 연결하고 있었다.

3장 잃어버린 공유지

4장   부분에 이름 붙이기

보시다시피 이건 노리쇠입니다. 그리고 보시다시피 노리쇠의 목적은
약실을 여는 것이지요. 노리쇠는 앞뒤로 빠르게 밀어 움직일 수 있는데,
이를 스프링 가동이라고 합니다. 그리고 스프링을 앞뒤로 빠르게
움직이면 일찍 나온 벌들이 꽃에 덤벼들어 애무하는데요. 바로 이것을
봄spring의 가동이라고 하지요.

헨리 리드의 시「부분에 이름 붙이기」, 1941년 [1]

명실상부한 봄이다. 남서쪽에서 불어오기 시작한 강풍 때문에 똑바로 서서 걷기조차 어렵다. 어쩌다 햇볕이 나면 기니피그들은 몇 분이나마 온기를 느끼려고 바람도 무릅쓰고 철망에 딱 붙어 선다. 내가 할 수 있는 일은 녀석들을 우리에서 꺼내지 않는 것뿐이다. 고양이들은 또다시 집 안에서 유일하게 따뜻한 내 방에 콕 박혀 있다. 항상 밖에서 놀기를 선호하는 블랑코가 번개처럼 고양이 출입구로 들어오기에 창밖을 내다보니 커다란 아프간여우 한 마리가 따라 들어오려는 참이다. 블랑코 녀석은 기겁했는지 온몸의 털을 곤두세웠다.

전쟁은 끝날 줄 모른다. 혹독한 날씨와 보복성 테러 공격에 대한 두려움으로 전국이 봉쇄 상태에 들어갔다. 슈퍼마켓에서는 생수 사재기를 금지했다. 우리 동네 DIY 용품점에서는 마스킹 테이프가 다 팔렸다. 끔찍한 재앙을 물리치는 힘이 있다고 믿어져 일종의 부적이 되었단다. 스코틀랜드에서 중세 시대 병원 유적(초기 부족 전쟁터)을 발굴하는 고고학자 친구가 600년이 지난 지금도 살아 있는 탄저균 포자를 발견했다고 한다. 마을마다 적어도 한 집은 정원에 영국 국기를 내걸고 있다.

그러나 식물은 이런 상황에도 굴하지 않는다. 4월 둘째 주에 '가시자두나무 겨울(이른 봄 지속되는 추운 날씨를 가리키는 용어 — 옮긴이)'이 찾아와 산울타리에 흰 꽃이 피어났고, 야생 매화도 여전히 피어 있다. 내게 생소한 꽃과 잎이 눈에 밟힌다. 습지대에는 나로서는 짐작하기도 어려운 식물들이 싹을 틔웠다. 길가, 교회 뜰,

손질하지 않은 뒷마당 잔디밭 곳곳에 때 이른 프리뮬러가 피었다. 어떤 곳에서는 말라 죽은 통나무에 눈부시게 푸른 담쟁이덩굴이 휘감겨 인상적인 색상 조합을 자랑한다. 올해 새로 나타난 식물들도 있다. 동네 길가에 가장 먼저 큰 군락을 이룬 종은 화이트컴프리다. 원산지는 튀르키예고 영국에 '들어온' 건 겨우 수백 년 전이다. 풀 먹인 리넨처럼 빳빳한 와인 잔 모양의 꽃이 멋스럽다. 스노드롭도 벌써 세 달째 근사한 꽃을 피우고 있다.

하지만 나는 철새가 신경 쓰인다. 4월 초순이면 한창 노래하고 있어야 할 연노랑솔새나 검은다리솔새 소리를 아직까지 듣지 못했다. 계절 변화를 알려주는 제비도 전혀 보이지 않는다. 중동 지역에서 불길하게 확장되는 사막과 말라붙는 습지를 생각하면 새삼 불안해진다. 노퍽의 많은 여름 철새들이 그곳을 통과해야 하기 때문이다. 그럼에도 우리는 집에서 새들을 맞아들일 준비를 한다. 헛간 문을 열어놓고 흰턱제비 둥지 주변의 창문은 닫아둔다. 케이트는 작년에 새들이 지은 진흙집에서 불과 몇 센티미터 뒤에 흰턱제비 그림을 붙인다. 우리는 기다린다. 그리고 뻐꾸기가 도착했어야 하는 날 서방 세계는 사담 후세인을 축출한다.

∴

안개가 자욱한 해 질 녘에 산책을 나선다. 아무래도 약간의 금욕주의 때문인가 보다. 이스트 앵글리아 농촌의 지독한 척박함에 정면으로 맞서고 싶은 것이다. 어쩌면 첫 단추부터 잘못 끼워진

이 끔찍한 풍경을 직시하고, 거기 없는 것을 보지 않겠다는 우울한 각오도 담겨 있으리라. 어둠은 눈雪과 마찬가지로 세상 만물을 벌거벗겨 알몸으로 만든다. 봄꽃과 새싹을 비롯해 환한 낮의 모든 장식이 가려지고 날씨와 지형이라는 기본 요소만 남는다. 이스트 앵글리아처럼 살풍경한 대규모 농업 지역에서는 권력의 윤곽도 드러난다. 어스름이 내려 길가가 흐릿해지면 2,000년 전에 조성된 산울타리와 도랑의 흔적은 들판을 둘러싼 괄호 모양으로 보일 뿐이다. 꿩 사냥터로 보존된 숲 몇 곳은 윤곽만으로는 다른 아시아산 사냥용 새에 집중하는 사육장과 거의 구분할 수 없다. 나지막한 속성사육 양계장에서는 조명 시스템이 24시간 은은한 불빛을 발하며 닭을 하루 종일 깨워두고 살 찌운다는 점이 다를 뿐이다.

다른 해 질 녘 애호가들도 이따금씩 보인다. 흰가지나방 몇 마리, 늦게 나온 멧도요 한 마리, 집박쥐, 토끼박쥐 등의 깜빡이는 형상이 언뜻 비친다. 그들이 날기에는 너무 밝고, 내가 그들을 보기에는 너무 어두운 찰나의 순간이었다. 하지만 내가 어렸을 때만 해도 4월 해 질 녘이면 보고 겪을 수 있었던 많은 것들이 사라졌다. 날벌레 떼는 더 작아졌고 검은머리흰죽지 합창단도 줄어들었다. 무엇보다도 슬픈 것은 원숭이올빼미가 사라졌다는 사실이다. 계곡 서쪽 유역에 올빼미가 출몰한다는 소문을 듣긴 했지만 반년이 지나도록 30킬로미터 이내에서는 단 한 마리도 보지 못했다.

50년 전까지만 해도 올빼미는 영국의 모든 교구에서 흔히 볼 수 있는 새였고, 창백한 모습으로 불침번을 서며 목초지를 지켰다.

어렸을 때 우리 집에서 300미터도 떨어지지 않은 헛간에 올빼미 한 쌍이 둥지를 틀었더랬다. 그들의 사냥 범위는 우리 패거리의 영역과 거의 정확히 일치했다. 석양 무렵 포플러숲을 지나가며 연둣빛 나뭇잎을 배경으로 황금빛 날개를 퍼덕이던 올빼미의 모습은 내가 드물게 뚜렷이 기억할 수 있는 유년기의 이미지 중 하나다. 이제 내게 하얀 올빼미는 풍경 속 사물이 아니라 나를 바라보는 생명체로 보인다. 올빼미의 시선은 타협하지 않는다. "이게 나야. 내 영역에서 내가 할 일을 하고 있어. 넌 뭐지?"라고 말하는 듯하다. 원숭이올빼미가 인간과 야생의 경계를 허무는 수호신으로 여겨지는 것도 당연한 일이다.

사라져가는 올빼미

올빼미의 이미지는 항상 양면적이었다. 올빼미의 라틴어 속명屬名은 '마녀'를 뜻하는 스트릭스Strix다. 중세 시대에는 올빼미가 마법을 부린다며 교회에서 화형당했다는 이야기도 전해진다. 하지만 시골에서 올빼미, 특히 원숭이올빼미는 선한 마녀이자 행운과 영속성의 상징이기도 했다. 농부들은 악귀를 쫓기 위해 헛간 문에 올빼미 사체를 못으로 박아두곤 했다. 18세기 셀본에서 올빼미는 교구 교회 처마 밑에 둥지를 틀었고, 길버트 화이트는 올빼미가 교회 건물에 맞추어 사냥 비행을 조정한 데 주목했다. "기와 아래로 들어가려면 두 발을 모두 써야 하므로, 올빼미는 항상 일단 본당 지붕에 앉은 다음 발톱에 움켜쥔 쥐를

부리로 옮긴다. 이후 처마 밑으로 날아오를 때 양발로 벽판을
자유롭게 잡을 수 있도록 말이다." 윌트셔에 살던 한 친구는
화이트에게 "수 세기 동안 올빼미들의 보금자리였던, 가지를 바짝 친
거대하고 속이 텅 빈 물푸레나무"에 관해 들려주었다. "새들이 여러
세대에 걸쳐 배출해온 펠릿(육식성 새가 소화하지 못하고 토해내는 뼈나
깃털 덩이 — 옮긴이) 속에서 오랫동안 쌓인 쥐 뼈 퇴적물"로 밝혀진
딱딱한 덩어리를 발견했다는 이야기도.

이로부터 75년 후, 정신병원에 머물던 존 클레어는 교구
올빼미의 친근함과 정겨움을 회상한다.

> 밀가루 같은 날개의 올빼미가
> 눈 위로 새하얀 후드를 뒤집어쓰고
> 갑작스레 찾아온 봄에 화들짝 놀라
> 헛간 천장 구석의 구멍 밖으로 날아가네.
> — 1847년 2월 14일에 쓴 「저녁」 중에서

20세기 초에도 올빼미는 여전히 익숙한 존재와 신비한
존재의 경계에 머물렀다. 노퍽 자연보호 트러스트의 보고서는 2월에
이 계곡 근처에서 목격된 올빼미 한 쌍의 놀라운 이야기를 전해준다.
목격자는 그 새들이 "빛나는" 것처럼 보였다고 했다. 올빼미들은
습지 위로 피어오른 옅은 안개 속을 도깨비불처럼 떠다니고 있었다.
그중 한 마리는 "180미터쯤 떨어진 은신처에서 날아올라 들판을

가로지르며 이리저리 날아다녔다. 가끔은 내게서 45미터도 떨어지지
않은 곳까지 다가오기도 했다. 녀석이 나무를 스치고 날아갔을 때
나뭇가지에 말 그대로 불이 켜졌다". 올빼미들은 뽕나무버섯으로
뒤덮인 숲의 썩어 부스러진 나무에 둥지를 틀면서 인광성을
띠게 되었으리라. 하지만 노퍽의 한 자연학자에게는 올빼미들이
자체적으로 발광성을 띤다고 확신할 만큼 섬뜩한 광경이었다.
원숭이올빼미는 지리적으로만이 아니라 문화적으로도 논쟁의
여지가 있는 생물이다.

　　　이스트 앵글리아에서는 깔끔하게 정리되지 않은
자투리땅을 '머들muddles'이라고 부른다. 2차 대전 이후 깔끔함과
효율성을 위해 시행된 경관 정리가 원숭이올빼미에게는
치명적이었다. 거의 모든 비포장도로와 노변의 녹지가 과도한 벌초와
화학물질 살포에 시달렸다. 목초지는 경작지로, 건초 야적장은
사일로로 바뀌었다. 헛간 자체도 낮아지거나 자동화, 전산화되었다.
많은 올빼미들이 쫓겨나 갑자기 고속도로로 바뀐 옛 길가에서
사냥을 하며 살게 되었다. 1990년대에는 영국 내 올빼미 개체 수가
반세기 전의 3분의 1 수준인 5,000쌍 미만으로 감소했다. 1770년대에
길버트 화이트가 기록했던 발견이 기이하게 재현된 것도 그 무렵의
일이었다. 화이트가 살았던 마을에서 1.5킬로미터도 떨어지지 않은
곳에 있던 오래된 굴뚝이 1913년에 봉인된 이후 처음으로 열렸다.
굴뚝 안에는 완벽하게 건조 보존된 원숭이올빼미 펠릿이 세 자루나
들어 있었다. 펠릿을 분석하니 엄청나게 다양한 먹이가 발견되었다.

물땃쥐, 흰배웃수염박쥐, 족제비, 겨울잠쥐 등 포유류 14종과 개구리, 제비, 노랑멧새 및 온갖 곤충의 파편을 포함하여 식별 가능한 것만도 800여 종에 이르렀다. 현대의 원숭이올빼미 펠릿은 결코 이런 다양성을 보여주지 않는다. 화석처럼 굴뚝에 보존되어 있던 이 유물을 통해 1차 대전 이전 시골의 다양성을 상기할 수 있다.

노픽의 빌리 와이즈, 요크셔의 제니 하울러, 서섹스의 모기Moggy……. 지역마다 이름이 다른 원숭이올빼미가 사라져간다는 사실을 어떻게 받아들여야 할까? 야생 올빼미를 한 번도 본 적 없는 사람이 점점 더 늘어나는 만큼, 이 종의 감소를 슬퍼하는 사람도 줄어들어가리라. 이토록 강렬하게 아름답고, 우리 눈앞에서 정교한 비행술을 보여주며 우리를 정면으로 응시할 수 있는 새는 드물다. 원숭이올빼미의 의미는 그뿐만이 아니다. 생태학자들은 '최상위 포식자'를 그 종이 의존하는 생태계가 얼마나 잘 굴러가는지 보여주는 척도로 여긴다. 원숭이올빼미는 문화적 지표이기도 하다. 들판을 가로지르는 원숭이올빼미들의 의식이 어떤 의미인지 우리도 암암리에 인식하고 있다. 그것은 '좋은 땅', 빛과 어둠의 경계, 사물의 올바른 질서에 대한 성찬이자 축성이다. 여름 철새가 재생을 상징하듯이 원숭이올빼미는 지속성을 상징하며, 그들이 지나갈 때마다 우리는 조금 더 자유로워짐을 느낀다.

∵.

그러나 철새들은 어느새 놀리듯 살금살금 계곡으로

날아들기 시작했다. "새로운 소식이야! 우리가 돌아왔다고!" 마치
뜬소문이 한 마을을 지나고 다른 마을을 지나서 새롭게 전개되어
돌아오는 것처럼.

4월 15일. 황조롱이와 새매가 초원 상공에서 화려한 비행
솜씨를 펼친다. 헛간의 들쥐 털 펠릿 무더기 위에 있던 황조롱이
두 마리가 나를 보고 깜짝 놀랐다. 오후에는 10킬로미터 떨어진
디클버러에서 전선 위에 앉은 제비 세 마리를 보았다.

4월 16일. 아침에는 살짝 서리가 내렸지만 낮은 화창하고
따뜻하다. 산벚꽃이 활짝 피었다. 고양이들도 봄을 맞아 활기가
넘친다. 블래키는 동이 트자마자 내 침대 위에서 몸을 쭉 뻗으며
릴리에게 핥아달라고 조른다. 릴리는 어쩔 수 없이 응하지만 그
와중에 블래키의 얼굴과 목을 깨물고 만다. 침대 다른 쪽에서는
블랑코가 둘을 빤히 쳐다본다. 고개를 앞으로 내밀고 몸이 뻣뻣이
긴장된 걸 보니 아무래도 삐졌거나 샘이 나는 모양이다. 녀석이
블래키와 릴리에게 달려들까 봐 걱정된다. 하지만 블랑코는 예상과
달리 느긋이 걸어가더니 둘에게서 15센티미터쯤 떨어진 곳에 멈춘다.
계속 블래키와 릴리를 지켜보며 뒷다리를 구부렸다 폈다 한다.
고양이들이 기분 좋을 때 앞발로 하는 꾹꾹이 동작과 비슷하다.
그러다 만족스러운 듯 낮고 작은 울음소리를 내더니 제자리로 돌아가
생식기를 핥고 잠든다. 창밖에서는 링 한쪽 끝에서 올해의 첫 뻐꾸기
노랫소리가 들려온다.

4월 17일. 오늘도 맑고 포근하다. 호숫가에 제비와

흰턱제비가 날아다니는지 확인하려고 저택 영지로 들어가본다. 그들은 보이지 않지만, 지중해에서 발트해로 이동 중인 작은 갈매기 네 마리가 물 위를 떠돈다. 오후에는 로이던 마을의 작은 늪으로 내려가본다. 여기서는 올해 처음 나온 갈대 줄기, 세공 장식 같은 꿩의다리 잎, 오리나무 숲속에 숨은 노랑꽃창포 무더기를 볼 수 있다. 나는 불안하게 주위를 살피는 일을 멈추려고 해본다. 귀 기울이기를 그만두고 자연 속에서 모든 것을 잊고 싶다. 습지대는 햇볕에 널어 말린 빨래처럼 뜨뜻하다. 작년의 사초가 지금이 봄이 아니라 늦여름인 듯 바싹 메말라 있다. 버드나무 아래 나무발바리 한 마리가 나타나더니 줄기를 타고 올라간다. 바늘 같은 부리로 틈새를 쿡쿡 찔러보다가 문득 바로 옆에 있는 나무 아래 내려앉는다. 폴 에번스의 표현을 빌리면 "숲을 엮어나가는" 것이다. 사방에서 푸른 잎이 돋아난다. 이곳은 내가 산울타리의 이상한 식물 정도로만 알고 있는 종들의 서식지다. 야생 홉은 종종 아무런 지지대도 없는 축축한 옥토에서 싹을 틔워 깃대, 덤불, 심지어 다른 홉 줄기를 타고 올라간다. 썩은 물이 고인 웅덩이와 연못에는 토착종 레드커런트가 자란다. 좀 더 평범한 식물도 많다. 습지대는 특유의 다채로움과 변화무쌍함으로 불안정한 토양의 식생을 관찰할 수 있는 근거지가 되었고, 이곳 끈적끈적한 침적토에서 자라난 식물들은 농장의 진흙과 채소밭의 부식질 흙에도 잘 적응한다.

나는 습지대로 걸어 들어간다. 머리 위 어딘가에서 지빠귀 노래 비슷한 소리가 나직이 들려오더니 새 한 마리가 오리나무

꼭대기로 날아오른다. 쌍안경으로 바라보니 눈가에 짙은 색 줄무늬가 있는 붉은날개지빠귀다. 다른 새 한 마리가 합류한다. 저 새들은 스칸디나비아로 날아가고 싶은 충동을 느낄까? 아니면 완벽한 빛과 온기, 곧 돋아날 이파리 앞에서 떠나기를 주저하고 있을까? 새가 본능을 무시하고 이주를 포기하게 만드는 것은 무엇일까? 정착과 이동이라는 두 모순된 본능 앞에서 선택의 기로에 선 새는 불안감을 느낄까? 붉은날개지빠귀, 딱새redstart, 붉은 꽃봉오리가 맺힌 나무, 레드커런트…… 그늘 속에 숨어 있는 수많은 메시지들. 붉은날개지빠귀가 날아가자 봄 습지대가 온통 고요해졌고, 나는 불안하게 레이철 카슨의『침묵의 봄』을 떠올렸다.

　　4월 18일. 아침 9시쯤 내 방 창밖으로 하얀 엉덩이가 보이더니 가느다란 지저귐 소리가 스쳐 간다. 흰턱제비 한 마리가 작년에 지은 둥지 중 하나로 날아오른다. 진흙집 벽에 달라붙나 싶더니, 도착했을 때만큼 갑작스럽게 날아가버린다.

　　그리고 바로 그 순간, 먹구름 낀 겨울 하늘도 아닌 마른하늘에서 날벼락처럼 내 고질병이 되돌아왔다. 나는 며칠 동안 걷잡을 수 없는 불안에 잠겨 있었다. 공황이나 무기력이 아니라 그저 내 생각에만 몰두하게 만드는 동요 상태였다. 처음엔 철새들을 걱정했을 뿐이지만, 걱정이 또 다른 걱정으로 이어지면서 마침내 이스트 앵글리아에서의 첫 번째 봄을 즐기지 못하고 망쳐버린 나 자신을 저주하기에 이르렀다. 사방에 봄이 한창이었다. 도랑 가득 앵초가 피어나고 거대한 떼까마귀 무리와 보송보송한 꿀벌들이 유쾌하게 날아다니는데, 나는 아프리카에서 날아왔어야 할 위태로운 새 생명의 이동 경로에만 집착했다.

불안 발작은 일단 시작되면 벗어나기 어렵다. 외부 세계에 대한 주의가 흐려지면서 이상한 비현실감과 단절감이 생겨난다. 눈앞에 익숙한 모습이 보여도 도무지 집중을 못 하고 머릿속 생각에만 골몰하게 된다. 흔히 세상과 나 사이에 유리벽이 있는 것 같다고 말하는 상태다. 하지만 유리벽도 렌즈 구실을 할 수 있다. 정상성이 흔들리면 무의식적 지각이 고조되어 무시무시한 각성 상태에 이를 수 있다. 한번은 극심한 불안감에 휩싸여 산책을 나갔다가 내가 400미터 떨어진 새들을 하나하나 뚜렷이 알아볼 수 있다는 사실을 깨달았다. 기이하고도 기적적인 선물 같은 상태였다. 어린 시절 애초부터 태어나지 않는 것의 불가능성을 생각하면서 느꼈던 불쾌하고 어지러운 감각이 돌아온 듯했다.

하지만 이번에는 내가 이런 불안을 느끼는 이유를 알았고, 따라서 그 불안을 다잡을 수 있으리라는 것도 알았다. 가장 큰 이유는 칠턴의 옛집에 매년 둥지를 틀었던 흰턱제비의 중요성 때문이었다. 좀 더 구체적인 우려도 있었다. 나는 테드 휴스의 시("그들이 다시 돌아왔다 / 지구가 여전히 작동하고 있다")를 읊조리며 제비들이 돌아오지 못할 경우 어떤 무시무시한 일들이 일어날지 곰곰이 생각해보았다. 전쟁 중인 국가들과 점점 더 불안정해지는 기후대를 넘나드는 철새가 이 시대의 광산 카나리아(과거에 광부들은 지하 광산에 들어갈 때 유독 가스가 나오는지 확인하려고 새장에 든 카나리아를

먼저 내려보냈다 ─ 옮긴이)처럼 세계를 하나로 이어준다는 것은
알았다. 하지만 사실 내 근심은 좀 더 개인적 문제라는 것도 알고
있었다. 철새들은 내 계절감을 바로잡아주고, 내가 있는 시간과
장소를 확인시켜주었다. 내게 그들은 크리스마스에 태어난 예수와
그의 성가족 같은 존재였다.

잡종, 자연은 늘 새로운 실험을 한다

좀 더 단순하게 말하자면 나는 내 숲이, 너도밤나무와
블루벨이 그립다. 습지대 변두리의 새로 자란 숲에는 칠턴에서 내가
가장 좋아했던 이 식물들이 없다. 오리나무와 버드나무 군락만 있을
뿐이다. 그 대신 산울타리를 따라 잉글리시 블루벨과 스패니시
블루벨(텃밭에 많이 재배되던 꽃이 탈출하여 자연에 적응했다)의 잡종이
침투하는 중이다. 잡종이 흔히 그렇듯 원종보다 더 활기차고
자신만만하게 '나돌아 다니고' 있다. 과거 내 숲 변두리에도 잡종
블루벨이 군데군데 피었는데, 토착종과 조화롭게 교배하면서
블루벨이 서식하지 않았던 지역까지 퍼져나갔다. 나는 잡종 블루벨을
좋아하는 편이고, 특히 기이한 녹색 꽃을 피우는 변종을 선호한다.
아름다움으로는 잉글리시 블루벨과 비교가 되지 않는다. 탁한 색에
은은하고 우아한 맛이 없어서 아르누보보다는 로라 애슐리(영국의
직물 및 가정용품 회사로, 자연과 시골 느낌의 문양이 특징적이다 ─
옮긴이)의 꽃무늬에 가깝다. 하지만 푸르른 호수처럼 단조로운
블루벨의 물결 속에서 확 튀는 밝은색과 자그마한 꽃송이가 마음에

든다. 이스트 앵글리아의 이 지역에서는 드물게 초봄에 피는 푸른색 꽃이기도 하다.

하지만 올봄에는 비관주의자들이 스패니시 블루벨을 헐뜯고 있다. 정상 생태계와 '종의 완전성'을 믿는 사람들은 외래종이 잉글리시 블루벨과 '교잡하여 토착종을 몰아낼 것'이라는 신화를 퍼뜨리기 시작했다. 도심 거주자에게는 익숙한 이야기다. 단지 그런 주장이 식물계에서 어떤 의미인지, 애초에 정말로 외래종에 의한 멸종이 가능한지 알 길이 없을 뿐이다. 예를 들어 영국에 서식하는 두 종의 참나무(유럽참나무, 세실참나무)는 1만 년 동안 자유롭게 교배해왔지만 한 종이 다른 종의 '순수 혈통'을 절멸시킬 조짐은 없다(게다가 유전학 실험실에서 통제하지 않는 이상 무엇이 '순수 혈통'인지 어떻게 안단 말인가?). 자연은 종의 순수성 따위는 아랑곳없이 생명이 시작된 이래로 줄곧 새로운 조합을 실험하고 잡종을 세상에 내놓았다.

그러나 (종종 인간의 도움을 받아) 느린 진화적 검증 과정을 건너뛰고 서식지를 뛰어넘어 원래 있을 곳이 아닌 장소에 적응한 생물들을 주의 깊게 관찰해야 할 이유는 충분하다. 세계의 온난한 지역은 적응력이 덜한 토착종의 자리를 빼앗은 외래종으로 가득하다. 게다가 본질적으로 실용적이고 유연한 자연을 경직되고 관념적인 시각으로 바라보는 것은 무의미하다. '외래종 깡패'(어느 자연보호주의자의 표현이다)가 있으면 여백을 채우고 새로운 서식지를 식민화하고 틈새를 활용하는 긍정적 기회주의자도 있게 마련이다.

우리는 그들에게 감사해야 한다. 인간이 초래한 기후 변화의 혼란 속에서 블루벨같이 취약한 토착종이 기온 상승과 불안정한 계절로 스트레스를 받기 시작하면, 자연이 혐오하는 새롭고 유연한 종들이 그 빈자리를 채워나갈 것이다.

어쩌면 이 포근한 4월도 인간이 초래한 것일지 모른다. 유난히 화창한 어느 날 아침 뉴스를 보는데 야생동물 보호 단체 대변인이 스페인에서 침입해온 생물종들의 '위협'에 관해 이야기하고 있었다. 새로 나온 풀잎을 보며 감사 기도를 드리고 싶은 날이었는데, 그는 런던 근교의 자기 고향에서 눈에 띄는 모든 외래종을 "짓밟아버리겠다"라고 선언했다.

통곡의 숲에서 중의무릇을 찾다

철새에 대한 걱정에 분노까지 더해지자, 나는 모든 관리자들을 저주하며 전설적 식물인 중의무릇이 자란다는 웨일랜드 우드를 향해 식물 순례에 나섰다.[2] 봄의 기적이 내게 오지 않겠다면 내가 직접 찾아 나설 생각이었다. 나는 25년 전에도 이 지역에서 중의무릇을 찾아내는 데 실패한 적이 있었다. 사실 중의무릇을 보고 싶다는 생각보다도 찾아내고 싶다는 생각이 더 컸다. 사소하게나마 삶의 연속성을 확인하고, 무엇보다도 나의 독보적인 식물 추적 실력이 여전하다는 걸 증명하고 싶었다.

계곡에서 북쪽으로 30분 차를 몰면 웨일랜드가 나온다. 노퍽에서는 드물게 고대의 숲이 남아 있는 곳이다.

웨일랜드Wayland라는 이름은 고대 스칸디나비아어로 '신성한 숲'을 의미하는 Wanelund에서 나왔다. 이곳은 노르만족의 정복 한참 이전부터 집회 장소였으며, 이교 숭배 의식이 거행되었던 곳으로 추정된다. 이후 중세 시대에는 영주 저택에서 아동 학대가 발생하면서 '숲속의 아이들(부모의 유산을 노린 악당 삼촌에게 버려져 숲속에서 죽어간 두 남매 이야기 — 옮긴이)' 민담의 배경이 되었고, 그 이야기로 인해 또 하나의 별명이 생겼다. 밤마다 버려진 아이들의 울음소리가 들린다는 '웨일링 우드Wailing Wood(통곡의 숲)'가 된 것이다.

중의무릇은 그 자체로 과거의 유산이자 서글픈 메아리다. 처음에 중의무릇을 찾아 이곳으로 왔던 건 내 고향 허트퍼드셔에서 유일하게 이 식물이 목격된 안타까운 사연에 이끌렸기 때문이기도 했다. 이 이야기에도 '숲속의 아이'가 등장한다. 지역 식물학자가 아쉬워하며 보고한 바에 따르면, 웨어 문법학교의 어느 여학생이 "브룩스번 우드에서 중의무릇을 발견했지만 정확한 위치는 기억하지 못했다"라고 했다. 그로부터 25년이 지났는데도 나는 새로운 단서를 찾아내지 못했다. 책에 실린 그림만 보았을 뿐이다. 그림 속 중의무릇은 작고 못생긴 애기똥풀처럼 보였다. 나는 좀처럼 꽃을 피우지 않기로 악명 높은 그 식물이 어떤 봄 날씨에 이끌리는지, 심지어 숲에서 어떤 지점을 선호하는지도 아는 바가 없었다. 후각이 형편없는 송로버섯 사냥개나 다를 바 없던 나는 숲을 4등분하여 그 신비한 토양을 훑어보기로 했다. 깊은 숲속 구석, 관목이 우거진 공터, 길가의 양옆, 키 큰 나무 아래 얼룩덜룩한 그늘 속도 빼놓지 않고 들여다보았다. 나름대로 머리를 굴려서 나뭇가지 더미로 가로막힌 오솔길을 힘겹게 따라가보기도 했다. 그것이 중의무릇 추적자를 막아내기 위한 장애물일지도 모른다고 생각했기 때문이다. 하지만 아무것도 찾아내지 못했다. 이방인이자 도박꾼에게는 당연한 결과였다.

내가 포기하고 정처 없이 걷기 시작하자 숲은 매혹적인 모습을 드러냈다. 활짝 핀 애기똥풀과 봄의 첫 보라색 난초가 점점이 흩어져 있었다. 은은한 장밋빛을 띤 숲바람꽃도 있었다. 나무 바로 아래 자란 숲바람꽃은 깔끔하게 잘라낸 종이꽃처럼 하얀 꽃잎, 땅바닥의 이끼, 그 뒤의 거무스름한 나무줄기가 어우러져 작고 간결한 일본풍 돋을새김 조각처럼 보였다. 게다가 그 위에 피어 있던 귀룽나무의 흰 꽃차례(밀가루와 아몬드 과자 냄새가 났다)는 사실 내게 중의무릇보다 더욱 특별하게 느껴졌다. 1985년 6월 나는 요크셔 데일스에서 지독한 날씨 속에 긴 장면 하나를 촬영하고 절친한 제작진과 감동적인 작별 인사를 나누고 있었다. 귀룽나무는 봄 서리가 내린 후에도 꽃을 피웠지만 집나방 애벌레 때문에 잎은 거의 남아 있지 않았다. 우리가 간신히 빠져나올 수 있었던 비구름 아래로 저 멀리 거대한 원뿔형의 잉글버러 힐이 어렴풋이 보였다. 이제는 귀룽나무를 볼 때마다 그날의 기억과 나방 고치, 그리고 결국 우리가 어떻게 악천후를 이겨냈는지가 떠오른다.

지난번 웨일랜드에 갔을 때 우연히 그 지역 최후의

프리랜서 나무꾼을 만났다. 그는 주 도로 근처 몇천 제곱미터의
벌채권을 구입한 뒤 그 땅에서 관목을 쳐내고 있었다. 개암나무로
울타리를 만들고 물푸레나무로는 빗자루 손잡이를 만드는데,
귀룽나무 장대는 국화 지지대로 딱 좋을 거라고 단언했다. 숲이 자연
보호구역으로 전환되는 와중에 그는 자신의 미래를 걱정했지만
숲의 앞날은 창창할 거라고 예측했다. 그는 선로에 싹이 튼 보라색
난초를 가리키며 그것을 '뻐꾸기'라고 불렀다. 하지만 그 나무꾼도
중의무릇은 전혀 본 적이 없다고 했다.

부분에 이름 붙이기

우리가 세벤에서 보낸 여름은 이름 짓기 놀이와 정다운
경험들로 가득했다. 여러 해 여름을 세벤에서 지낸 우리에게는
우리만의 특별하고 의식적인 순간과 장소가 있었다. 아침마다
씻고 돌아오는 길이면 우리가 '라 샹송 드 라 투알렛(화장실의
노래)'이라는 별명을 붙인 그 지역 카나리아의 날카로운 지저귐이
들려왔다. 말벌이 크루아상에 접근하지 않도록 접시에 담은 잼을
아침 식사로 내주기도 했다. 오후에는 두르비강에 헤엄치러 갔는데,
강가의 현지 주민들은 우리가 몸을 반만 담근 채 백조처럼 목을 쭉
빼고 개구리헤엄을 쳐도 이따금씩 떠내려오는 스티로폼 덩어리
정도로밖에 신경 쓰지 않는 듯했다. 눈앞에서 바위산제비가 강에
뛰어들어 물을 마셨다. 어린 독사가 수면 가까이 날던 파리를
낚아채 삼키며 스르륵 지나갔다. 머리 위로 연노랑솔새만큼 커다란

큰줄무늬회색나비가 길게 줄지어 날아다녔다. 우리는 더위 속에서 뒹굴며 나비에 관해 재잘거렸고, 고대 그리스 연극의 출연진과 비슷한 이런저런 학명의 나비들이 나타날 즈음이면 더위에 취해 영국식 연극에 등장할 이름들을 멋대로 상상하기 시작했다. 저녁이면 나는 바깥에 앉아 친구네 아이들이 누운 해먹이 삐걱대는 소리를 들으며 꾸벅꾸벅 졸곤 했다. 사춘기에 접어든 아이들은 벌써부터 이곳과 자기들에 관해 나름대로 풍자적 농담을 던지기 시작했다. 어느 날 아침에는 숲속에 마늘을 엮은 줄을 매달고 알록달록한 줄무늬 치약을 극락조 배설물처럼 뿌려 '비非자연' 탐방로를 만들기도 했다.

　　　하지만 가장 오랫동안 이어져온 전통은 저녁 식물 모임이었다. 마구잡이로 모아 온 꽃과 잎 다발을 탁자에 펼쳐놓고 현장 가이드와 함께 앉아서 토론하며 기회가 생길 때마다 아무 상관없는 수다도 떠는 시간이었다. 가장 매력적인 식물은 난초였다. 많은 난초가 정교하게 빚은 도자기나 부화 중인 곤충 군집처럼 보였다. 난초에 학명을 붙인 식물학자들도 그 생김새에서 도마뱀, 벌, 벌레, 나비, 거미, 피라미드까지 별의별 것들을 연상한 듯하지만, 우리에게 가장 친숙한 난초과Orchis의 경우 꽃송이 하나하나를 머리 또는 투구와 팔다리로 이루어진 인간의 축소판으로 보곤 했다. 머리 크기, 낭창낭창한 팔다리, 잘록한 허리, 우아하게 펼쳐진 돌출부에 따라 난초 꽃은 여성이나 남성 혹은 군인이 될 수 있었고, 팔다리가 유난히 흐느적거리는 것처럼 보이면 원숭이가 되기도 했다. 우리가 보기엔 다 거기서 거기 같았지만 말이다. 산은 아직 분류되지 않은 인체 모형과 자웅동체로 가득했다. 난초는 가장 최근에 진화한 식물계 중 하나로, 아직 정체성이 불분명하며 다양한 잡종이 생겨나고 있다.

가끔은 생장 뒤 브뤼엘에 있는 식당 르 파피용에서 외식을 했다. 그 자체가 일종의 식물학 체험이었다. 우리는 야생 아스파라거스와 지난해 양 목장에서 딴 야생 버섯, 야생 백리향으로 맛을 낸 토종꿀을 먹었다. 어느 해 봄에는 식당과 연계된 호텔에 묵었던 독일 사진가가 두꺼운 난초 사진집 두 권을 손님들이 보도록 바에 두고 갔다. 생장에서 코스 지역까지 서유럽에 서식하는 대부분의 난초종을 찾아서 촬영한 그의 사진들은 풍경에 대한 세심함과 이해를 여실히 보여준다. 하지만 사진집에서 가장 흥미로웠던 것은 난초의 다양한 내부 구조였다. 그의 사진들은 거꾸로 뒤집힌 피라미드, 날개 없는 벌, 흰 옷의 여성 등 온갖 변종의 형태에 대한 찬미였다. 그 지역의 난초들은 형태뿐만 아니라 향기도 현지 와인처럼 강렬하고 독특했다. 하지만 우리는 여전히 난초에 명확한 이름을 붙여주고 싶은 인간의 본능적 충동에 시달렸다. 그중에서도 '인간' 난초와 '원숭이' 난초의 교배종으로 희귀하다 못해 거의 신화적인 변종 하나가 유난히 눈길을 끌었다. 우리는 이 난초에 '미싱 링크missing link(유인원이 인간으로 진화하는 과도기에 존재했을 것으로 추정되지만 화석 증거가 발견되지 않은 원인류 — 옮긴이)'라는 별명을 붙여주었지만, 우리가 이 종을 최초로 발견한 것 같지는 않았다.

가끔은 이런 말장난에 무슨 의미가 있는지 의구심도
들었지만, 이는 세벤에 서식하는 다른 생물들과 관계를 맺는
우리만의 특별하고 부족적인 방식이었다. 야외에서 게으른 비버와
활기찬 기러기들과 함께하는 몇 주 동안 우리는 느슨해지고 자의식을
잃었으며, 더 정확하게 말하자면 만사를 있는 그대로 받아들였다.
우리는 현지인들과 함께 자연 속을 거닐고 냄새 맡고 음미했지만,
그렇다고 야생으로 돌아간 척하지는 않았다. 우리의 지적 망상과
한심한 말장난은 역설적으로 언어보다 더 오래되고 심오한 태양의
향연에 동참하는 나름의 놀이 방식이었다.

∵.

혼자서 식물 채집을 하는 지금도 여전히 이것저것 이름을
붙이고 싶다는 생각이 든다. "네 이름이 뭐니?"라고 묻는 것은
관계가 시작될 때 인간이 본능적으로 보이는 반응이 아닐까. 하지만
습지대에서는 그러기가 쉽지 않다. 저 멀리 도저히 들어갈 수
없는 갈대늪에 자라는 식물, 아직 꽃이 피지 않은 식물, 꽃이 피긴
했지만 루빅스 큐브처럼 마구 뒤섞여 정체를 알 수 없는 사초를
나는 찡그리며 바라본다. 내 참고 서적은 아직 대부분 런던 북부의
컨테이너 창고에 들어가 있다. 2년간 현장을 떠나 있었더니 녹슬고
어리숙해진 것 같아 낭패감이 든다.

내 안의 낯설고 은근한 목소리가 그렇게 왜 사서 고생을

하느냐고 말한다. 봄의 새로운 생명이(그리고 너의 새로운 삶이)
만들어낸 절묘한 다양성을 있는 그대로 즐기면 어때? 노란 이끼가
돋은 땅, 섬세한 세공 장식 같은 사초, 견고한 덤불숲의 풍요롭고
무성한 조화를 만끽하라고. 글쎄, 그럴 수도 있겠지만 아무래도
그것만으로는 만족하기가 어렵다. 이 모든 것의 정체를 알고 싶은 건
지적 반사작용이 아니라 내 안의 어떤 집착 때문이다. 어쩌면 소년
시절 가졌던 우표 수집에 대한 열망이 남긴 후유증일지도 모른다.
하지만 식물에 관해 이야기하려면 일단 무엇이든 이름을 붙여야만
하며, 나는 그 행위의 문화적인(그리고 물론 과학적인) 중요성을
강력하게 주장하고 싶다. 소설가 존 파울즈는 선불교에 심취했던
시절 "식물의 이름은 우리와 식물 사이의 더러운 유리창"이라고
말했다.[3] 나는 그가 무슨 말을 하고 싶었는지 이해했지만 결코
공감할 수는 없었다. 식물에, 나아가 어떤 생물에든 이름을 붙이는
것은 그 개별적 존재성을 정체불명의 자연 전체와 구별하고 존중하는
제스처라고 생각한다. 어떤 의미에서 그것은 제스처 그 자체이며,
손으로 가리키는 것만큼 자연스럽고 명확한 행위다. 학명인지
속명인지 별명인지 상상의 이름인지는 중요하지 않다. 이름을 통해
그 식물의 존재를 전달할 수만 있다면 말이다.

역사학자 마리아 베냐민은 자연사를 "관념과 공론에 치우친
집안 살림"이라고 표현했으며, 이름을 붙이고 정리하는 데 집착하는
자연사 특유의 경향이 "세상의 풍요를 엄격한 위계질서에 끼워
맞추는 짓"이라고 말한 바 있다.[4] 그리고 "짐승의 이름 짓기"(아담이

가장 먼저 수행한 집안 살림이었다)는 당연하게도 자연을 전유하고
길들여 물화하는 현대 세계의 과업에 결정적 토대가 되었다. 하지만
이는 사실 자연을 바라보고 이름을 짓는 문화와 관점, 즉 이름 짓기의
생태학에서 비롯된 결과였다. 이름 짓기 자체는 동굴벽화보다 더
식민지적이거나 '약탈'적이지 않다.

나는 웨일랜드 우드에 서식하는 중의무릇과 귀룽나무의
현지 이름을 알아보았다. 귀룽나무는 링컨셔에서 마자드mazzard라고
불렸으며 요크셔에서는 해그베리hagberry 또는 핵베리hackberry라고
불렸다. 고대 스칸디나비아어로 '자르다' 혹은 '깎다'라는 뜻의
hegge 혹은 hagge에서 나온 이름이었다. 귀룽나무 열매의 쏩쓸하고
'날카로운' 맛이나 다른 관목처럼 벌채되었다는 점, 혹은 키 큰
나무를 베어내면 더 잘 자란다는 점을 에둘러 가리킨 것이리라.
명확한 정의를 기피하는 이 지역 언어의 특성을 감안하면 아마도
세 가지 모두일 듯하다. 하지만 이런 현지 이름은 문자로 기록된
적이 없다. 이곳에서 귀룽나무는 사실상 흔해빠진 관목, '봄 식물',
덤불의 일종에 지나지 않을 것이다. 이런 식의 조합과 분류는 부족
및 농민 문화에서 흔히 나타나며 지금도 계속되고 있다. 종은 용도,
식용, 겉으로 드러난 성별 특성, 계절성, 매운맛 또는 쓴맛, 생태에
따라 분류되어왔고, 가장 일반적으로는 크기에 따라 분류된다.
식물학자들은 풀과 나무가 모두 속씨식물의 일종이라고 주장하며
이는 대체로 옳은 말이다. 그러나 세계 어디에서나 토착민에게
있어 풀과 나무는 크기만 다른 것이 아니라 풍경의 다른 층위를

차지함으로써 구분되는 명백히 서로 다른 종류의 식물이다.

우드시어, 나무 예언자

과학자들도 때로는 기능적이고 전체론적인 분류법을 사용한다. 조향사는 생물학적으로 무관하지만 같은 향기 화합물을 공유하는 식물들을 한데 묶어 분류한다. 생태학자는 특정한 생태계의 특징적 식물인 '지표종'을 꾸준히 활용하며 토양, 기후, 시간, 장소가 식생에 반영되는 방식을 기록한다. 거의 모든 사람에게는 나름대로의 느슨한 지표 분류군, 즉 한 해의 특별한 순간이나 좋아하는 장소를 상징하는 식생이 있다. 구조와 친족성의 역사에 따라 종을 분류하고 이름 짓는 관습적 방식은 유용하며, 적어도 이론적으로는 모든 종에 전 세계 어디서나 이해할 수 있는 고유한 학명을 붙여줄 수 있다. 하지만 학명이 토착민의 속명보다 더 사실적이거나 자연스러울 수는 없다. 예를 들어 현실 세계에서 귀룽나무는 가까운 친척인 산벚나무나 양벚나무보다 석회암, 집나방, 알락할미새와 더 밀접한 관계를 맺는다. 이 모두가 고지대의 제방과 벼랑에서 볼 수 있는 것들이다. 다시 말해 하나의 생태계다.

존 클레어는 야생동물의 개별성과 정체성을 존중했고, 야생동물을 언급할 때도 단어를 신중하게 골라 썼다. 출판업자가 클레어에게 왜 시에서 '거품벌레'로 알려진 곤충의 방언 명칭을 사용했는지 물어본 적이 있다. 클레어는 성마른 어조로 이렇게 대답했다.[5]

감히 말하지만 우드시어woodseer는 당신도 잘 아는 곤충입니다.
올바른 명칭인지는 모르겠지만, 우리가 그렇게 부르고 당신도
무슨 곤충인지 알고 있으니 그걸로 충분합니다. 그들은 잎과
꽃의 뒷면에 작고 하얀 침 거품을 뱉고 그 속에서 살지요.
어디서 오는지는 모르겠지만 습한 날에는 항상 많이 나타나서
양치기에게 비를 예고해주는 존재입니다. 머리가 위쪽에 있으면
날씨가 좋고 아래쪽에 있으면 날이 습할 거라고들 하지요.

'우드시어'는 '나무 예언자wood-prophet'를 뜻한다. 클레어는
곤충 자체의 습성뿐만 아니라 양치기를 비롯해 날씨에 민감한 생물로
이루어진 더욱 큰 공동체의 맥락에서 이 곤충의 명칭을 선택한
것이다. 학명이 친족성을 바탕으로 종을 분류하는 것을 목표로
하듯, 속명 역시 더욱 광범위한 분류 체계를 통해 종간의 유사성과
연관성을 보여주려고 한다.

그러나 클레어가 우드시어의 흔적 끝에서 발견한 것처럼,
종간의 연관성을 강조하려면 양가적 대가를 치러야 한다. 거품벌레의
'하얀 침 거품'은 그때나 지금이나 일명 '뻐꾸기 침'으로 알려져
있다. 뻐꾸기 침Cuckoo-spit은 영국 북부에서 꽃냉이lady's-smock를
일컫는 이름이기도 하다(이스트 앵글리아를 포함한 잉글랜드의 나머지
지역에서는 뻐꾸기꽃cuckoo flower이라고 부른다). 제프리 그릭슨은
영국에서 '뻐꾸기'라는 말이 들어가는 식물 이름을 25개 찾아냈다.
개족도리풀cuckoo's pintle, 수레국화(스코틀랜드에서 cuckoohood라고

부른다), 우엉(서부 지역에서 cuckold button이라고 부른다)…….
이런 이름은 주로 뻐꾸기가 나타나는 시기에 꽃을 피우는 식물에
붙여졌지만, 뻐꾸기가 노래하고 여성의 옷 lady's-smock이 들추어지는
초원에서 벌어지는 일들을 가리키는 이중적 말장난이기도 하다.[6]
　　하지만 웨일랜드의 나무꾼만큼 우직했던 클레어는
난초야말로 진정한 뻐꾸기꽃이라고 주장했다.

> 내겐 바로 이 꽃들이 '뻐꾸기'입니다. 특히 봄에 블루벨과 함께
> 피고 나도 자주 언급한 '주머니 입 뻐꾸기 봉오리'가 있습니다.
> 자줏빛 꽃 안쪽에 자잘한 옅은 색 반점이 가득하고 이파리에는
> 천남성처럼 검은색 얼룩이 있지요. 뻐꾸기와 동시에 나타났다가
> 사라지는 이 꽃이야말로 영국의 유일한 뻐꾸기꽃이라고
> 생각합니다. 셰익스피어 비평가들은 마음대로 지껄이라지요.
> 셰익스피어 본인이 온다고 해도 이 점에 있어서는 나를 설득할
> 수 없습니다. 나는 항상 이 꽃을 속명으로만 알아왔고, 이런 꽃의
> 이름은 항상 속된 사람들이 가장 잘 알게 마련이거든요.

　　클레어의 '뻐꾸기'는 여섯 종류의 난초를 의미한다. 그는
이들을 때로는 접두사로, 때로는 서술어로 구분한다. 하지만 이들을
구분하는 또 다른 특징은 위치다. 공유지에 자라는 난초는 길가에
자라는 난초와 다르다. 윌리엄 해즐릿은 「전원 애호에 관하여」라는
에세이에서 다음과 같이 주장했다. "우리가 인간의 성격에 갖는

관심은 배타적이며 특정한 개인에게 국한되지만, 외부 자연에 갖는
관심은 공통적이며 한 대상에서 동류의 다른 모든 대상에 전이될 수
있다."[7] 어느 정도는 옳은 말이다. 앵초나 뻐꾸기와 같은 자연물에
대한 애착은 보편적일 수 있다. 하지만 특정한 생물에게도 그런
애착을 느낄 수 있으며, 특히 토착화된 식물종이라면 말할 것도 없다.
식물은 지역색을 만들고 차별화하며 특징 없는 지점을 하나의 장소,
영토, 주소로 만드는 데 기여한다.

∴

　　　4월 말이다. 정원은 앵초와 구애하는 새들로 가득하다. 토끼
가족이 이 낙원의 훈훈하지만 무모한 방심 상태에 빠져 배나무 바로
밑에 굴을 파고 정착했다. 이후로 계속 토끼들의 일거수일투족을
지켜봐온 블래키가 이제는 거실 창가에 앉아서 아기 토끼들을
노려보고 있다. 블래키는 자기가 자연의 일부인 한편 자연과 분리된
존재라는 사실을 철학적으로 고민하지 않는다. 유리창을 통해 탐나는
사냥감을 내다보면서도 혼란이나 소외감 같은 건 느끼지 않는다.
창문을 뚫고 들어가려 하지도, 낭패하여 물러나지도 않는다. 창문이
토끼를 내다볼 수 있게 해주는 중개자임을 잘 알고 있어서다. 그저
아기 토끼를 힐끗 보고 문가로 한 발짝 다가갔다가 다시 물러나
위치를 확인한 다음, 고양이 출입구로 나가더니 집의 세 면을 돌아 또
토끼 한 마리를 잡아먹는다.
　　　이처럼 우아하고도 무자비한 먹이 사냥이 벌어지는 동안

더 높은 곳에서는 오색딱따구리 세 마리가 복잡한 동작으로 배나무 주위를 맴돈다. 조류 도감에 따르면 수컷끼리 싸움을 벌일 때는 붉은 꽁지깃을 핏자국으로 오해하기 쉽다고 한다. 그러나 여기서 벌어지는 추적과 구애 과정은 3차원 스퀘어 댄스(세 쌍의 무용수가 사각형으로 늘어서서 추는 춤의 형태를 가리킨다. 영국과 미국 시골을 비롯해 전 세계에서 찾아볼 수 있다 — 옮긴이)처럼 정중하고 형식적인 듯하다. '한 걸음, 두 걸음, 파트너의 손을 잡고 간격을 유지하세요.'

　　잔디밭 가장자리에서는 장끼들이 갖은 끼를 떨며 우쭐거린다. 화려한 날개를 요란하게 퍼덕이다가 자빠질 뻔한 녀석도 있다. 까투리들은 항상 암컷끼리만 시간을 보내는 것 같은데 대체 언제 둥지를 틀려는지 궁금하다. 하지만 꿩들은 대부분 오래 살지 못한다. 봄은 원래 과잉과 희생으로 가득하지만, 그중에서도 진정 비극적인 운명을 맞는 동물이 있다면 바로 꿩일 것이다. 굳이 머나먼 서식지에서 수입되어 감금 상태로 사육되고, 다 자라기도 전에 사냥감으로 자연에 방사되며, 그중 상당수는 자동차 바퀴 아래에서 삶을 마감한다. 계곡 주변 도로는 찌그러지고 토막 난 꿩으로 뒤덮여 시체 안치소를 방불케 한다. 나 역시 아스팔트 위에 부두교 사제의 경고처럼 번득이는 꿩 머리통이나, 집 앞 도로변의 어수리 덤불에 걸려 바람결에 섬뜩하게 퍼덕이는 날개 조각을 발견하곤 했다. 솜털이 공기를 품고 있어선지 여전히 따뜻하게 느껴졌다. 내가 차에 치인 꿩을 집으로 가져와 요리해 먹지 못하는 것은 그들이 처참하게 죽었기 때문이 아니라, 그토록 허망하게 죽었음에도 불구하고 여전히 살아 있는 것처럼 보이기 때문인 듯하다.

꿩은 과거에도 여러 차례 아시아로부터 영국으로
수입되었다. 로마인은 검은 목이 특징인 변종을 들여왔다. 하지만
권위주의적 민족답게 우리에 가두어 길렀기에 꿩이 야생화되지는
않았던 것 같다. 1,000년 후 노르만족이 다시 꿩을 들여왔는데,
이번에는 우리에게도 익숙한 목둘레에 흰 테가 있는 중국꿩Phasianus
colchicus torquatus이었다. 고국의 관목림과 덤불에 맞게 적응한
종이었던 만큼 영국의 숲과 영지에도 성공적으로 귀화했다. 가끔씩
그물로 포획하거나 산란기에 기습하여 곤봉으로 때려잡기도
했지만, 꿩은 기본적으로 야생 조류로 여겨졌다. 하지만 2세기
전부터 조직적인 총기 사냥이 시작되면서, 고대 로마에서 그랬듯
다시 상품으로 취급되었다. 기계로 부화시켜 우리에 집어넣고 날지
못할 정도로 먹이를 욱여넣어 사육한 꿩은 어린 야생 조류와 달리
위험과 영역에 관해 배우지 못한 채 풀려난다("엽조가 있으니 속도를
줄이시오"라고 적힌 사냥용 차량 스티커를 본 적이 있다). 여름마다
엄청난 숫자의 꿩이 방사된다. 잉글랜드에서 2,000만 마리, 이스트
앵글리아에서는 영지마다 평균 5,000마리가 방사된다. 꿩은
늦여름과 가을 무렵 이 지역에서 가장 흔히 보이는 새다.

새의 절반 이상이 총에 맞아 죽는 것으로 기록되며, 이는
식용 수요를 훨씬 능가한다(시골 지역에서도 꿩을 먹는 것은 꺼림칙하게
여겨진다). 남은 사체는 태우거나 묻거나 숲속 무더기에 버리는데,
방사되기 전에 지내던 사육장에서 불과 몇 킬로미터 떨어진 곳에

버려지는 일도 흔하다(꿩 사냥터는 지상 식물군 사이에 잡초가 퍼진 형태로 사육과 매립의 상처를 드러낸다. 잡초 덤불 하나하나가 인간이 행한 방종의 흔적이다). 나머지 꿩들은 정처 없이 도로를 떠돌며 갑작스럽게 떨궈진 서식지를 파악하려고 애쓴다. 유전적으로 위험에 처했을 때 날아가기보다 달아나는 쪽을 선호하다 보니, 몰이꾼이나 사냥개뿐만 아니라 자동차와의 대면에서도 치명적 결과를 맞을 수밖에 없다.

꿩의 비극은 추방당하고 갈 곳을 잃은 동물로서 죽음을 피할 수 없는 운명이라는 데 있다. 슬프게도 야생동물은 필연적으로 문명의 폭력에 맞닥뜨리게 된다. 하지만 반쯤 길들여진 새를 고의적으로 계속 같은 위험에 빠뜨리는 것은 악의적 방치이며, 관리자로서도 지독히 냉담한 행동이라고 할 수밖에 없다.

∵.

철새들은 여전히 찾기 힘들었고 좀처럼 보이지 않았다. 몇 주 전에 본 제비들은 이미 농장을 떠났다. 이맘때면 습지대에 많았어야 할 검은머리흰죽지의 날카로운 지저귐도, 가장 먼저 봄을 알려주는 검은다리솔새 울음소리도 들리지 않았다. 그들도 지중해의 폭풍우에 휩쓸려 방향을 잃고 이동 경로를 벗어난 걸까? 남쪽과의 오래된 생태적 연결이 마침내 끊겼을지도 모른다는 두려움이 좀처럼 사라지지 않았다. 이럴 때면 늘 그랬듯 나는 안도감을 얻기 위해 이리저리 돌아다녔다. 서쪽 해안에 갔더니 나이팅게일 한 마리가 노래하고 있었다. 친구들에게 연락해 귀찮게 물어보기도 했지만, 다들 나보다는 더 많은 철새를 보고 들은 모양이었다. 철새 감시선Migrant Watchline에 전화로 문의했을 때는 유럽 상공에 기상 장애가 있어서 이동 속도가 느려지긴 했지만 철새들은 계속 날아오고 있다는 답변을 들었다. 문득 철새뿐만이 아니라 나도 문제가 생긴 게 아닌가 하는 생각이 들었다. 지난 10년간 청력이 점점 더 나빠졌기에, 칼새의 울음소리를 못 듣게 된 것처럼 카랑카랑한 꾀꼬리 노랫소리도 귀에 들어오지 않아서 놓쳤을 가능성이 있었다. 내가 아직 세상과 연결되어 있다고 느끼게 해준 유일한 존재와 단절된다는 건 결코 유쾌한 일이 아니었다. 길버트 화이트는 중년에 난청이 생겨 "전원에서 들려오는 그 모든 감미로운 안부 인사와 미묘한 암시들"을 잃어버렸다. 그는 어느 편지 말미에 이렇게 적었다. "게다가 눈으로만 들어오는 지혜는 무척 폐쇄적이라네."

　　그해 4월 말 폴리와 나는 다시 브로드로 가서 친구인 메리와 마크 코커를 만났다. 마크는 부럽도록 예리할 뿐만 아니라 필력만큼 자연 관찰력도 탁월한 사람이다. 그와 함께 산책하고 나면 문제가 해결될 거라는 생각이 들었다. 어른 세 명과 마크의 여덟 살짜리 딸 미리엄, 데려가달라며 따라나선 이웃집 남자아이 케빈까지 남녀노소 뒤섞인 일행이었다. 우리는 갈대가 드리운 도랑과 버드나무 덤불이 우거진 강가를 따라 거닐었다. 몇 발짝 앞에서 이따금씩 강물이 반짝였다. 내가 땅을 들여다보는 사이 마크가 갈색제비를 발견했다. 내가 잘 알기에 반드시 들을 수 있을 거라 생각했던 세티꾀꼬리의 재빠른 노랫소리도 나보다 먼저 알아차렸다. 마치 허공에서 새를 소환할 수 있는 것 같았다. 다음 순간 그는 놀랍게도 우리가 다가가고 있던 호수 상공에 떠 있는 칼새를 가리켰다. 그해의 첫 칼새를 이런 식으로 보고 싶지는 않았다. 병을 앓고 나서 칼새를 제대로 보기는 처음인데, 엉뚱한 곳을 보고 있다가 다른 사람이 가리키고 나서야 알아차리다니. 마치 개인적인 선물을 포장이 뜯겨진 채 전달받은 것처럼 굴욕적이고 속상했다. 새들은 여기 있었는데 단지 내가 못 본 거였다고? 내 청력이 생각보다 더 나빠진 걸까? 내 시선이 그토록 오래 바라보고 있었던 침실 벽을 아직도 벗어나지 못한 걸까?

나는 마크를 바라보았다. 그는 똑바로 서서 딸의 손을 잡고 얘기하면서도 여전히 정면을 응시하고 있었다. 그가 제비갈매기, 개구리매, 또 다른 갈색제비의 소리를 포착하는 동안 나는 아무것도 듣지 못했다. 그래서 이제 나 자신을 지켜보기로 했다. 내 마음이 걷잡을 수 없이 표류하고 있다는 사실을 의식했다. 시선을 아래로 기울여 대략 150센티미터 앞의 적당한 지점을 향했다. 초조하게 발밑만 내려다보는 것과 정면을 바라보는 것의 애매한 타협점으로, 식물학자 특유의 자세이기도 하지만 우울증 환자의 직관적 행동이기도 하다. 조류 관찰자들은 희귀한 새를 못 보고 놓치는 걸 '떨구기dipping'라고 하는데, 그 순간 내게는 절묘하게 알맞은 비유로 느껴졌다.

그동안 케빈은 허리에 양손을 짚고서 컴퓨터 게임 이야기를 늘어놓고 있었다. 강물에 돌팔매질을 하다가 내가 빌려준 쌍안경을 떨어뜨리는가 하면, 갈대를 한 줌 꺾어 잘게 찢다가 물에 빠질 뻔했다. 그는 주의력 결핍증이 있다고 했다. 미리엄이 케빈을 보며 고개를 내젓더니 내게 말을 걸어왔다. 언니인 레이철이 〈버드나무에 부는 바람〉 교내 공연에 족제비 역으로 출연할 거라고 했다. 미리엄의 이야기를 듣고 있으니 토드 홀(『버드나무에 부는 바람』에서 부자 두꺼비가 사는 대저택 ― 옮긴이)을 차지하기 위한 전투가 숲속에서 억압받는 동물들이 특권계층을 습격하는 정치적 선전극처럼 느껴졌다. 어쩌면 나 역시 주의력 결핍증인지도 모르겠다. 나는 나 자신의 나약함을 자연계에 투사하고 있었다. 인간의 감정이 자연현상에 반영된다던 낭만주의자들의 한심한 착각을 생리학적으로 기이하게 변형한 셈이었다. 철새들이 평소보다 늦었고 숫자도 줄기는 했겠지만, 정작 아무것도 모르고 시기를 놓친 건 내 쪽이었다.

앞으로 내게 봄이 몇 번이나 남았을지 모른다는 낭패감과 상실감에 나답지 않게 최신 기술에 관심이 생겼다. 주의력은 나 스스로 어떻게든 할 수 있겠지만 청력은 외부의 도움을 받아야 했다. 내 머릿속 '침묵의 봄'에서 벗어나려면 적당한 도구가 필요했다. 청각 전문의를 찾아가봐도 내가 이미 쓰고 있던 보청기가 최선이라고 했다. 길버트 화이트가 사용했던 귀 나팔은 어떨까 생각도 했으나 습지대에서 그런 물건은 거추장스러울 듯싶었다. 데이비드 코범이 탐정 사무소에 가보면 어떻겠냐는 기발한 아이디어를 냈지만, 문의 결과 먼 곳의 소리까지 들을 수 있는 휴대용 기기는 영화 제작자들의 상상일 뿐이라고 했다. 결국 몇몇 전자 제품 전문점에 문의한 끝에 고품질 지향성 마이크와 디지털 녹음기, 워크맨 헤드폰이 결합된 물건을 만들 수 있었다. 나는 이것을 오릭Auric이라고 불렀다.[8]

오릭을 착용한 순간부터 온 세상이 달라졌다. 바그다드와 알프스산맥 사이에서 지치고 굶주리고 바람을 맞아 뿔뿔이 흩어졌을 줄 알았던 철새들이 불과 몇십 센티미터 떨어진 곳에서 즐겁게 노래하고 있었다. 개개비의 은은하고 미묘한 음색, 쇠휜턱딱새의 까칠까칠한 울음소리, 검은다리솔새의 새되고 의기양양한 지지배배 소리가 삼십 대 이후 처음으로 또렷이 들렸다.

그리고 젊은이의 감각을 인공적으로 되찾은 대가로, 멀리서 오가는 항공기와 차량의 굉음도 엄청나게 증폭되어 들렸다. 그 정도면 공평한 교환이라고 생각했다. 철새들이 이곳을 떠나서 돌아가게 될 세상의 현실이니까. 어쨌든 철새들은 원래의 자리를 되찾았고, 게다가 내 머릿속에도 되돌아왔다.

∴

며칠 후 우리는 브로드랜드에서도 가장 황량하고 습한 지역 중 한 곳으로 돌아왔다. 나는 크리스마스 연극에서 양치기 역을 맡았을 때 썼던 가방에 오릭을 넣고, 폴리는 (내 희망사항이었지만) 평생 브로드랜드를 누빌 운명이 머리와 발에 새겨진 채로. 우리는 전원을 설명해주는 잡다한 시설들을 지나쳐 습지로 들어갔다. 출입구가 달린 은신처, 알록달록하게 표시된 이동로, 무엇을 찾아보고 무엇을 느껴야 하는지 일일이 알려주는 안내판, 보호용

울타리와 새로운 안전 문화의 매끄러운 길로 수렴된 것처럼 보이는 구조물. 이 모두가 불길한 하나의 메시지를 전달하고 있었다. "직접 경험은 권장하지 않습니다. 다칠 수 있습니다. 살아 있는 자연은 위험합니다. 접근하지 마세요."

우리는 15제곱킬로미터 정도의 물가와 늪이 1차선 굽잇길로 에워싸인 지점에 있었다. 그래서 옛 철로와 제방과 강가를 따라 걷기로 했다. 거의 모든 곳에서 뜨거운 대기 위로 솟구쳐 갈대밭을 내려다보는 개구리매가 눈에 띄었다. 수컷 개구리매의 회색과 밤색, 검은색 날개 무늬가 철도 신호기처럼 눈에 확 들어왔다. 때로는 한꺼번에 대여섯 마리가 날아다니는 모습도 볼 수 있었다. 1971년 영국 전역에서 단 한 쌍이 둥지를 틀었는데, 지금은 노퍽에만 150마리(한 수컷이 여러 암컷과 짝짓기한다) 이상이 서식 중이다. 전후좌우를 한꺼번에 꿰뚫어 보는 깊숙한 눈빛이 세상의 최전선에 있는 탐험가처럼 보였다.

해가 질 무렵 도요새 세 마리가 늪 밖으로 날아올랐다. 대략 3킬로미터 높이까지 나란히 치솟아 오르더니 조명탄처럼 각각 다른 방향으로 떨어져 나갔다. 나는 쌍안경으로 그중 한 마리를 쫓았다. 새는 활짝 펼친 두 날개를 맹렬하게 펄럭였다. 태양의 가장자리를 스치듯 높이 올라갔다가 갑자기 검을 휘두르듯 아래로 내리꽂으며 꽁지깃을 쫙 펼쳤다. 새가 급강하한 시간은 채 2, 3초도 되지 않았지만, 나는 오릭을 통해 20년 만에 처음으로 솟구친 바깥쪽 꼬리 깃털을 관통하는 바람 소리를 들을 수 있었다. 마치 화살이 과녁에 꽂히는 소리 같았다. 도요새도 흥분하면 항의하듯 헐떡이는 울음소리를 내긴 하지만, 이 둔중한 굉음이야말로 도요새의 봄노래이자 공기와 깃털이 어우러져 연주하는 갈대 바람의 랩소디다.

두루미 춤

엄청나게 거대한 석양이 늪 전체를 가을날처럼 황갈색으로 물들였다. 모든 그림자가 우리 뒤에 있었다. 시야 언저리가 묘하게 어두워지면서 가청 범위 바깥에서 희미한 소리가 들려오는 듯하여 나도 모르게 하늘을 올려다보았다. 두루미 세 마리가 머리 바로 위를 날아가고 있었다. 날개 길이가 250센티미터에 육박하여 잠시 태양이 가려질 정도였다. 두 다리를 늘어뜨리고 몸통 아래로 목을 구부린 윤곽선이 바다 생물이나 거대한 배를 연상시켰다. 두루미들은 저녁놀 속으로 노를 저어 들어갔다. 우리 위를 스쳐 가면서도 한 치의 흔들림도 없이 무심하기 그지없는 모습이었다. 이 늪에서 25년간 살아온 그들에게는 거주자로서의 권리가 있었다. 우리에게서 수백 미터 떨어진 곳에 내려앉은 두루미 중 두 마리는 갈대밭 뒤로 사라졌지만, 세 번째 녀석은 잠시 춤을 췄다. 양쪽 발을 하나씩 차례로 들었다 내렸다 하다가 고개를 떨어뜨리더니, 어느새 까무룩 잠이 든 것 같았다.

나는 결국 두루미의 제대로 된 춤을 보지 못했다. 내게는 아직 습지대의 의식을 목격할 자격이 없나 보다. 하지만 두루미의 춤은 역사를 통틀어 항상 강력하고 매혹적인 모티브로 여겨졌다.

크레타섬에서 돌아온 테세우스는 그가 해방시킨 젊은이들과 함께 두루미 춤을 추었다고 한다. "그들은 둥글게 서서 두루미처럼 길었다." 기원전 500년 중국에도 '흰두루미 춤'이 있었는데, 테세우스의 춤과 매우 비슷한 의식이다 보니 서로 연관성이 있으리라고 생각할 수밖에 없다. 존 클레어 또한 수확제에서 행해지던 '두루미 흉내' 놀이를 묘사한 바 있다. 이는 두루미가 영국 동부 전역에서 친숙하게 여겨졌던 시대의 강력한 집단 기억을 암시한다. "한 남자가 긴 장대를 들고 있다. 그 위에는 다른 장대가 묶여 거꾸로 된 L자 형태를 이루는데, 두루미의 긴 목과 부리를 나타내는 것이다. 남자와 L자 형태의 장대는 커다란 시트로 완전히 뒤덮여 있다. 그는 대체로 어릿광대 노릇을 한다. 사람들을 골탕 먹이고 어린 여자아이들을 괴롭히고 노인들의 대머리를 쪼아대기도 한다(두루미는 서로 흉내를 내곤 하며, 새들도 인간들이 이렇게 노니는 모습에 자극받아 춤사위를 시작한다는 것은 잘 알려진 사실이다)."

저명한 조류학자이자 민속학자였던 에드워드 암스트롱은 인간과 동물의 의식에 공통된 기원이 있다고 확신했다.[9]

생리적·정서적 욕구, 사교성, 리듬감을 만족시키려는 충동, 행동 패턴으로 자신을 표현하려는 생명체 고유의 성향으로 인해 새, 짐승, 인간은 모두 유사한 활동을 보인다. 따라서 새의 춤을 묘사하면서 '카드리유', '미뉴에트', '왈츠', '피루엣', '파트너를 마주 보고' 등의 표현을 쓰는 것은 단순히 안이한 의인화가

아니라 조류와 인간의 춤에 있는 유사성을 인식하는 것이다.
여기서 한 가지 결론을 내릴 수 있다. 춤추는 개체는 고립을
넘어서길 원하며, 자신과 외부 세계의 조화 없이는 건강도
행복도 얻을 수 없음을 깨닫고자 한다.

암스트롱은 기본적이고 보편적인 춤동작(정지, 원무,
라인댄스, 자리 바꾸기, 독무, 2인무, 2인-군무, 군무 등)을 표로 만들어
거의 모두가 두루미의 정교한 축제와 들어맞는다는 사실을 발견했다.
하지만 두루미의 춤 의식에 관한 그의 관점은 이제 전반적으로
시대에 뒤처졌고, 내가 놓친 부분을 보완해줄 완전하고도 상세한
설명은 아직까지 찾아내지 못했다. 미국흰두루미가 흔했던 19세기
미국에서 플로리다 오지 출신 소설가 마저리 키넌 롤링스가 두루미의
저녁 의식을 묘사하긴 했다.

두루미는 얼마 전 볼루시아(플로리다주의 지명 — 옮긴이)에서도
추었을 코티용 춤을 추고 있었다. 새하얀 새 두 마리가 거리를
두고 똑바로 서서 울음과 노래가 섞인 기묘한 소리를 냈다.
그들의 춤처럼 박자가 고르지 않은 음악 소리였다. 다른
두루미들은 원무를 추었고, 원 안에서 몇 마리가 시계 반대
방향으로 움직였다. 음악가들은 음악을 연주했다. 무용수들은
두 날개를 펼치고 양발을 번갈아가며 차례대로 들어 올렸다.
눈처럼 하얀 가슴 위로 고개를 숙였다가 쳐들었다가 다시

수그렸다. 새들이 소리 없이 움직이는 모습은 때로는 어색했지만 때로는 우아했다. 춤사위는 엄숙했다. 날개들이 내뻗은 팔처럼 오르락내리락하며 펄럭였다. 바깥쪽 새들이 빙빙 도는 동안 원 안쪽의 새들은 서서히 광란 상태로 치달았다. (…) 갑자기 모든 움직임이 멈췄다. 그때 두 음악가가 원무에 합류하고, 다른 두 마리가 그들의 자리를 대체했다. 춤이 잠시 멈췄다가 재개되었다. 습지의 맑은 물이 새들의 모습을 비추었다. 16개의 하얀 그림자가 그들의 움직임을 그대로 따라 했다.

브로드랜드의 두루미 춤은 동물에게서 볼 수 있는 가장 유쾌한 집단행동일 것이며, 나도 언젠가는 목격하고 싶은 광경이다. 하지만 애쓴다고 그 춤을 볼 수 있을지는 모르겠다. 그런 경험은 내 예상을 벗어난 전혀 의외의 곳에서 깜짝 선물처럼 주어지리라.

∴

칼새가 브로드에 돌아왔을지는 몰라도 아직 우리 교구에는 나타나지 않았고, 당연히 내 방 위 다락에도 돌아오지 않았다. 해마다 블레이저 칼라를 세우고 칼새를 찾아 나섰던 5월 1일이 오자 나는 다시 공원 호수를 찾아갔다. 아무것도 보이지 않았지만 옛 기억을 떠올리며 쌍안경을 들어 올린 바로 그 순간, 구름 아래쪽에서 부글부글 끓어오르며 작은 벌레들을 빨아들이는 (육안으로는 볼 수 없을) 소용돌이가 보였다. 내 마음속에서, 그리고 아마 내 입

밖으로도 그 옛날의 낭만적 외침소리가 울려 퍼졌다. "돌아왔다! 칼새가 돌아왔어!" 칼새들이 그들의 자리에서 쉬고 있었던 게 아니라 이상기후에 붙들렸던 것이라면, 그런 악조건조차 극복하고 날아온 셈이었다. 앤 스티븐슨의 다음 시는 칼새를 다룬 또 하나의 멋진 현대 시로, 이 새를 우리의 기대와 상징적 연상으로부터 해방시킨다.[10]

> (…) 사실 칼새는
>
> 우화가 아니라, 세상의 필요에 응답해 번득이는 번개
>
> 형벌도 황홀도 아닌, 그저
>
> 세상의 고른 숨결을 타고 태양을 넘어오는 야간열차
>
> "그들은 다른 창공에 살지"라는 기도
>
> "기적이 일어날 리 없어"라는 중얼거림
>
> 그러고서 기적을 지켜보는 것,
>
> 이것이 칼새의 진실, 칼새의 선물이라네.

그 뒤로는 온 세상이 평온해졌다. 서풍이 불어오고 날이 따뜻해졌다. 습지대에서 멧비둘기가 지저귀었다. 어느 날 아침에는 부엌 창밖으로 뒷뜰 풀밭을 스치듯 날아가는 뻐꾸기 한 마리가 보였다. 날개를 빠르게 퍼덕이며 꼬리를 길게 끄는 모습을 보니, 겨울이면 뻐꾸기가 매로 변한다던 사람들의 믿음도 그럴듯하다 싶었다. 같은 날 아침 9시 반에 흰턱제비가 돌아왔다. 이번에는 두 쌍이었다. 새들은 지난해의 진흙집 위에 새로 둥지를 짓기

시작했다. 나는 한평생 가을과 겨울 내내 이 순간을 돌이켜보곤 했다. 여름 동안 묵어가는 손님들과 함께 찾아올 유쾌함, 정다움, 깨달음에 대한 기대, 그리고 최근 들어 너무 잦아진 실망을.

옛집에서 둥지를 짓는 새들을 지켜보던 때처럼, 나는 집 밖에 자리 잡고 앉아 흰턱제비를 관찰한다. 너무 가까이 다가가지 않도록 조심한다. 새들은 도착한 후 몇 시간 혹은 며칠 동안은 긴장하고 초조한 상태라 작업을 시작하기도 전에 도망칠 수도 있다. 내가 잔디밭에 쪼그리고 앉아 있는 동안 새들이 공중에서 헤엄치는 작은 돌고래처럼 가볍고 날쌔게 눈앞을 스쳐 간다. 설사 둥지를 벗어나더라도 반드시 1분 정도면 돌아오는데, 대체 어디서 진흙을 모아 오는 건지 모르겠다. 새들이 날아가곤 하는 방향을 따라 산울타리 너머 헛간을 돌아서 가보니, 집에서 불과 45미터 떨어진 사탕무밭 웅덩이를 발로 파헤쳐 진흙을 끄집어내고 있다. 웅덩이 물은 시럽처럼 끈적끈적하다. 둥지가 며칠간 햇볕을 쬐어 핫케이크처럼 바짝 구워지면 어떻게 보일지 궁금하다.

반쯤 완성된 둥지에서 새들은 벌써부터 팀워크를 발휘하고 있다. 한 마리가 진흙을 둥지 가장자리로 운반하면, 다른 한 마리가 둥지 안쪽에 바르고 빠르게 두드려 다진다. 때로는 방법을 바꾸어 부리로 진흙 뭉치를 천천히 꾹꾹 눌러 넣기도 한다. 둥지의 일부가 지붕에서 떨어져 나가면서 생겨난 까다로운 곡선 부분을 수리해야 할 때는, 둥지를 새로 지을 때처럼 벽에서 바깥쪽으로 흙을 쌓아나가는 것이 아니라 바닥에서 위쪽으로 쌓아 올린다. 밤 11시가 되면 작업을 중단하는데, 새로 바른 진흙이 마르고 굳어질 시간을 주기 위해서일 것이다. 이 독특한 건축 자재와 한 번도 경험하지 못한 공학적 상황을 어떻게 즉흥적으로 처리할 수 있을까? 둥지 짓기처럼 예측할 수 없고 변화무쌍한 과제는 본능만으로 해결할 수 없다. 새들은 그때그때 생각하면서 해결책을 찾아나간다. 본능이 나름대로의 수법과 요령을 알려주긴 하지만, 다른 여러 생물이 그렇듯 생후 9개월밖에 안 된 이 새들도 기발한 창의력을 발휘해야 한다.

나는 아직도 1970년대의 어느 여름 칠턴에서 동생과 함께 흰턱제비의 활동을 꼼꼼히 기록한 일지를 가지고 있다. 새들의 생태와 의사 결정 특징을 파악하는 데 유익할 거라고 생각해서였다. 일지의 대부분은 새들이 둥지에 출입한 방향, 둥지에 머물거나 둥지를 떠나 있었던 시간을 나타낸 도표와 그림으로 채워져 있다. 소용돌이치는 화살표들 속에서 어떤 패턴이 나타날 거라고 짐작했지만, 전혀 그렇지 않았다. 확고하고 지적인 직관이 아니라 감각이 있을 뿐이었다. 가끔 날씨가 나쁠 때면 부모가 너무 오래 바깥에 나가 있어서 둥지 속 새끼들이 저체온증과 굶주림에 시달릴까 봐 초조했다. 하루는 새들이 어디에서 먹이를 구하는지 알아내려고 오후에 자전거를 타고 나갔다. 교구 전역에서 찾아온 새들로 붐비는 공동 모이통이 어딘가에 있으리라고 막연히 상상했다. 하지만 몇 시간을 찾아다녔는데도 그런 곳은 보이지 않았다. 바람을 피할 수 있는 곳이면 어디서든 먹이를 찾는 소규모의 새 무리들만이 있을 뿐이었다. 홀로 운하 수문 안 깊은 곳까지 드나드는 새나, 떼 지어

피나무 수관을 오르락내리락하며 날개로 나뭇잎을 툭툭 쳐서 벌레를 끄집어내는 새도 있었다.

일지에는 그 밖에도 온갖 기록이 남아 있었다. 서리가 내린 10월까지 둥지에 남아 있던 마지막 새끼, 내가 흰턱제비만큼 좋아했던 새호리기가 둥지를 덮치는 바람에 제발 떨어지라며 길가에서 소리를 질렀던 일, 같은 해 여름에 둥지 출입구를 쪼아내고 새끼들을 모조리 꺼내서 땅바닥에 내던져버린 큰오색딱따구리의 습격(부모 새들은 망가진 둥지에서 거의 밤을 새워가며 격렬한 토론을 벌였지만, 다음 날에는 그들조차 들어가기 어려울 만큼 빽빽하게 새 출입구를 만드는 데 열중했다) 등의 일들이었다.

여전히 곁에 있는 나무

나는 원래 농장에서 몇 주 동안 흰턱제비들과 함께 쉴 생각이었다. 하지만 새끼들이 알에서 나오기도 전에 기묘한 촌극에 휘말렸다. 흰턱제비와 칼새뿐만 아니라, 노퍽까지 나를 따라온 길버트 화이트의 주목朱木도 등장했다가 '자연 서사'에 관한 게시로 끝나는 이야기다. 이 거짓말 같은 연결이 어떻게 성립되었는지부터 설명해야겠다.

길버트 화이트가 남긴 불후의 명저『셀본의 자연사』(1789)에는 제비속hirondelle(내가 이처럼 모호한 명칭을 사용한 것은 제빗과hirundine와 달리 여름철 가정집에 둥지를 트는 조류인 제비, 흰턱제비, 칼새 등을 모두 아우르기 위해서다)에 관한 아름답고 통찰력

있는 에세이 네 편이 수록되어 있다. 이 글들은 흔히 '객관적인' 자연

에세이의 원형으로 여겨진다. 내가 화이트에 매혹되고 결국 그의

전기를 쓰게 된 것도 어느 정도는 이 글들 때문이다.[11] 당시 나는

셀본에 자주 머물렀는데, 그곳의 장관 중 하나는 화이트 자신도

과학적으로 설명 불가능하다고 말했을 만큼 신비로운, 세인트메리

교회 경내의 오래된 주목이었다.

　　바로 그것이 나무와 내가 얽히게 된 계기였다. 누가

누구에게 얽힌 것인지는 지금 돌아보면 모호하지만 말이다. 셀본의

주목은 마을의 명소였지만, 웅장하거나 '대성당' 같지는 않았다. 줄기

둘레가 굵긴 했지만 딱히 거목은 아니었고 교회 남서쪽에서 아담하게

자랐다. 셀본의 주목은 장년기에는 땅딸막하고 울창했지만, 굳이

의인화한다면 부처보다는 폴스타프(셰익스피어의 희곡에 등장하는

허풍쟁이 술꾼 — 옮긴이)에 가까웠다. 옹이와 홈이 많으며 전체적으로

꾀죄죄했다. 가까이 다가가면 몸통 모서리에 세로로 팬 홈과 띠처럼

널찍한 무늬가 눈에 띄었다. 내부를 들여다보면 심재心材 대부분이

썩어 있었고, 여기저기 자개처럼 반드르르한 연보라색, 녹색, 회색

광택이 났다. 나무 주위는 벤치로 둘러싸여 있었다.

　　화이트는 희한하게도『자연사』가 아니라 그 부록인『셀본의

유물』에서 이 주목에 관해 길게 썼는데, 살아 있는 나무가 아니라

이미 죽은 나무처럼 묘사했다. 그는 주목이 매우 오래되었음을

알아차렸으며 아마도 "교회와 동년배로" 함께 자랐으리라고

인정했다. 경내에 주목을 심은 교회가 많은 이유는 "존경하는 교구민

여러분"에게 그늘과 바람막이를 제공하거나 장궁을 만들 목재를 공급하기 위해서라고 추측했지만, "음울한 외관 때문에 죽음의 상징으로 배치"되었을 가능성이 가장 크다고 여겼다.

이제는 화이트가 거의 모든 면에서 틀렸다는 것이 밝혀졌다. 주목은 '메멘토 모리(죽음을 기억하라)'가 아니라 그 정반대를 상징한다고 여겨진다. 사철 푸른 이파리 덕분에 불멸의 상징으로 간주되기도 한다. 하지만 이런 생각이 설득력을 얻은 것은 주목이 엄청나게 오래된 나무이며 교회 경내의 주목들도 기독교 전통과는 상관없을 가능성이 밝혀진 이후였다. 역사 기록과 나이테 분석 및 경관에 남은 증거를 통해, 이제는 교회 경내의 주목 상당수가 교회와 '동년배'이기는커녕 기독교보다도 훨씬 오래되었다는 것이 분명해졌다. 이런 나무들은 초창기 종교의식(아마도 이교적인)의 중심이었을 터이며, 훗날에는 기독교 예배당의 기반이 된 것이리라. 적어도 1,500년이 넘은 게 분명한 셀본의 주목은 고색창연한 아름다움을 풍긴다. 수 세기에 걸쳐 많은 작가들이 화이트에게 경의를 표하고 이 나무의 역사에 자취를 남기기 위해 셀본을 찾아와 주목 둘레를 측정했다. W. H. 허드슨도 이곳을 방문했으며, 여러 차례 말을 타고 이곳 전원을 찾아왔던 윌리엄 코벳(18~19세기 영국의 정치가이자 일기 작가 — 옮긴이)은 화이트 이후로 주목 둘레가 20센티미터나 늘었다는 사실을 발견했다.

하지만 셀본 주목은 1990년대 초에 강풍으로 쓰러졌다. 묘지를 가로질러 남서쪽으로 쓰러진 나무를 본 교구 목사는 경외감에 빠져 단언했다. "뒤틀린 나뭇가지와 짙은 이파리로 뒤덮인 교회 경내는 폭풍우 치는 바다 같았다. 그 위로 여기저기 하얀 묘비가 난파선처럼 솟아나 있었다." 이 묘지에는 19세기 초에 십일조 반대 시위를 벌였던 트럼펫 연주자를 포함해 30명의 시신이 묻혀 있었다. 셀본의 주목이 지난 1,000년의 기억을 펼쳐내려 하고 있었다.

안 그래도 1987년에 허리케인으로 마을이 황폐해진 상황이었는데, 햄프셔에서 가장 유명한 나무까지 쓰러진다는 건 주민들에겐 너무 힘든 일이었다. 구조가 시도되었다. 지역 농과대학에서 나온 사람들이 묵직한 윗가지를 잘라내고 주목을 도로 일으켜 세웠다. 마을 학교 아이들은 목사의 인솔하에서 나무줄기를 에워싸고 손을 맞잡은 채 나무가 살아나기를 기원했다. 기적이 일어났다. 이 모든 소란 때문이었는지 나무 바로 아래 있던 수맥이 터지면서 36시간 동안 나무뿌리를 지하수로 씻어냈다. 역설적이지만 안타깝게도 그것이 나무뿌리를 익사시킨 최후의 결정타였는지도 모른다. 몇 달간 새순 몇 개가 돋아난 뒤 결국 거대한 주목은 죽었다.

주목을 떠나보내기 전에 수백 명이 찾아와 조의를 표하고 다듬어진 나무토막을 기념으로 가져갔다. 목공예 작가들이 열심히 작업한 결과, 주목 아래에서 점심을 먹고 구애하고 청혼했던 셀본 주민들은 그들을 보호해주었던 나무로 만든 그릇과 걸상을 가질 수 있었다. (이런 생각까지는 하지 못했겠지만) 어쩌면 그들의 숨결에서 나온 분자가 포함되었을지도 모르는 나무였다. 교회에는 주목으로 만든 류트(16세기에서 18세기까지 유럽에서 유행했던 기타와 비슷한 형태의 발현악기 — 옮긴이)가 놓였고, 나도 원목 두 토막을 들고 왔다. 주목은 그렇게 최후를 맞은 것처럼 보였다.

하지만 주목은 사라지지 않았다. 마을 사람들은 쓰러진 나무둥치에서 불과 수십 미터 떨어진 곳에 잘라낸 주목 가지를 심었다. 최연소 주민부터 최고령 주민까지 참여한 감동적인 의식이 진행되었다. 내가 가져온 나무토막은 이후로 10여 년간 차고 안에서 오래된 책과 정원 도구 아래 파묻혀 있다가 나와 함께 노픽으로 왔다. 나는 그중 하나를 데이비드와 라이자 부부에게 주었다. 두 사람이 좋아하는 원숭이올빼미를 조각하면 어울리겠다는 생각에서였지만, 그들은 나무토막을 목공 예술가 매튜 워릭에게 가져갔다. 매튜는 주목을 깎아 사발을 만들었고, 길버트 화이트의 새들을 묘사한 쪽모이 세공 장식을 붙였다.

나무뿌리에서 잠자는 새

나는 어느 주말 남은 나무토막을 매튜의 작업실로 실어 갔다. 주목의 나뭇결을 보면 떠오르는 제비와 흰턱제비 떼, 원숭이올빼미의 시선에 관한 내 막연한 몽상을 그에게 묘사하려고 애썼다. 매튜는 왜 그것을 실현하기가 불가능한지 참을성 있게 설명해주었다. 주목은 예측할 수 없는 단층과 균열로 가득한 까다로운 나무다. 매끈하게 깎아내기도 무척 어려운 만큼, 애초에 구상한 형태가 그대로 재현될 거라고 기대하기는 어렵다. 매튜가 즉석에서 내놓은 아이디어는 나무토막을 굴 껍데기처럼 둘로 쪼갠

다음 내부의 균열과 갈라진 틈새를 살펴보고 그에 맞춰 화이트의
새들을 새겨 넣는 것이었다.

서식지가 새를 결정하고 그에 맞는 영역을 제공할 것이며,
새들은 그렇게 나무로 만들어진 은신처 안에 깃들 터였다. 어떻게
보면 화이트의 생각과도 통하는 아이디어였다. 화이트는 셀본
공유지의 나무뿌리 밑에서 긴 잠을 자며 겨울을 보내는 새들이
있다고 믿었으니까. 아니면 새들은 오래된 전설처럼 교구 연못
바닥에서 동면했을지도 모른다. (새뮤얼 존슨은 새들의 물속 군집을
묘사하기 위해 멋진 단어를 만들어냈다. "새 여러 마리가 빙빙 돌면서 날다가
규결conglobulate이 되어 한꺼번에 물속으로 뛰어든다.") 매튜는 그것이
주거와 소속에 관한 인상적인 설화이며 화이트도 실제로 그렇게
믿었으리라고 단언했다.

나는 화이트가 새의 동면 가능성을 기꺼이 받아들인 것(그는
정말로 지역 황야와 오두막 다락에서 잠자는 새를 찾아다녔다)이 과학적
개방성보다도 순수한 감성의 문제라고 생각해왔다. 화이트는 그가
가장 좋아하는 새들이 떠나가는 것을 안타까워했으며(그것은 여름이
끝났다는 신호이기도 했다) 몇 마리 정도는 자기 교구에 남아서 겨울을
났으면 좋겠다고 바라기도 했다. 하지만 화이트의 믿음을 일종의
비유로 여겨야 한다는 매튜의 가설은 내겐 다소 당황스러웠다. 지난
20년간 책을 통해 화이트를 충분히 알게 되었다고 생각했지만, 그의
저작에서 그런 식의 의도적인 은유를 찾아낼 생각은 한 번도 해보지
못했으니까. 물론 『셀본의 자연사』 자체가 '온생명위원회', 즉 생명

공동체 전체를 관조하게 하는 주거에 관한 우화였다. 하지만 이 책 전체가 화이트의 탄탄한 인문주의적 합리성을 명확히 드러내는 만큼, 그가 상상력 풍부한 소설가처럼 작업했다고 가정하려면 관점의 전환이 필요했다.

나는 집에 돌아와 화이트가 1774~1775년 왕립학회에 발표했던 탁월한 에세이 네 편을 다시 읽어보았다. 여전히 강박적이고도 매혹적인 글이었다. 화이트의 '엄밀한' 관찰력은 흠잡을 데가 없지만, 에세이 자체는 어떻게 보아도 과학적이라고 말할 수 없다. 무질서하고 일화 중심적이고 다정다감하며, 질문을 제시하고도 해답을 모색하지 않는 경우가 많다. 체계적 조사와 발표는 그의 장기가 아니다. 화이트는 주체와 객체, 인과관계에 따른 기존 과학의 선입견과 대조되는 목적, 일종의 대안에 무의식적으로 이끌렸던 것이다. 저술 당시 그의 상황과 예상 가능한 심리 상태까지 고려하면 이 에세이들은 한층 새로운 깊이와 울림을 갖는다. 여기 영국의 외딴 마을에 갇혀 지적 동료와 도시적 즐거움을 갈망하던 중년 독신남이 있다. 거주와 이주, 가정적 책임에 관해 쓰면서 그는 단지 새뿐만이 아니라 자신과 모든 사회적 동물의 상황을 숙고하고 있었다.

흰턱제비 에세이는 살림살이 이야기, 일과 놀이의 적절한 균형에 관한 이야기다. 이 글은 건축가이자 주민인 새들의 분주한 일상과 유머에 주목한다. 화이트는 "새벽 4시에 이르기까지 긴 시간 노동에 몰두하는" 이 "부지런한 장인"들의 작업을 설명하는

데 에세이의 절반을 할애한다. "이들은 아침에만 집을 짓고 나머지 시간에는 식사와 오락에 전념하여 둥지가 마르고 굳어질 시간을 충분히 갖는다." 제비 에세이는 자식이 없었던 교구 목사 화이트가 평생 경험하지 못한 가정생활 이야기다. 그는 어미가 새끼를 "지극정성으로" 키우는 모습, 맹금으로부터 새끼를 지키는 "지칠 줄 모르는 근면함과 애정", 날아다니며 벌레를 잡아 새끼에게 먹이는 방식에 대해 서술한다. "어미와 새끼는 특정한 신호에 따라 서로에게 나아가 비스듬히 마주치며, 새끼는 그러는 내내 감사와 만족을 담아 작고 빠르게 지저귄다." 다소 낯선 제비속 새인 갈색제비는 "절대로 마을에 나타나지 않고 (…) 모든 가정적 애착을 부인하는 (…) 야생동물"이며, 깊은 굴을 천공穿孔하여(화이트는 의도적으로 과학 용어를 사용한다) 어둠속에 조용히 은둔한 채 새끼를 키우는 비밀스러운 생명체다. 이들의 이야기는 자연의 타자성과 신비로움을 암시한다.

그러나 화이트에게 가장 친숙한 새는 칼새다. 그는 칼새의 명랑한 모임과 거의 항상 날아다니며 보내는 삶을 찬양한다. 칼새 에세이는 야생성과 자유에 관한 이야기일 뿐만 아니라, 평생 독신이었고 취미를 나눌 이웃이 없었으며 멀미 때문에 여행도 하지 못했던 화이트가 놓친 인생의 가능성에 관한 것이기도 하다. 칼새 에세이 말미에 그는 어린 조류와 포유류의 차이를 생각한다.

갓난아기처럼 무력하고 속수무책인 이 새들이 불과 보름 남짓

4장 부분에 이름 붙이기

만에 상상할 수 없이 빠른 속도로 유성처럼 하늘을 가로지르고
거대한 대륙과 바다를 지나서 아마도 머나먼 적도까지 이동하게
되리라는 생각을 하면 경탄하지 않을 수 없다. 자연은 작은
새들을 놀랍도록 빠르게 성숙시키는데, 반면 인간과 큰 네발
동물의 성장은 얼마나 느리고 지루한가!

물론 새들이 영국의 마을에서 한데 엉켜 겨울을 난다는
개념은 순전히 비과학적이며, 화이트가 정말로 상식적 의미에서
그렇게 '믿었는지'는 의심스럽다. 하지만 전설이자 새에 대한 그의
감정적 진실로서 본다면, 그 이야기는 칼새가 우리 눈에 보이지 않는
높은 하늘을 날면서 잠잔다는 것만큼 분명한 사실이다.

세상의 고른 숨결처럼 마음은 공유하는 것

몇 주 후 매튜가 나를 찾아왔다. 주목 토막을 갈라서 목조
동면실처럼 "유한하고 뻔한" 것을 조각하려니 미심쩍다면서, 그 대신
내 아이디어와 연관된 예술 작품을 만들겠다고 했다. 마침 별채에
제비 여섯 쌍이 둥지를 틀고 있었다. 매튜의 작품 구상안은 약속한
시간에 맞춰 도착했다. 일련의 드로잉과 한 쌍의 날개 모양으로
오려낸 종이였다. 드로잉 중 하나는 주목 토막 안에서 남쪽으로의
이주를 꿈꾸며 잠든 새들의 상상도였는데, 제비들은 아프리카
흑단으로 쪽모이해서 세공할 것이라고 했다. 또 다른 드로잉은
주목 토막 자체와 관련된 것으로, 나무가 '시간을 보여줄' 수 있도록

일기장 페이지처럼 펼쳐진 나이테를 상상한 그림이었다. 매튜는 주목이 "정보와 메시지가 담긴 상상의 보고일 것"이라고 썼다. 그가 관심을 보인 것은 "나무에 숨겨진 도발적 가능성", 다른 사람들에게 주목 토막을 전달한다면 그들이 거기서 무엇을 읽어내고 해석할 것인가였다.

　　나무와 새와 예술가들이 어우러진 이 두서없는 춤, 나무토막 하나가 상상력이 과도한 비평가처럼 활개 치게 만드는 이 춤을 어떻게 해석해야 할까? 부분의 명칭과 단순한 인과관계 이론에 국한된 자연과학은 기억, 느낌, 자발성, 존재의 총체성에 대한 점점 커져가는 필연적 감각이 뒤얽힌 세계를 설명하는 데 부적절하며 도움이 되지도 않는다는 것만은 확실하다. 내가 농장에서 관찰한 흰턱제비는 본능적인 행동 패턴만으로는 완전히 설명할 수 없는 독창성을 보여주었다. 화이트의 글은 흰턱제비와 그 밖의 제비속 새들을 여러 종이 이루는 실제 공동체의 맥락에 놓을 뿐만 아니라, 서로 다른 생명체 간의 공명도 탐구한다.

　　매튜와 내게 탐험의 감성을 일깨워준 주목에 관해 말하자면, 우리의 생각에 곰곰이 귀 기울여주며 그 특별한 이력으로 관찰자의 마음속 아이디어를 미묘하게 교란시키는 일종의 공명판이라고 요약할 수도 있겠다. 하지만 이는 너무 소극적인 표현일 것이다. 그토록 오랜 시간 세상을 감동시키며 살아남기 위해 애써온 유기체는 더 큰 존경을 받아야 마땅하다. 주목을 진취적 영혼이 충만한 '생명나무'로 보려 하는 뉴에이지 신앙의 추종자들도

이해할 만하다. 하지만 나는 그처럼 신비주의적인 길을 갈 수
없다. 그런 방식은 자연을 두고 주체와 객체를 구분하는 또 하나의
관점이며 주목을 또 다른 종류의 원자화된 개체로 여기는 것과 같다.
물리적 생명의 단일성에 대한 우리의 새로운 이해에 맞추어, 마음을
한 개체의 소유물이 아니라 여러 개체 사이에 공유되는 일종의
장場으로 보려고 시도할 수도 있으리라. 어쩌면 주목의 선물은 (앤
스티븐슨의 시에 나오는 "칼새의 선물"처럼) "세상의 고른 숨결"이라는
개념에 관한 이해, 마음이 의식보다 훨씬 더 넓은 실체이며 반드시
한 개체에 갇혀 있지는 않다는 깨달음일지도 모른다. 마음은 모든
생명의 기능이며, 경험이 살아 있는 조직에서 이끌어내는 학습과
반응의 기록이다. 마음은 문화적이고 협동적이며 심지어 공동체적일
수도 있다. 그리고 육체적 생명들이 통합되어 있다는 새로운 이해에
따라, 우리는 마음을 개인이 소유하는 것이 아니라 서로 공유하는
하나의 장으로 볼 수 있다.

∵.

　　　지난 몇 달간 딱따구리의 단정하고 야무진 살림살이는
제비와 흰턱제비의 소란에 가려져 눈에 띄지 않았다. 딱따구리는
어디에나 있다. 여전히 배나무에 찾아드는 큰오색딱따구리는
우리 정원 근처에 둥지를 튼 게 분명하다. 이 새는 습지대에도
종종 찾아와 썩어가는 오리나무와 버드나무에서 만찬을 즐긴다.
링에서는 벨벳 같은 연둣빛 깃털의 유라시아청딱따구리가 불꽃을

내뿜는 작은 용처럼 깡충깡충 잔디밭을 가로지르다가 까악까악 짖어대며 공중을 날아다닌다. 양쪽 모두(어쩌면 개체의 취향인지도 모르지만) 정원 바로 앞에 있는 특정한 전신주를 좋아한다. 그들은 오락가락 날아다니다가도 최대한 직선으로 돌진하여 마치 암벽을 타고 내려가는 등반가처럼 전신주 표면에 꽉 달라붙는다. 전신주를 쪼아대며 먹이를 찾는 것이 아니라, 그 위에서 보초를 서며 주변을 둘러보고 다른 새들에게 자신을 드러낼 뿐이다. 눈에 잘 띄는 영역 과시용 망루라고나 할까. 어디를 가든 크게 웃어대고 빙글빙글 돌며 공중에 떠 있는 딱따구리를 볼 수 있다. 그리하여 딱따구리는 (암묵적인 우연의 일치로 인해) 내 인생에서 벌써 세 번째로 유쾌한 연애편지를 의미하게 되었다. 딱따구리가 보이면 폴리가 나를 생각하고 나도 폴리를 생각한다는 메시지를 받은 셈이다.

어째서 그토록 많은 사람들이 서로 다른 시기에 우연히 같은 생각을 하게 된 걸까? 딱따구리는 예로부터 예언자로 여겨졌다. 사람들은 딱따구리가 비, 농작물 수확, 심지어 미래까지 예언한다고 믿었다. 프랑스 지롱드 지역에는 딱따구리가 비를 볼 수 있다는 민담이 전해져 내려온다. 신이 대지를 창조한 후 새들에게 부리로 쪼아서 바다와 호수가 될 구멍을 파라고 명했는데, 모든 새가 이에 따랐지만 딱따구리만이 꼼짝도 하지 않으려 했다. 신은 딱따구리가 땅을 쪼지 않으려 했으니 영원히 나무를 쪼아야 한다는 벌을 내렸다. 게다가 딱따구리는 물이 담길 구멍을 만드는 데 관여하지 않았으니 떨어지는 빗물만 마셔야 한다고 했다. 그리하여 이 불쌍한 새는 영원히 구름을 향해 '플뤼, 플뤼, 플뤼(프랑스어로 플뤼pluie는 '비'를 뜻한다 — 옮긴이)'라고 외치면서 하늘에서나 땅에서나 부리를 치켜들고 떨어지는 빗방울을 모으려 한다는 것이다.[12]

그리스와 동유럽 지역 전설에서는 청딱따구리를 (까막딱따구리도) 다산의 상징으로 묘사한다. 그들이 개미를 잡아먹느라 땅을 파기 때문이다. 이런 이야기들은 무슨 의미일까? 정설은 둘 다 공감 주술의 사례라는 것이다. 다산 신화는 청딱따구리가 먹이를 잡는 방식과 쟁기질의 유사성에 기인하며, 지롱드 민담은 오색딱따구리가 나무를 쪼는 소리와 천둥소리의 유사성에 기인한다. 공감 주술은 흔히 '이열치열'이라는 공식으로 단순화된다. 하지만 이는 실제로 자연의 질서와 연결성을 모색하는 보다 포괄적이며 보편적이라고도 할 수 있는 접근 방식이다. 그 중심에는 유추의 개념, 즉 생명의 여러 층이 연결되어 있을 뿐만 아니라 어떤 면에서는 서로의 물리적 반영(혹은 은유라고 해도 좋다)이라는 생태적 믿음이 있다. 외적 유사성은 내적 작용과 공명의 가능성을 암시한다. 식물의 형태와 색채는 그것이 지닌 힘을 드러낸다. 동물의 짝짓기 춤을 인간이 흉내 낸다면 동물이 더 많이 번식할 것이며, 어쩌면 춤추는 사람도 마찬가지일 것이다. 그리고 딱따구리가 천둥소리를 내면 하늘도 천둥소리를 낼 것이다.

공감 주술은 진정한 과학으로 나아가기 이전의 원시적 단계가 아니라 또 하나의 이해 방식이다. 공감 주술을 믿는 사람들은 이 세상에 영향을 미치길 원한다. 공감 주술은 관찰과 경험에서 출발하지만, 그것들을 더 작고 조심스러운 부분이나 '원자'로 축소하여 설명하는 대신 그것들이 세상의 얼개에 맞아떨어질 때까지 더 넓게 바라보려고 한다. 클로드 레비스트로스는 이를 '구체적인 것들의 과학'이라고 불렀다.[13] 동면 신화에 대한 화이트의 공감은 어떤 의미에서 주술적이며, 새들이 그와 운명을 함께하기 위해 그의 곁에 머물 수도 있다는 일말의 희망이다.

나는 다시 딱따구리를 생각한다. 딱따구리에 대한 사람들의 묘한 반응을 생각해본다. 나도 딱따구리가 비를 예언하거나 불러온다는 생각을 진지하게 받아들이기는 어렵다. 하지만 딱따구리가 내는 소리를 들으면 귀 기울이며 고개를 들게 된다. 딱딱거리는 외침, 위로 향한 부리, 빙글빙글 원을 그리며 나는 모습, 나무를 쿵쿵 쪼아대는 소리, 빨간색과 검은색과 흰색이 섞인 현란한 깃털. 조상들의 주의를 끌었던 이 모든 것은 지금도 우리를 사로잡는다. 우리의 뇌는 딱따구리의 움직임을 기억한다. 이제 우리의 해석은 좀 더 현실적이며 심지어 무례할 수도 있지만 그렇다고 무감정하지는 않다. 딱따구리는 경계심을 불러일으키고 우리의 주의를 요구한다. 그들은 느낌표이자 불행을 쫓기 위해 마주 거는 두 손가락 중 하나다. 어디선가 또 다른 사람이 위를 올려다보며 손가락을 마주 걸고 있을 테니까.

5장   온 생명의 카니발

작고 예쁜 바구니로, 아마도 여성이나 어린이가 과일을 딸 때 사용했을 것이다. 비非농업적 목적으로 만든 버드나무 바구니는 수공예품으로 여겨졌다.

그레센홀의 노퍽 농촌 생활 박물관 전시품 설명

5월 말이다. 이때만을 기다리며 온갖 시행착오와 불완전 연소의
나날을 견뎌왔다는 듯 여름이 활짝 펼쳐졌다. 평범한 여름과는 다른,
'그 좋았던 옛날처럼' 한동안 애수를 잊고 영국 동부의 집단적 기억
속으로 타오르며 스러져가는 찬란한 색채와 황홀한 냄새의 계절이 될
터였다. 운 좋게도 나는 그 여름이 시작되던 날 새벽에 깨어 있었다.
집 뒤꼍 풀밭에는 마지막 남은 어수리꽃의 레이스와 구분하기 어려운
옅은 우윳빛 안개가 드리워져 있었다. 그때, 떠오른 해가 안개를
가르며 밤의 어둠 속에 새날의 생명을 펼쳐놓았다. 이제부터 계속
그런 날들이 이어지리라는 단호한 선언이었다.

　　　　몇 달 내내 태양이 이글거렸고, 야생화는 지난 수십 년
동안 볼 수 없었던 장관을 선사했다. 나는 그 광경에 푹 빠져들었다.
어두운 실내에서 두 해 여름을 보낸 뒤였기에 생일 선물을 너무
많이 받은 아이처럼 신이 났다. 이런저런 간절한 몽상들이 머릿속에
떠올랐다. 엉뚱하게도 지중해에 가서 하늘을 나는 청록색과 계피색
벌잡이새를 보고 싶었다. 어디서든 나이팅게일의 노랫소리를 듣고
싶었다. 런던 길거리에서 그리스 음식을 먹고 싶었다. 고향에 돌아가
너도밤나무숲을 거닐고 싶어 죽을 지경이었다. 정원에 하루 종일
누워 있고도 싶었고, 폴리의 빠른 요트를 타고 브로드를 항행하며
오랫동안 기다려온 물의 가르침을 구하고 싶기도 했다. 우리가 두 번
다시 누릴 수 없을지도 모르는 이런 날에 어떻게 할 일을 결정해야
할지 알고 싶었다.

　　　　이처럼 점점 더 절박해지는 욕구, 선택의 자유가 주는

당혹스럽고 과도한 가능성에 대한 해답은 간단하다. 꼼짝 않고 여름이 우리를 덮쳐오도록 내버려두면 된다. 온 세상에 거대한 번영과 풍요의 순간이 퍼져나간다. 전해지는 이야기로는 포도 덩굴에 꽃이 필 때면 아무리 잘 숙성된 와인도 포도알 속의 식물세포가 무르익어가던 시절을 기억하는 것처럼 탄산 거품을 일으킨다고 한다. 어쩌면 우리도 상상 속에서뿐만 아니라 현실에서도 활기로 끓어오를 수 있을지 모른다.

∵.

나는 서서히 습지대와 가까워지고 있었다. 여전히 산책을 마치면 발목까지 흠뻑 젖어 집으로 돌아갔고, 푹 꺼지는 땅이 출렁거리는 늪으로 바뀌는 지점도 짚어내지 못했다. 그래도 점점 길을 찾는 데 익숙해졌고, 초목의 미묘한 영역과 질감도 읽어낼 수 있었다. 특히 웨스턴 펜에서는 정말로 멋진 식생이 펼쳐졌다. 사람들은 이렇게 다채로운 식생을 흔히 태피스트리에 비유하지만, 이는 너무 조화롭고 균형적인 표현이다. 여기서 볼 수 있는 것은 유연성과 호환성으로 가득하되 모든 참가자가 최선의 역할을 수행하는 식생 플롯, 땅을 잠식하기 위해 독창적으로 설계된 계획이었다.

웨스턴 펜의 식생은 물웅덩이 위 줄기에 매달려 산들바람에 가지런히 흔들리는 연노란색 통발 꽃송이에서 시작된다. 완전히 물에 잠긴 통발 잎은 물속의 작은 유기체를 걸러내고 가두어

소화하는 미세한 주머니로 뒤덮여 있다. 통발은 습지대 식생의 무법지대에 사는 작은 식물성 고래인 셈이다. 좀 더 얕은 물웅덩이들은 가두리가 이끼로 둘러싸여 있다. 흡수력 있는 스펀지와 같은 이끼는 썩어서 이탄이 되기 전까지 그 자체로 일시적인 습지대를 이룬다. 한때는 이 축축한 이끼 위에서 또 다른 식충식물인 끈끈이주걱이 자랐지만, 지금은 사라졌거나 찾기 어려울 만큼 희귀해졌다.

하지만 웨스턴 펜에 자라는 세 번째 식충식물이 있다. 자줏빛 꽃을 피우며 끈적끈적한 황록색 잎을 이탄 위에 납작하게 펼치고 있어 '불가사리풀'이라고도 불리는 벌레잡이제비꽃이다. 이 식물은 웅덩이와 샘의 물이 짧은 잔디를 따라 수로로 흘러드는 좀 더 단단한 땅에 서식한다. 흔히 벌레잡이제비꽃과 함께 자라는 것은, 더 크고 짙은 바닐라향이 나는 근연종들과 달리 분홍색 꽃차례에서 은은한 향이 느껴지는 쥐오줌풀이다. 발걸음을 옮길 때마다 웅덩이 가장자리에서 가장 빽빽한 갈대밭까지 사방으로 뻗어 있는 워터민트 향기가 풍겨 온다.

하지만 웨스턴 펜의 주인공은 난초다. 손바닥난초와 세 종에 이르는 습지 난초의 잡종이 우리를 놀리듯 다양한 형태로 왕성하게 자라난다. 이들은 세벤의 난초만큼 식물학적으로 분류하기 어려울 뿐만 아니라, 분류하려는 시도 자체가 무의미할 수도 있다. 자홍색·분홍색·흰색 반점이 있을 수도 있고, 꽃머리가 두꺼비처럼 땅딸막하거나 우아하고 뾰족할 수도 있다. 이 모든 꽃들이 변화무쌍한 하나의 종일 수도 있고 각각 다른 수천 가지 종일 수도 있다. 식물학자들이 난초를 분류하고 학명을 붙이기 시작했을 때 나뉘었던 종들이 이제는 합쳐지거나, 어쩌면 자기들끼리 새로운 실험적 교배를 시도하고 있을지도 모른다.

하지만 한 종만큼은 의심의 여지가 없다. 이 종은 교잡이나 퇴행적 기질로 인해 정체가 모호해지지 않는다. 닭의난초는 7월이면 꽃을 피워 웨스턴 펜 뒤쪽을 열대의 전초기지로 바꿔놓는다. 내가 보기에는 영국에서 자라는 난초류 중 가장 화려하고, 열대우림 공중에서 피어나는 난초들과 가장 가까운 종으로 보인다. 이곳에 무성하게 자란 닭의난초를 처음 발견했을 때는 내 눈을 의심했다. 그때까지는 영국 북부의 습한 모래언덕 분지에서 갈대밭 사이에 끼인 소규모 군락 하나밖에 보지 못했으니까. 하지만 이제 웨스턴 펜에는 닭의난초가 수천 그루도 더 있다. 줄기마다 백조의 목처럼 굽은 꽃자루에 매달린 꽃이 열 송이에서 스무 송이까지 피어 있다. 풀 먹인 듯 빳빳하고 세 모서리가 뾰족한 고깔 아래, 새하얀 입술꽃잎에는 멋쟁이의 손수건처럼 가장자리에 구불구불한 주름이 잡혀 있다. 이 꽃들은 아름다울 뿐만 아니라 값을 치를 필요도 없다. 습지대의 자유분방한 옷을 걸친 그들은 토요일 밤의 주인공이다. 하지만 그보다 인상적인 것은 서식지에 대한 이 식물의 감각이다. 닭의난초는 흙무더기에 단단히 매달린 채 마치 수면 2.5~5센티미터 위에서 멈춘 발가락처럼 절묘하게 허공에 정지해 있다.

이 모든 키 작은 식물들은 주로 습지대의 매년 벌초되는 구역에서 자라기에 주변 초목도 초여름에는 나지막하다. 덜 정리된 구역과 널따란 물가, 제방 위와 가장자리에는 키 큰 식물들이 서식한다. 이곳은 부들, 갈대, 노랑꽃창포 잎, 꿩의다리, 카나비늄등골나물의 선홍빛 꽃, 무엇보다도 메도스위트와 같은 직립 식물의 영역이다. 습지대 위에 뜬 거품처럼 보이는 메도스위트꽃은 달콤한 아몬드 과자 향기가 나지만 잎에서는 산뜻하다 못해 방부제에 가까운 냄새가 나며(이런 대조 때문에 메도스위트는 '구애와 결혼'이라고도 불렸다), 워터민트의 맵싸한 냄새와 선명한 대비를 이룬다. 이 냄새들이 습지대 전체를 하나로 엮어낸다. 한여름의 풋내, 맑은 물의 쌉쌀한 맛, 희미하게 다가오는 베어낸 풀 냄새.

생태계의 친밀하고도 적극적인 어울림

갈대밭과 사초밭 사이의 탁 트인 공터에는 참뚝사초 무더기가 있다. 숲을 이루지 않는 습지대 식생 중에 가장 조밀하고 높이 자라는 식물이다. 참뚝사초는 뿌리 덩어리와 죽은 잎이 아래에 쌓이면서 늪 위로 솟아오르는 사초나무인데, 때로는 120~150센티미터 높이까지 자라기도 한다. 브로드에서도 유난히 습하고 관리되지 않는 구역에서는 참뚝사초가 공중에 또 하나의 지표면을 이루어 오리나무와 버드나무 묘목이 뿌리를 내릴 기반을 제공한다. 나무가 지나치게 크고 묵직해지면 쓰러져 참뚝사초와 함께 땅으로 떨어진다. 물이 그 잔해를 부분적으로 에워싸면서 나무와 물의 생장 주기 전체가 새롭게 시작된다. 습지대의 순수성을 지키자는 의견이 대세인 우리 지역의 계곡 습지에서도 이런 현상이

허용될 수 있을지는 의심스럽다. 하지만 이 또한 일시적 단계일
뿐이며, 적어도 한동안은 원시 습지대의 가느다란 사초 무더기가
다시 나타날 것이다.

　　　　　습지대 식물이 십중팔구 초본식물(줄기에 목재를
형성하지 않은 식물. 보통 목본식물인 나무와 구분되는 풀을 일컫는다
— 옮긴이)치고는 놀랍도록 늘씬하게 위로 뻗어 있다는 점은
수수께끼다. 아직도 정원사들이 훔쳐갈 만큼 기름진 이 토양이
어떻게 탐욕스럽고 사납고 뻔뻔스러우며 잎이 널찍한 식물, 말하자면
습지대황Greater Fen Dock 같은 종에게 독점당하지 않은 걸까? (실제
존재하는 개대황great water dock은 금욕적이고 깐깐한 식물로 유명하지만
말이다.) 이곳의 식생은 마치 다문화 생활을 위해 설계된 것 같다.
조잡한 다윈주의와 이기적 유전자 이론의 가정에 따르면, 하나의
식물계(그리고 그 식물계를 대표하는 종)는 자손의 성공 가능성을
극대화하기 위해 끊임없이 영역을 확장하고 이웃과 경쟁하여
이기려고 노력한다. 하지만 현실 세계에서 일어나는 일은 단순히
승자 독식의 동질성을 향한 경쟁과는 다르다. 홍수나 방목, 고의적인
벌채로 방해받지 않는 한 습지대 식생은 숲을 형성하는 방향으로
움직이게 마련이며, 이로 인해 생겨나는 그늘은 한동안 다양성의
감소를 불러올 것이다. 하지만 이에 대응하는 다양성, 유연성, 미묘한
형태의 공생과 협동을 향한 근본적 추진력이 존재한다. 일말의
기회만 있어도, 수관에 미세한 틈새만 생겨도 식생과 그에 의존하는
모든 생명체는 시간의 흐름에 따라 지표면과 토양과 물속에서

증식하고 다양화될 것이다. 모든 생태계는 시간이 지나면 자연히 점점 더 다원적이고 복잡하고 사회적으로 변한다. 습지대 식물들은 매우 조밀하고 빽빽하게 모여 사는데, 이는 단순히 소극적 관용의 문제가 아닌 듯하다. 각각의 종들이 단지 더 이상 침범할 수 없기에 자기 자리를 지키는 것은 아니라는 얘기다.

친밀한 어울림이란 다양한 종들이 서로를 이롭게 하고, 이웃하는 종들이 이루어낸 토양의 변화를 즐기고, 뿌리에서 분비되는 특수 화학물질을 이용해 공생 곰팡이를 유인하거나 포식자를 억제하는 일종의 최적 상태일까? 예를 들어 세계에서 가장 유용한 약품인 아스피린aspirin의 이름은 20세기 초에 정해진 메도스위트의 학명 Spiraea Ulmaria에서 유래했다. 아스피린의 성분인 아세틸살리실산은 버드나무뿐만 아니라 메도스위트에도 다소 함유되어 있으며, 인간만큼은 아니지만 다른 여러 생물종에 항스트레스 화학물질로 작용한다. 메도스위트의 아세틸살리실산이 습지대 토양에 스며들고 우연히 다른 식물에 작용하여 일종의 자연적 공생이 될 수 있었을까? 새롭게 도착한 외래종이 뻔뻔한 식민주의자로 변하는 것도 이런 식의 공생 때문일까? 외래종의 '자연 포식자'가 없어서가 아니라 (완벽한 토착종인 메도스위트는 대체 왜 줄어드는 것일까?) 오래전 진화한 화학적 상호 관계에 외래종이 아직 포함되지 않았기 때문일까?

부르디외의 표현을 빌리면 습지대는 서식지이자 놀이터이며 자연적 가능성이다. 습지대는 흰턱제비가 진흙을

채취하는 사탕무밭에서 길가의 관목과 배수로를 거쳐 갈대밭과
바늘꽃 덤불이 있는 도랑과 개울로 이어지는 계곡 수계의
교차점이다. 지표면 아래에서 해자와 연못, 이탄 구덩이를 물줄기에
연결하고, 마침내 강줄기와 합류하여 쇠물닭에서 메도스위트
뿌리까지 모든 것을 이어주는 도관을 형성한다. 그리고 올여름에
습지대를 걸으면서 나 자신도 흐르는 물에 잠겨 물의 형상을 띠게
되었음을 가슴 찡하게 실감할 수 있었다. 나 역시 일시적이나마
이 공동체의 일원이 된 것이다. 나는 내 신발에 들러붙은 씨앗을
운반한다. 내가 물웅덩이 건너편을 넘겨다볼 때마다 잠시나마 갈대
사이로 햇살이 비쳐든다. 이렇게 뜨거운 계절에도 이탄 흙을 밟을
때마다 발 주위로 솟아나는 미세한 물방울을 보면 내가 몇 미터,
나아가 몇 킬로미터에 걸쳐 잠든 수생식물들에게 물을 뿌려주는
것처럼 느껴진다.

바람도 습지대를 형성하는 데 한몫한다. 향모를 한데
모아 뒤얽고, 그렇게 생겨난 그물에 이탄 가루와 씨앗이 걸려 잠시
머물다 간다. 바람은 민트, 꽃가루, 이탄 특유의 불에 탄 버섯 냄새를
퍼뜨린다. 내 발밑에서 올해의 첫 개구리들이 미꾸라지처럼 꼬물대며
진흙탕을 빠져나온다. 잠자리 떼가 내 눈앞을 휙 스쳐 간다. 만화영화
장면이 넘어가듯 빠르게 움직인다. 마치 한 지점에서 다음 지점까지
공간을 거치지 않고 순간 이동을 하는 듯하다. 잠자리가 날갯짓
소리를 내는지는 잘 모르겠지만, 너무 갑작스럽게 지나가는 데다
아찔한 공중회전과 급정지까지 하다 보니 공중에서 딱 부러지는

소리가 들려올 것만 같다.

요동하는 막

올여름의 습지대는 단순한 서식지가 아니라 서로 연결된
생명체들이 분주하게 소통하며 요동하는 막膜과 같다. 조이스 캐럴
오츠는 땅에 쓰러졌을 때 "자아의 (…) 막"을 연약하고 방어적이며 그
너머의 "단단하고 절대적인" 자연계를 차단하는 장벽으로 느꼈다.
소로도 "자연의 막"에 대해 비슷한 의견을 표현했지만, 오츠와
달리 그 막이 뚫렸을 때 일종의 황홀경을 경험했다. 험난한 등반
끝에 카타딘산 정상의 황량한 광야에 이른 그는, 신 앞에 엎드린
순례자이자 자신의 몸을 채찍질하는 고행자처럼 다음과 같이 썼다.
"신비로움이 무슨 소용인가? 매일 물질을 보고 물질과 접촉하며 자연
속에서 살아가는 우리의 삶을 생각해보라! 바위, 나무, 우리의 뺨에
와 닿는 바람! 단단한 지구! 물리적 세계! 상식! 접촉! 연결!" 습지대의
막은 대체로 훨씬 더 유연하다. 딱히 연약하거나 방어적이지 않으며
신비로울 만큼 압도적이지도 않지만, 만질 수 있고 관용적이며
너그럽다. 이탄 흙 자체는 오래되었을지언정, 물가의 생물들은
기민하게 적응력을 발휘하며 순리에 따라 현재를 살아가야 한다.

1830년대에 클레어는 고향 헬프스턴에서 동쪽으로 몇
마일 떨어진 케임브리지셔 습지대 끝자락의 노스버러에서 살고
있었다. 늘어난 식구와 건강 악화에 따른 압박을 덜어주려고 친구와
후원자들이 선의로 그곳에 집을 마련해준 것이다. 하지만 익숙한

고향으로부터의 이사는 그에게 평생 겪어온 상실에 얹어진 최후의
결정타, 압도적인 소외로 느껴지지 않았을까. 클레어 자신의 표현을
빌리면 "전혀 모르는" 노스버러로 이사한 후 그는 망명에 관한 시
「날아오르기」를 썼다.

> 내게는 그림자에 불과한 낯선 풍경
> 희미하고 비인격적인 존재들 (⋯)
> 여기서는 모든 나무가 내게 낯설고
> 내가 가는 곳마다 생소한 것뿐
> 소년 시절 정찰하고 까마귀 둥지를 털러
> 기어올랐던 나무들은 보이지 않네.

문제는 노스버러의 풍경이 헬프스턴과 완전히 다르다는
점이 아니라, 그곳의 특성과 사람들을 클레어가 전혀 모른다는
점이었다. 하지만 그는 조금씩 위안이 될 것들을 찾아냈다. 옛
정원에서 가져온 냉이 덤불, 대문가에 엮은 인동덩굴 다발…….
그리고 옛 친구 도요새(그는 6년쯤 전 공유지에 둥지를 튼 도요새를
발견하고 일지에 "여름이면 종종 찾아오는 새"라고 기록했다)는 습지대
풍경에서 또 다른 외톨이이자 그의 새로운 동맹이 되었다. 클레어는
노스버러에서 탁월한 습지대 시 「도요새에게」를 썼다. 존경과 연민을
담아 도요새에게 바친 이 시에서 습지대는 도요새의 눈을 통해
진흙탕 위에 솟아난 황야로 묘사된다.

저 수풀 (…)

그대의 망령이 머무는 거대한 깃발 숲

혹은 오래되고 시든 그루터기

작은 섬들이 솟아나는

틈새에서 번성하고

진흙과 썩은 도랑에서 자라나니

그대의 천성과 잘 어울리네.

클레어는 도요새처럼 망명자 신세인 자신의 울적하고 어색하며 호젓한 마음을 생생히 드러낸다.

작고 깊은 해자가

가로지르는 황야 (…) 이끼로 뒤덮인

웅덩이가 물을 내뿜네.

클레어처럼 도요새도 "인간의 끔찍한 시선", "신비로운 둥지"를 파괴하고 "폭로"하는 "약탈자들"로부터 피난처를 찾고 있다. 도요새는 고군분투하는 동료 생명체이자 생존을 위한 투쟁에 영감을 주는 존재다. 클레어의 시는 "그대는 내게 올바른 감정을 가지라고 가르치네"라는 감사의 말로 끝난다.

나는 하늘을 바라보네

　　　　　　　　5장　온 생명의 카니발

가장 험난한 곳에 미소를

기어가고 걷고 날아다니는 모든 것들에

평온하고 따뜻한 행운을 보내네.

∴

습지대가 햇볕에 익어가는 동안 이스트 앵글리아는 축제
분위기에 취했다. 장터가 서는 디스 마을에서는 주민의 절반이
여름옷을 차려입고 물가에서 파티를 즐겼다. 물 위에서 불꽃놀이처럼
현란한 비행 솜씨를 다투는 동네 칼새들도 마찬가지였다. 가장
무더운 몇 주 동안 나는 칼새들이 일부러 갈지자로 전선 사이를
누비거나 서로 얽힌 리본 모양의 궤적을 그리며 연립주택 틈새로
돌진하는 모습을 지켜보았다. 마을에서도 대규모 둥지 군락이 있는
곳은 칼새들의 난리법석이 한창이었다. 흥분한 청소년 새들은
어른 새들의 둥지에 들어가려고 출입구 가까이에서 날뛰며 서로
밀쳐대거나, 차도를 낮고 빠르게 날며 이 차 저 차의 보닛을 가로질러
술래잡기를 했다(그럼에도 나는 단 한 번도 차에 치여 죽은 칼새를 본 적이
없었다).

그저 걸어 다니기만 해도 여름 축제에 온 기분이었다.
여름에 흔히 느끼는 허무함, 모든 것이 끝나고 소진되었다는 느낌은
전혀 없었다. 이 여름이 영원히 계속될 것만 같았다. 링에서 펼쳐지는
광경은 '공유지의 비극'과는 거리가 멀었으며, 오히려 공유지의

희극에 가까웠다. 클레어도 "요란하고 즐거운 공유지"라고 쓰긴 했지만 이건 그 정도가 아니었다. 보라색과 라일락색, 노란색이 현란하게 뒤섞여 토끼 발에 짓눌린 풀의 잔해 위로 쏟아졌다. 분홍바늘꽃이 그해의 첫 헤더꽃과 찬란하게 충돌했다. 과거 강가에서 빨래에 쓰였던 비누풀과 지중해에서 온 숙근스위트피처럼 오래전에 귀화한 이민자들이 빙하기 이후의 토착종인 꿩의다리와 나란히 만발했다. 줄기가 갉아먹힌 작은 황매화 덤불에 피어난 꽃은 희귀종인 로사 엑스 파울리Rosa x paulii의 출현 가능성을 예고했다. 로사 엑스 파울리는 황매화와 개장미의 교잡종으로, 길고 흰 말쑥한 꽃잎이 이국적이고 신비로운 느낌을 주는 덩굴장미다. 한편 습지대 식물인 메도스위트가 가장 가까운 근연종이지만 원래 메마른 백악질 땅에 자라는 고사리터리풀과 한데 피어난 모습은 링의 지질학적 기이함과 총체적 모순을 보여주고 있었다.

　　온 생명의 카니발이 시작되고 있었다. 도로변과 뒤꼍 잔디밭에는 꿀벌난초가 돋아났다. 해자가 있는 워덤 마을의 롱 그린에서는 전쟁기념관을 지나 스피어스 힐로 가는 길가 한 곳에 클레어의 표현처럼 "매우 풍성한" 습지 난초와 손바닥난초의 잡종 군락이 나타났다. 곳곳에서 주민들이 남아도는 꽃과 채소를 낡은 테이블에 올려놓고 팔았다. 50센트짜리 양배추 하나, 꽃병에 담긴 패랭이꽃 세 다발 등이었다. 풀밭에는 여행자들이 데려온 근사한 말 여러 마리가 방목되고 있었다. 처음에는 이곳에서 쓸모도 없는 말을 왜 데려왔는지 몰랐지만 시간이 지나면서 알게 되었다. 그들은

아랍의 낙타처럼 신분의 상징이었고 화폐 구실도 했다. 크고 검은
반점과 긴 금빛 갈기는 현금으로 바꾸거나 거래할 수 있는 최고로
값진 장식품이었다.

곤충의 자기 영역

그다음은 곤충 차례였다. 우리 집 벽은 소용돌이치는
상형문자와 살아 있는 그래피티로 얼룩졌다. 마치 호안 미로의
그림 속에서 사는 것 같았다. 이언이 새로 칠한 벽 위에 거의
저녁마다 펼쳐지는 광경을 보면 어느 평론가의 문장이 떠올랐다.
"미로의 기호와 상징은 그의 얼룩이 만들어낸 모호하지만 얕은
공간 속을 맴돈다." 가장 먼저 개미 떼가 날아왔다. 원래 여름마다
찾아온다고는 하지만 정말이지 엄청나게 많았다. 바닥과 벽 사이의
모든 틈새에서 개미가 쏟아져 나왔다. 칠턴에 살 때는 한여름이면
개미들이 일제히 잔디밭으로 쏟아져 나와 질서 정연하게 비행을 하는
날이 있었다. 암수 개미들이 날개를 펼치고 짝짓기하며 무지갯빛
구름처럼 나선형으로 날아오르는 모습은 장관이었고, 그래서 우리
가족 달력에서 '개미 비행일'은 매년 축제일이었다. 하지만 여기서는
매일이 개미가 비행하는 날이었으니, 아마도 녀석들은 이 집만큼
오래전부터 이곳에 있어 온 것 같았다.

기온이 계속 오르자 아침 식사 시간이면 유럽 대륙에서
날아온 꼬리박각시가 인동덩굴과 그릇 사이를 오락가락하기
시작했다. 어느 날 저녁에는 매혹적인 구애의 춤을 추는 유령나방 네

마리를 목격하기도 했다. 수컷이 날개를 빠르게 떨면서 오르락내리락 암컷 주위를 맴도는 모습이 마치 작은 안개 덩어리처럼 보였다. 철이 지나 습지대에서 사라진 도깨비불을 충분히 대신할 만한 구경거리였다. 어두워지면 창틀 위로 제비나방, 작은까치나방, 깃털 같은 날개를 지닌 털날개나방 등 온갖 나방이 다채로운 문장紋章 전시를 펼쳤다.

　　해 질 녘에 돌아다니는 곤충들을 관찰하다 보니 곤충의 세계가 여러모로 생생하게 다가오기 시작했다. 곤충을 폭염에 관한 시나리오의 우스꽝스러운 소품으로 삼아 재미나고 우화적인 이야기를 만들기는 쉽다. 하지만 오랫동안 관찰하다 보니 곤충의 행동은 만화와 다르다는 걸 알 수 있었다. 사람들은 흔히 나방이 빛을 보거나 밀폐된 공간에 들어가면 방향 감각을 잃어버리며 어리석게도 불속에 뛰어들어 타 죽는다고 생각한다. 하지만 바깥에서는 나방도 가로등에 대해 차분하고 명상적인 경계심을 보인다. 그들 역시 더 복잡한 동물들과 마찬가지로 장소와 영역을 인식하는 것이다. 귀뚜라미는 제비와 마찬가지로 우리 집에 자리 잡겠다는 의도를 명백히 드러내며 실내로 들어왔다.

　　길버트 화이트는 귀뚜라미를 다른 어떤 곤충보다도 좋아했다. 그의 다소 지루한 원예 일지에 처음으로 상상력 넘치는 문장이 나오는 것은 집 근처 들판의 귀뚜라미를 찬미하는 대목이다.[1] 화이트에 따르면 암컷은 색이 "흐릿"하지만 수컷은 "까맣고 반짝이며 어깨에는 호박벌 같은 황금색 줄무늬가 하나 있다."

그는 귀뚜라미가 "여름에 들으면 즐거운 소리를 내기" 때문에 "더 많아지면 좋겠다"라고 생각했다. 게다가 "전혀 모르는 곳으로 끌려 나온" 귀뚜라미가 "불안감을 드러내자" 이들을 구멍에서 끌어낼 더 효과적인 방법을 생각해냈다. "나긋나긋한 풀줄기를 살며시 집어넣으면 구불구불한 구멍 안쪽까지 가 닿아서 거주자들이 바로 뛰쳐나올 것이다. 그러면 인간도 관찰 대상을 다치게 하지 않고 호기심을 충족할 수 있다."

　　오크잎말이나방 직후에 찾아온 큰녹색수풀여치는 길고 굽은 다리로 침대를 포함해 집 안 구석구석을 돌아다녔다. 하지만 검정수풀여치는 반짇고리에 들어가서 자석 조각을 살펴보는가 싶더니 그날 저녁에는 조광 스위치 위에 쪼그려 앉아 있었다. 아무래도 적당한 떨림(히피 시대를 상징하는 노래로 유명한 비치 보이즈의 〈Good Vibrations〉를 가리킨다 — 옮긴이)을 좋아하는 히피 녀석 같았다. 휴대용 도감을 찾아보니 녀석은 밤에 스타카토로 '쉿쉿' 소리를 내며 노래한다고 했다. 상황이 흥미진진하게 돌아가고 있었다.

사슴과 고양이의 조우

　　곤충과의 예상치 못한 친밀감이 나를 변화시키기 시작했다. 나는 집을 침입당한 식민지가 아니라, 모든 거주자가 만들어낸 복잡하고 살아 있는 껍질이자 등딱지로 상상했다. 물론 고양이들도 거주자에 포함되었다. 특히 블래키는 정교하고 새로운 놀이를 통해 그 분위기에 동참했다. 걸어가는 내 앞에 달려들어 자신의 부드러운 배를 간지럽히도록 유도하고 마음껏 몸부림치다 뛰어나가 몇 미터 앞에서 다시 달려드는 식이었다. 이전에 다른 고양이들에게서도 당한 적 있는 장난이었다. 단순히 신체적 쾌감을 요구하는 것이 아니라 일부러 나를 꼬드기고 내 반응을 즐기며 내가 언제까지 응해줄지 궁금해하는 듯했다. 블래키가 아니라 내가 파블로프의 실험 대상이 된 것 같았다. 다 큰 고양이도 놀 때는 어느 정도 아기 고양이로 돌아가며, 어른의 책무인 사냥 훈련만으로는 설명할 수 없는 즐거움에 빠져든다. 이는 집고양이가 '자유 시간'을 누릴 수 있기 때문에 가능한 사치이며 진정한 야생동물에겐 해당되지 않는 얘기라고 생각하기 쉽다. 하지만 자연계에서도 고양이가 다른 개체, 심지어 다른 동물종과 관능적인 경험을 나누고 즐겁게 상호 작용 하는 모습을 종종 볼 수 있다.

고양이는 일상적이고 반복적인 행동을 하거나 생물학적 유용성과는 무관한 특유의 호기심을 충족시키는 데서 명백하고 조건 없는 즐거움을 느낀다. 칠턴에서 함께 살았던 고양이 핍은 종종 대담한 놀이를 즐겼으며 탐색 과정에서 종의 장벽을 넘나들곤 했다. 한번은 핍과 사슴이 마주친 적이 있었는데, 그때 일어난 일에 비하면 사슴과 나의 대면은 소심하고 시시한 해프닝이나 마찬가지였다. 핍은 항상 후각이 민감했다. 아침마다 아무 생각 없는 것처럼 눈을 크게 뜨고 안뜰에 드러누워 있다가도 항상 똑같은 장미나무 잔가지에서부터 아침 탐사에 나서곤 했다. 어찌나 꼼꼼히

살피는지 안경을 쓴 녀석의 모습을 상상하게 될 정도였지만, 사실
핍은 전날 밤의 새로운 소식을 눈이 아니라 코로 확인하는 중이었다.
녀석은 잔가지를 따라 코를 신중하게 움직이며 자신과 다른 동물의
냄새를 해독했다. 고양이, 사람, 오소리, 여우, 때로는 새 배설물,
혹은 마지막으로 맡았을 때보다 하루 더 자란 나뭇가지 자체의
냄새……. 그러던 어느 날, 녀석이 문착 사슴의 냄새뿐만 아니라
소리까지 포착한 듯했다. 그러고 보니 몇 시간 전에 한참 때늦은 장미
가지치기를 해치우다가 풀밭 가두리를 따라 명상하듯 풀을 씹으며
나아가는 사슴을 얼핏 보긴 했었다. 핍은 사슴을 발견하자마자 포복
자세를 취하더니 사슴을 향해 기어갔다. 둘은 마주 보고 멈춰 서서
머뭇머뭇 코를 비비다가 서로의 무모함에 화들짝 놀라 떨어졌다.
그러다 다시 서로에게 다가가 코를 비볐고, 이번에는 사슴이 핍의
얼굴을 핥았다. 핍은 가만히 있었다. 어느새 이 방문에 관한 소문이
퍼져나갔는지, 몇 분 만에 동네 고양이들이 전부 나타나 외계
생명체에게 다가갔다. 차례로 눈을 휘둥그레 뜨고 사슴을 바라보다가
쿵쿵 냄새를 맡고 한쪽 발을 내밀었다. 사슴은 아무렇지도 않은 듯
장미를 씹어 먹으며 기이하게 혀를 날름대거나 고개를 끄덕이곤
했다. 가끔씩 고양이들의 관심이 너무 지나치다 싶은 순간에만
머리로 들이받는 척하거나 뒤로 성큼 물러서는 시늉을 했는데,
희한하게도 고양이들을 겁주는 효과가 엄청난 듯했다. 사슴은 며칠간
정원에 머물며 우리 집 주목 아래에서 나름대로 편히 쉬어 갔다.
사슴이 장미꽃을 되새김질하는 동안 여섯 마리쯤 되는 고양이가

나름대로 편안하게 여기저기 쪼그리고 앉아 홀딱 반한 눈빛으로 끊임없이 사슴을 바라보았다. 타락 이전의 에덴동산을 그린 르네상스 시대 회화 같은 풍경이었다.

한여름 황혼의 서막

겨울의 추위가 세상의 감각을 시들게 하듯, 이제는 더위가 세상의 감각을 강화하는 것 같았다. 계곡 안에서는 1,600킬로미터쯤 남쪽으로 이동한 것처럼 생소한 냄새가 피어올랐다. 산울타리를 따라 희미한 들장미 향기가 풍겼다. 가시금작화 덤불이 짙은 코코넛 나무 향을 뿜었다. 이탄 먼지 대신, 지난 10월 집 안의 목재가 발산하던 기운과 비슷한 원초적 수증기가 공중을 맴돌았다. 하지만 이런 작용에는 유쾌한 감각과 불쾌한 감각의 구분이 없었기에, 디스의 가금 사육장에서 나오는 살균제와 성장 지연제의 악취도 가라앉은 저녁 공기 속에서 유난히 역하게 느껴졌다.

새롭고 인상적인 소리들도 있었다. 도로에서는 부글부글 끓어오른 아스팔트 거품이 뽁 하고 입술 부딪는 소리를 내며 터졌다. 어릴 적 이후로 처음 듣는 소리였다. 링을 걸으면 발밑에서 오크모스(참나무숲과 토양에 붙어 사는 이끼류 식물 — 옮긴이)가 파삭파삭 부서졌다. 6월의 어느 무더운 저녁, 폴리와 나는 한여름 해질 녘에 쏙쏙거리며 우는 쏙독새를 찾아 서쪽으로 향했다. 예전에 쏙독새가 가장 많이 나타났다는 네티셜 히스(키 작은 헤더와 풀밭이 펼쳐진 가운데 여기저기 소나무가 흩어져 있었다)로 가봤지만 한 마리도

찾지 못했다. 쏙독새 소리를 듣기에 딱 좋은 곳 같았고 헤더 속에
숨어 있던 칡부엉이도 발견했지만, 정작 쏙독새는 없었다.

그래서 우리는 한 달 후 차를 몰고 브레클랜드로 갔다.
희한하게도 때마침 새들이 황야를 떠나 임업용 조림지의 벌채 완료
구역에 머물고 있었다. 어찌 보면 새들의 의식 깊이 암호화된 기억이
깨어난 것인지도 모르겠다. 브레클랜드는 역사의 대부분에 걸쳐
자연림을 한시적으로 벌채한 땅들로 이루어져왔으니까. 우리는 샌턴
다운햄 Santon Downham (1668년에 모래 폭풍으로 반쯤 파묻혔다고 해서
붙여진 이름이다) 강가에서 피크닉을 즐기며 임업 노동자들의 집 위로
날아가는 칼새들을 바라보았다. 쏙독새는 보통 해가 지고 45분쯤
지나서 노래하기 시작하는데, 처음부터 끝까지 제대로 들으려면
자리를 잡을 시간이 10분밖에 없었다. 우리는 1.6킬로미터쯤 차를
몰고 테트퍼드숲으로 들어가서 적당해 보이는 벌채지에 멈춰섰다.
어린 묘목과 나이든 소나무로 에워싸인 약 4,000제곱킬로미터의
공터였다. 고사리가 어깨 높이까지 빽빽이 자라 있었지만, 조금만 더
가면 듬성해질 거라고 생각해서 비틀대며 비집고 들어갔다. 잘못된
생각이었다. 한 시간 반이 지나고서도 우리는 여전히 바깥세상은커녕
서로가 보이지 않을 만큼 울창한 고사리 정글을 헤쳐 나가고 있었다.
하지만 돌아가기에는 늦었다. 이미 쏙독새 애호가라면 잘 아는
한여름 황혼의 서막이 시작되고 있었다.

빛이 희미해지자 '광시증'으로 알려진 반짝이는 순간적
신기루가 아직 어둠에 적응되지 않은 우리의 눈을 현혹한다.

왼쪽에서 통나무처럼 땅딸막한 멧도요가 나타나더니 힘겹게 날아올라 자기 영역을 맴돈다. 발정기 수컷 특유의 동작인 로딩roding이다. 멧도요가 도무지 의사소통처럼 들리지 않는 파충류 비슷한 소리를 배 속에서 끌어내자, 수백 미터 떨어진 곳에서 노루 한 마리가 짖어댄다. 고사리 덤불 속은 숨이 막힐 듯 답답하다. 머리카락 사이로 나방이 날아다니는 것만 같다. 그때 소리가 들려온다. 저 멀리서 몇 바퀴 돌기 시작하는 엔진처럼 미세하지만 뚜렷이 구분되는 소리다. 소리가 커지더니 끊임없이 움직이는 제동기 소음으로 변한다. 적어도 100미터쯤 떨어져 있는 쏙독새 울음소리가 허공을 가득 채운다. 우리는 다시 고사리를 헤치며 더 가까이 다가가 보려고 한다.

쏙독새의 노래

쏙독새 소리는 최면처럼 세상의 모든 소리를 차단한다. 새가 고개를 좌우로 돌리며 폐를 채우고 비움에 따라 울음소리가 커졌다가 작아진다. 새가 있는 나무에 가까이 다가가자 갑자기 노래가 멈춘다. 플러그를 뽑아버린 것처럼 돌연하고 오싹한 침묵이 이어진다. 새는 두 날개를 치켜들고 나무 바깥쪽을 내다보더니 고사리 위로 날아오른다. 또 한 마리가 뒤따르는데, 수컷 특유의 흰색 날개와 꼬리 반점이 눈에 들어온다. 두 마리 새는 소나무 묘목 사이 어딘가로 사라진다. 우리는 다시 기다린다. 어느새 사방이 깜깜해져간다. 북쪽 멀리서 또 다른 쏙독새가 울기 시작한다.

머릿속에서 들려오는 환청처럼 희미하게 드문드문 이어지는 노래다. 그때 갑자기 앞서의 쏙독새가 돌아온다. 앞쪽으로 몇 그루 떨어진 나무에 앉더니 엄청나게 웅장하고 고풍스러운 울음소리를 낸다. 2, 3분 동안 소나무 사이의 어둠 속에서 노래가 울려 퍼진다.

쏙독새는 왜 우는 걸까? 나이팅게일의 노래만큼 복잡하고 즉흥적이며 의심할 여지없이 '음악적인' 쏙독새의 노래를 들으면 이 새가 스스로의 공연을 즐긴다고 믿어버리기 쉽다. 하지만 쏙독새의 원초적인 으르렁거림은 왠지 외계적이고 지극히 고색창연하며, 유기적 형태는 미처 갖추지 못했지만 이미 과도하고 아찔하게 화려한 기계장치의 진동처럼 들린다. "나 여기 있어. 넌 어디 있니?"는 모든 새소리가 공통적으로 드러내는 정체성 표현이지만, 그 소리는 800미터 떨어진 어리석은 인간의 귀에도 들려온다. 쏙독새는 또 무슨 말을 하려는 걸까? 북쪽의 쏙독새에게 "좀 떨어져 있어 줄래?" 혹은 자기 짝에게 "나 아직 근무 중이야"라고 전하는 걸까? 아니면 오늘 저녁따라 신나거나 배고프거나 기분이 뒤숭숭하다고? 하지만 정확한 메시지를 찾으려는 건 잘못일 수 있다. 심지어 일부 과학자들도 새소리가 어느 정도는 순수한 감정의 폭발이자 생명력의 분출일 뿐이며 지시적 의미는 전혀 없을지 모른다는 의견이다. 이 경우 새소리는 사실상 언어보다도 음악에 가깝다고 하겠다.

새소리는 개체의 표현인 한편 사회적 소통이기도 하다. 새소리에 귀 기울이는 사람들은 한 마리 한 마리의 지저귐을 구별할 수 있다고 말한다. 다른 동물도 그럴 수 있을까? 이 압도적인 소리의 폭격이 귀가 예민한 노루에게는 어떤 의미일까? 소리를 거의 못 듣는 멧도요에게는 또 어떤 의미일까? 둥지에 있는 지빠귀들은 쏙독새 소리를 거슬려 할까? 쏙독새를 비롯한 이곳의 모든 생물이 하나의 악단을 이루어 각자의 고유한 영역 지도를 만들고 있는 걸까? 루이스 토머스는 일찍이 지구라는 '대합주단'에 관해 쓴 적이 있다.

> 예를 들어 귀뚜라미나 지렁이가 연주하는 파트 자체는 딱히 음악처럼 들리지 않을 수도 있지만, 그럼에도 우리는 어떻게든 그들의 소리를 듣는다. 만약 우리가 그 모든 소리가 조율된 거대한 합주를 들을 수 있다면, 특유의 대위법, 음조와 음색과 화음의 균형, 울림을 인식할 수 있으리라. (…) 그 합주는 우리 인간들을 초라하게 만들 것이다.[2]

항해

나는 마침내 '화이트 보트'라는 이름의 멋진 배에 올라 브로드 항해를 시작했다. 당연히 만사가 계획대로 진행되지는 않았다. 우리가 항해를 떠나기로 한 그 여름날에는 강풍이 불었다. 배가 자꾸만 바람에 도로 밀려와서, 폴리가 언니인 클레어와 함께 정박된 배를 끌어내는 데만 두 시간이 걸렸다. 나는 배에 관해 전혀 모른다는 걸 스스로 너무도 잘 알았기에 참견하지 않고 가만히 있었다. 문득 배를 타는 여성들에 관한 G. 크리스토퍼 데이비스의

글이 떠올랐다.[3] 데이비스는 19세기 후반에 거의 혼자서 브로드를
널리 알린 인물로, 그의 저서『노퍽과 서퍽의 강과 브로드 안내서』
재판에는 책을 보고 찾아온 관광객들이 엄수해야 할 예의범절을
실어야 할 정도였다. 그는 이렇게 호소하곤 했다. "여성분들, 제발
꽃이나 열매, 풀을 한 아름씩 꺾어 오지 마세요. 시들어버리면 불쌍한
선장이 치우도록 보트나 요트에 놔두고 갈 거잖아요. 관광 철이든
아니든 피아노는 두드리지 마시고(브로드에서는 갈대지빠귀가 유난히
감미롭게 우니까요), 다른 요트가 가까이 있으면 아침 8시 전에는
밖에 나가지 마세요." 두 팔을 쓸어대고 내리치는 밧줄을 한 아름
껴안고서 게릴라 전사처럼 고군분투하며 배를 끌어내는 폴리와
클레어의 모습을 데이비스에게 보여줄 수 있었다면 좋으련만.
　　　　하지만 우리는 결국 정박지를 빠져나와 마치 물속에서
인생을 마감하려고 작정한 사람들처럼 배를 몰았다. 나는 방향타를
잡아도 된다는 허락을 받았고, 배를 뒤집거나 그 밖의 바보짓을
저지르지 않고서 꼬박 5분을 버텨냈다. 방향타와 아딧줄을 최대한
가볍게 붙잡고 기울어진 돛과 물에 짓눌린 방향타가 이루는 방정식의
구조를 느껴보려 했다. 눈이 세 개쯤 있었으면 얼마나 좋을까.
한 눈으로 물을 보고, 다른 눈으로는 풍향을 알려주는 돛대머리
깃발을 보고, 마지막 눈으로 갈대밭 너머를 살필 수 있게 말이다.
갈대 사이로 산불이 피어오르고 있었다. 연기 기둥 주변을 맴돌며
피난처를 찾는 개구리매 한 마리가 우리와 같은 방향으로 움직이는
중이었다. 문득 나는 근거도 없는 자신감에 차서 이면각 날개와

돛을 일직선으로 맞추려고 했다. 바람을 거슬러 움직이는 기적적인
장면을 연출하고 싶었던 것이다. 그러자 개구리매가 갑자기 방향을
90도로 확 꺾어 날아갔다. 그것까지 따라 하려고 시도했다면 배가
뒤집어졌겠지만, 나는 내 한계를 알고 있었다. 물론 한계란 변화할 수
있는 것이긴 하다. 하지만 그때 마음속에 하나의 문장이 떠올랐다.
점괘 과자를 쪼개면 나오는 개똥철학 수준일지언정 작년에 내가
깨달은 바를 어느 정도 포착한 문장이었다. "바람 속에서 두 장소
사이를 일직선으로 이동할 수는 없다."[4]

생존 희극과 놀이

나 자신의 감각이 얼마나 바뀌었는지 생각해본다. 2년
전에는 러시아 정교회의 베이스 독창이 귓가에 맴돌았는데, 이제는
쏙독새 울음소리와 갈대지빠귀의 은밀한 재잘거림이 들려온다.
폭염에 따른 감각의 소용돌이, 황혼 녘 박쥐의 날갯짓과 마른
풀 냄새, 꿀벌난초의 부드러운 광택. 야간 시력과 후각은 물론
무엇보다도 주의력이 가장 예민해졌다. 이곳 생태계에 속한 다른
유기체들의 주의력은 어떨까? 그들의 주의력이 정말로 감각상의
모든 쓸모없는 '백색 소음'을 구분하고 제거할 수 있을까?
박쥐나방은 불에 탄 이탄 냄새와 먹이 식물의 냄새를 '식별'할까?
호박벌은 벌꿀난초를 알아보고 사전에 설계된 대로 이 식물과의
관계를 수행할 수 있을까? 빽빽 소리치는 칼새들은 휴대전화 울리는
소리와 하루 종일 쌩하고 오가는 오토바이 굉음을 어떻게 인식할까?

서로 다른 유기체의 교류는 대체로 우연에 가깝고 대가 없이 임의로 일어나는 것처럼 보인다. 어느 늦은 여름밤, 집 옆의 큰 호숫가에서 빈둥거리는데 작고 하얀 백로 한 마리가 날아왔다. 날갯짓이 왜가리보다는 원숭이올빼미를 닮아 있었다. 여기 사는 새들이 백로를 본 적이 있을지 의심스러웠는데, 실제로 쇠물닭에서 회색기러기까지 모두가 비명을 지르며 달려들어 쪼아대는 바람에 백로는 호수 건너편 나무 위로 쫓겨 갔다. 하지만 다음 날 호숫가로 돌아가 보니 새들은 진정된 상태였다. 백로는 댕기물떼새 500여 마리와 함께 스카프처럼 나풀나풀 날아다니며 그들의 칼 같은 군무 가운데서 모든 움직임을 흉내 내고 있었다. 날갯짓 박자를 정확히 맞추고, 땅에 내려앉기 전에 몸을 젖히는 동작까지 그대로 따라 했다. 위로가 필요했을까? 친구를 원했던 걸까? 아니면 그냥 햇볕을 쬐러 놀러 온 걸까? 때로는 우리 인간을 포함해 자연계 전체가 그저 놀이 중인 것처럼 느껴지기도 한다.

베트남전쟁 막바지였던 1974년, 미국 영문학과 교수 조지프 미커는 당시로서는 특이하게도 문학 비평에 동물 행동학을 도입한 저서 『생존 희극』을 썼다.[5] 이 책의 주제는 저자가 세상을 인식하는 관점이자 생존 전략으로서 '희극적 방식'의 가치다. 미커는 희극이 항상 유쾌한 것은 아니지만 비극의 특성인 추상적 윤리에의 전념, 권력투쟁, 필연적 재난과는 극명하게 대조된다는 점을 지적한다. 미커의 표현을 빌리면 자연계의 작동은 본래 희극적이다. 지구력과 생존, 화해가 가장 중요하다. 진화 자체는,

272

가능한 한 많은 생명체의 증식과 보존을 목표로 하는 파렴치하고 기회주의적인 희극의 형태로 진행된다. 이 게임에서 성공하려면 적이나 경쟁자를 해치는 것보다도 힘들고 위험한 시기에 살아남고 번식하는 것이 중요하다. 인간을 포함해 모든 참가자가 따라야 할 기본 규칙은 희극 문학의 규칙과 동일하다. 유기체는 모든 수단을 동원해 주어진 환경에 적응하고, 흑백논리에 따른 선택을 피해야 한다. 죽음보다 나은 대안을 모색하고, 다양성을 최대한 받아들이고 향유하며, 출생과 환경이라는 우연적 한계에 유연하게 대처하고, 경쟁보다 협력을 우선시하되 필요할 때는 제대로 경쟁해야 한다. (…) 희극은 생태적 지혜가 담긴 생존 전략이며, 희극적 방식에 따라 살아가는 여러 다른 동물들 사이에서 우리의 자리를 지키는 최상의 지침이 될 수 있다.

놀이는 희극적 방식의 궁극적 표현이자, 상대적으로 복잡한 거의 모든 동물에게서 나타나는 현상이다(여기에는 인간이 예술이라고 부르는 것도 포함된다). 놀이의 열광적인 무목적성이야말로 살아간다는 것의 핵심에 가까워 보인다. 창의적 과정을 만드는 자발성, 상상력, 놀라움을 엄격하게 차단하는 목표 관리는 현대의 강령이자 놀이와 상반되는 개념이다. 그러니 규칙에 따른 놀이 윤리라는 개념은 모순적으로 들릴지 모른다. 하지만 미커는 모든 생물을 위한 놀이 권리장전을 제안한다. 물론 이 권리장전에는 부가 조항과 타협, 그리고 일상적인 개정이 필요하다.

모든 참가자는 평등하거나 평등해질 수 있다.

경계를 확인하려면 경계를 넘어야 한다.

반복보다 참신함이 더 재미있다.

규칙은 매 순간 협상될 수 있다.

놀이에 따르는 위험은 감수할 가치가 있다.

최고의 놀이는 아름답고도 우아하다.

놀이의 목적은 다른 것이 아니라 놀이 그 자체다.

6장   야생성의 회복

야생wildness 그대로 두는 것이 세상을 지키는 길이다.

헨리 소로, 『걷기와 야생』, 1851

야성적인 사람wild thing, 그대는 내 마음을 노래하게 해요.

레그 프레슬리, 로큰롤 밴드 트로그스의 멤버, 1965

9월 초, 첫비가 내렸다. 그 짧은 이슬비로 인해 모든 것이 달라졌다. 제비들은 또다시 인간이 알 수 없는 무언의 강령에 따라 마지막 낳은 알을 포기하기로 결정했고, 거의 하룻밤 만에 일제히 떠나버렸다. 여행자들과 그들의 말도 떠나가자 공유지는 한동안 허전해 보였다. 하지만 풀 뜯는 짐승들이 사라진 페어그린에는 신기하게도 아무도 가꾸지 않은 화단이 생겨났다. 커다란 요정의 고리 같은 풀밭을 에워싸고 꽃들이 층층이 피어난 것이다. 원 안쪽에는 새하얀 서양톱풀이 피었고, 바깥쪽에는 분홍색 서양톱풀과 철 늦은 노란색 솔나물이 어우러져 솜사탕처럼 화사한 빛깔을 띠었다.

150년 전 페어그린은 이스트 앵글리아에서도 가장 다채로운 장터가 서는 마을이었다. 양 1,000마리, 조랑말 떼, 레슬링 선수들, 기계 모형 전시회, 날로 먹는 청어, 해변 바위, 말술과 폭음이 있었다. 어찌나 난장판이 벌어졌는지 결국 1872년에 내무 장관이 장터 폐쇄 명령을 내렸다고 한다. 지금은 웨이브니 지역의 대안 문화적 가을 축제인 그린피스 장터가 그 정신을 (덜 무질서하게) 이어가고 있다. 그해 장날은 마침 철새들의 대이동 다음 날이었기에, 우리 모두 장터를 찾아가 추수감사절 분위기를 느끼고 왔다. 이스트 앵글리아 출신 레게 밴드의 연주와 꽤 괜찮은 플라멩코 춤 공연이 있었다. 무대에서 사용하는 전력은 자전거 구동 발전기에서 나왔는데, 그린개더링(영국 유수의 생태 및 환경 축제 — 옮긴이)의 6인승 대형 차량만큼 위풍당당하진 않았지만 지칠 줄 모르고 페달을 밟는 자원봉사자들이 인상적이었다.

경제적으로 어려운 젊은이들이 직접 만든 장신구와
타이완산 티셔츠를 팔았고, 자신의 소장품으로 보이는 물건들을
잔디밭에 펼쳐놓기도 했다. 낡은 수건걸이, 녹슨 정원 도구,
찢어진 원피스,《에콜로지스트》에서 포르노에 이르는 과월호
잡지 등이었다. 명실상부한 대안 문화인들의 벼룩시장이었다.
우리는 취사장 천막에서 타이 커리를 먹고, 자기 집 뜰에 배나무가
있다는 점잖은 여성에게서 작고 옅은 색의 노픽 고유종 로빈 배를
한 바구니 샀다. 폴리는 비장의 기술을 발휘해 (만취 상태로 서펙
삼바에 맞춰 춤추다 쓰러진) 어느 남자를 소생시켜달라는 요청을
받았다. 나는 곤충 튀김용 기계를 판매하는 상인들과 논쟁을
벌이며 '온생명위원회'에서는 말벌이나 고래나 동등한 존재라고
우겨댔지만, 그들은 정신 차리라며 코웃음 칠 뿐이었다. 모든 것이
정신없이 흥겨웠고, 나는 자전거 구동 발전기의 귀가 먹먹하도록
시끄러운 소음 속에서 배를 먹으며 날마다 이렇게 살 수는 없을지
생각해보았다. 완전히 허황된 몽상은 아니었다. 내년에는 나도
가판대를 차리고 안 읽는 책들을 쿠스쿠스나 재활용 티셔츠와
맞바꾸면 어떨지 진지하게 고민했으니까.

자두잼을 만들고 야성적인 빵을 굽다

습기는 금세 사라지고 인디언 서머가 시작되었다. 습지대
산울타리에 홉 열매가 주렁주렁 열렸다. 넘쳐나는 나무 열매는
올겨울이 혹독할 것이라는 징조로 여겨졌다. 찬란했던 지난여름의

대가를 치러야 마땅하다는 영국인 특유의 마조히즘 성향 때문이었다.
덜 비관적인 해석은 가뭄으로 스트레스를 받은 나무가 남은 힘을
모조리 쏟아 자손을 남기려 했다는 것이었다(하지만 내 친구 수
클리퍼드가 말했듯이, 생물학적으로는 식물이 전혀 스트레스를 받지 않고
완벽한 성장 조건을 누릴 때 가장 풍성한 결실을 맺어야 마땅하다).

나는 다시 채취를 시작했다. 실은 지난봄에 첫 갈대 싹이
돋았을 때부터였다. 미국의 야생식물에 관해 읽었던 내용을 더듬어
갈대 싹 하나를 뽑고 하얀 속살을 한입 물어뜯었다(알고 보니 잘못된
기억이었다. 줄기를 꺾어서 흘러나오는 수액을 마셨어야 했다). 상큼한
레몬 향과 향기풀처럼 달콤한 맛이 놀라웠다. 1930년대에 과일
미식가 에드워드 번야드가 말한 '이동 중의 군것질'에 딱 맞는
식물로, 채취하기가 까다로워서 많이 먹기는 어렵겠지만 가끔 특이한
간식으로 먹기에는 딱 좋다. 얼마 지나지 않아 나는 30년 전에 그랬듯
뭐든 일단 씹어보기 시작했다. 습지대의 선물인 홉 새싹을 처음에는
날로 먹어보고(털이 좀 많았다), 그다음에는 오믈렛으로 조리해
먹었다(견과류처럼 고소하지만 질겼다). 주유소 옆의 버려진 땅에서는
나도냉이 군락을 발견했는데, 잎을 따서 씹어보니 제철이 지나서
가죽처럼 뻣뻣하고 씁쓸했다. 그다음에 먹어본 노란 꽃봉오리는
매콤한 브로콜리 같은 맛이 났다. 어느새 나는 경작지 가두리에서
유채꽃 봉오리를 따고, 자주광대나물에서 컴프리에 이르기까지 독이
없는 모든 식물의 꽃대를 먹게 되었다. 한여름에는 뭐니 뭐니 해도
오렌지색으로 반짝이는 꽃무더기 속에 기울어진 햇빛이 비껴드는

　　　　　　　6장　야생성의 회복

저녁나절 목초지에서 수영 잎을 따는 것이 가장 즐거웠다. 수영 잎은
요구르트에 넣어 미묘한 녹색 수프를 만들어 먹었다. 늦여름에는
노픽 크랜베리를 따러 크랜베리 러프의 외진 늪가까지 갔다가
빈손으로 돌아오던 중 산울타리에서 야생 배나무를 발견했다.
높이가 12미터에 둘레는 4미터에 육박하는 거목으로, 나뭇가지
아래에 장터에서 샀던 작은 로빈 배가 적갈색으로 무르익어 있었다.
나는 그 자리에서 배를 4.5킬로그램이나 땄다. 예상치 못한 뜻밖의
수확이었다.

　　　　하지만 완벽한 한가을 날씨가 찾아오고 나니 그해가
의심할 여지없는 자두의 해임이 밝혀졌다. 폴리와 나는 한때 소규모
자작농이 운영하는 과수원의 경계였을 법한 산울타리를 찾아냈다.
산울타리에는 잘 익은 댐슨자두부터 가시자두까지 온갖 종류의
야생 자두가 열려 있었다. 어찌나 탱글탱글 무르익었는지 가지에서
딸 필요도 없이 손만 갖다 대면 굴러떨어지는 자두도 있었다. 덤불
속으로 떨어져 잔가지에 꽂힌 자두들이 알록달록한 과일 사탕처럼
보였다.

　　　　재배종 자두는 유럽의 작은 가시자두를 중동에서 온
가자나무와 교배한 데서 비롯되었다. 그래서 다마스크Damask자두로
불리다가 결국은 댐슨damson자두가 된 것이다. 17세기 자두 변종의
이름은 구약성서의 『아가』에 나오는 과일들처럼 들린다. 그레이트
다마스크 바이올렛, 포더링엄, 퍼디그론, 클로스 오브 골드. 나는 존
에벌린이 가장 좋아했던 다크 프리모디얼 자두를 기르고 싶었다. [1]

새벽녘에 내린 서리 같은 꽃과 달걀처럼 매끄러운 열매를 보면 달걀 컵에 담아 숟가락으로 떠먹고 싶어졌다. 하지만 그 대신 우리가 직접 딴 야생 자두로 지젤 트롱슈(1970년대 프랑스에서 활동한 요리 연구가 ― 옮긴이)의 요리법에 따라 진한 잼을 만들었다.

트롱슈는 댐슨자두와 그 밖의 산울타리 열매에 비장의 무기인 쿠민 씨를 섞으면 "먹음직스럽고 건강하고 거무스름하며 펑키한 색"을 띠는 "블랙유머"잼이 된다고 설명한다. 색깔도 맛도 강렬하고 야성적이라서 에벌린도 좋아했을 법하다. 브레클랜드에 숲을 조성하자고 주장했던 17세기의 왕당파 일기 작가 에벌린은 놀랍게도 열렬한 과일 및 채소 애호가이기도 했다. 유머러스한 저서 『샐러드에 관한 담론』을 보면 그가 복음주의 채식주의자이자 동물권 지지자였음을 알 수 있다. 창세기를 멋지게 재해석한 이 책에서 에벌린은 인간이 타락한 건 나무 열매를 따먹어서가 아니라 따먹지 않아서라고 주장한다. "황금시대의 식물 공급은 모든 장소와 시간과 개인에 적합했으며, 인간이 태초의 상태로 회복된다면 식물 또한 그 시절로 돌아갈 것이다."

내가 만드는 빵도 확실히 야성적으로 변해갔다. 매주 의식처럼 빵을 굽는 폴리의 영향으로 나도 봄부터 직접 빵을 굽기 시작했다. 나는 반죽을 치대는 폴리를 바라보는 게 좋았다. 손끝 하나하나가 본능적으로 단호하고 리드미컬하게 움직였다. 당연히 섹시하기도 했지만, 노련한 솜씨를 보여주는 사람은 항상 매력적이게 마련이다. 그러다 보니 나도 빵을 반죽해보고 싶어졌다. 나는 반죽을

들여다보고 귀 기울이며 손가락을 찔러 넣어 적당한 상태인지
확인해보았다. 1857년에 일라이자 액턴이 쓴 요리책도 읽었다.
"따뜻한 물을 붓고 발효된 부분을 중심으로 밀가루를 살살 섞는다.
반죽 전체가 매끄럽고 따스하고 부드러우며 탄력성 있는 덩어리로
변할 때까지, 기분 좋은 고양이처럼 느긋하게 양손을 내밀며 계속
양옆에서 가운데로 치대어간다." 나는 그제야 요령을 이해할 수
있었다. 고양이를 유아차에 태우기 시작했을 때부터 익히 보아온
동작이었으니까.

　　　　어떻게 해야 하는지 감을 잡으면서 효모 포장 뒷면의
지침을 따르지 않게 되었다. 나름대로 건강을 염려하는 마음에서
밀가루를 넣지 않은 빵을 만들기 시작했다. 완전히 망칠 때도 있었다.
메밀 반죽은 이스트를 넣어도 진흙 같아서 치대기가 어려웠고,
이스트를 안 넣으면 곰팡이 냄새가 나는 퍼석퍼석한 빵이 구워졌다.
기장과 옥수수를 넣은 빵, 귀리만 넣은 빵, 그리고 이 세 가지를 섞은
빵도 시도해보았다. 낯선 색과 신기한 질감의 빵이 만들어졌지만
역시 맷돌로 갈아 만든 밀가루 빵만큼 튼실하진 않았다. 빵에 견과류
가루를 넣기 시작하면서부터 성공의 조짐이 보였다. 처음에는 밤
가루에 물을 타서, 그다음에는 아몬드와 헤이즐넛을 믹서로 갈아서
빵을 구워보았다. 하지만 진짜 성공작은 피칸 가루와 밀가루를
섞어 만든 빵이었다. 견과류에서 나온 기름이 빵 바깥쪽을 감싸
비스킷처럼 바삭바삭하고 향긋한 크러스트가 생겼다. 앞으로
축제일에는 이 특제 빵을 구워야겠다고 생각했다. 하지만 이듬해에는

신석기 시대로 돌아가 이 지역 최초의 주민들이 겨우내 먹었던
이스트를 넣지 않은 딱딱한 잡초 씨앗 빵을 만들어보기로 했다.

∴

십 대 시절부터 미국에 가는 게 꿈이었다. 이유는 잘
모르겠다. 반평생 미국 음악을 듣고 로드무비를 보고 서부 사막에
관한 책을 읽다 보니 미국의 가장 지저분한 부분조차도 비딱하게
매력적인 이미지로 다가왔던 것 같다. 간이식당에서 식사를 하고
노란 택시로 미국을 여행하는 내 모습을 동화책 속 한 장면처럼
항상 마음 한구석에 그려보곤 했다. 하지만 실제로는 한 번도 미국에
가보지 못했다. 두세 번 기회가 있긴 했지만, 장거리 여행과 '내가
전혀 모르는 곳'에 대한 비합리적인 두려움으로 매번 포기했었다.
소심함과 불안으로 가득했던, 도저히 벗어날 수 없을 것 같았던 어린
시절의 후유증이었다. 하지만 이제는 그 시절을 극복했으니 미국에
가보는 것이 나 자신에 대한 도전이자 날아오르기 위한 마지막
시험대처럼 느껴졌다. 용기를 내어 여행을 떠날 적당한 구실도
있었다. 극한의 자연을 들여다보고 진정한 야생을 조금이나마 맛보고
싶었다. 나아가 미국이 어떻게 침략적 정치를 펼치면서도 국토
전체가 철저히 관리되어야 한다는 영국식 신조를 그대로 수용하지
않을 수 있었는지 알아보고 싶었다. 미국에서는 자연이 진지하게
받아들여진다. 애니 딜러드와 게리 스나이더는 퓰리처상을 받지
않았는가. 나도 그들의 모태를 직접 체험하고 싶었다.

6장 야생성의 회복

뉴욕에서 폴리와 나는 앨곤퀸 호텔에 머물며 오대륙 음식을
골고루 맛보았다. 일요일은 센트럴파크의 활기찬 아수라장 속에서
보냈다. 폴리는 스케이트를 탔고, 나는 프리스비를 던지는 사람들
위를 날아 숲속으로 미끄러져 가는 수리부엉이를 바라보았다. 도시를
떠나 남쪽으로 달리는 기차에서는 철로와 아파트 사이로 펼쳐진 도심
평원이 훤히 내다보였다. 붉나무 덤불의 선홍빛 단풍잎으로 환해진
널따란 갈대늪과 뉴어크 조선소 기둥 아래 웅크린 백로들도 눈에
들어왔다. 갑자기 이 모두가 전혀 모르는 풍경이 아니라 희한하게
친근한 느낌으로 다가왔다.

우리는 체서피크만으로 향하고 있었다. 뉴저지에서 어린
시절을 보낸 폴리는 옛 친구들을 만나기로 했고, 나는 강연을 할
예정이었다. 숙소 주인의 아들은 농부였는데, 농지 절반에는 가스
생산에 쓰일 대두를 재배하고 나머지 절반은 연방 보존 프로그램에
따라 초원으로 변하도록 방치해두었다. 우리는 농장을 산책했다.
평탄하고 습하며 드문드문 숲이 우거진 땅과 잘 보존된 자연을
보니 여러모로 이스트 앵글리아 생각이 났다. 우리는 덩굴옻나무의
위험성을 배우고 사사프라스 뿌리 냄새를 맡았으며, 호박색
스테인드글라스 조각 같은 제왕나비가 콩밭 위로 날아다니는 것을
보았다. 머리 위로는 날개가 검고 흰 새들이 V 자를 이루며 새파란
하늘 높이 날아갔다. 처음에는 무슨 새인지 알아볼 수 없었다. 고향
생각에 혹시 두루미인가 했지만, 문득 남쪽으로 가는 여정의 중간
지점에 이른 흰기러기임을 깨달았다. 4,800킬로미터를 날아온

후에도 여전히 특유의 울음소리를 내고 있었으니까.

메릴랜드주에서는 한동안 민박에 묵었다. 식민지 시대 사람들이 살았던(혹은 꿈꿨던) 저택을 이상적으로 재현한 3층짜리 집이었다. 벽지는 손으로 직접 그린 것이었다. 천장 테두리 장식은 알람브라궁전 천장의 일부를 본떠서 만들었다. 객실에는 강변 유람선에서나 볼 수 있는 묵직한 가구들이 놓여 있었다. 그야말로 아메리칸 고딕 스타일이었기에, 아침에 일어나 침실 창문에 날개를 드리운 터키콘도르를 보았을 때도 그리 놀라진 않았다. 집 밖으로 나오자 곳곳에 터키콘도르가 보였다. 관상용 침엽수에 허수아비처럼 매달려 있거나 잔디밭에서 분주하게 먹이를 찾고 있었다. 복원가인 집주인은 우리가 터키콘도르 얘기를 꺼내자 손사래를 쳤다. "그놈들은 항상 핼러윈 즈음에 와요. 그놈들이 이곳 분위기를 망친다니까요. 남편은 지붕에 테니스공을 던져서 그놈들을 쫓아내죠." 터키콘도르가 단열재를 뜯어 먹고 악취를 남기는 건 사실인 듯했지만, 그래도 이 새는 우리가 미국에서 본 가장 야생에 가까운 존재였다.

하지만 진짜 야생을 보려면 아이러니하게도 자동차로 이동해야 했다. 나는 지도에서 (버지니아주의) 노픽과 서픽 중간쯤에 있는 그레이트 디스말 스웜프Great Dismal Swamp('거대하고 황량한 늪'이라는 뜻 — 옮긴이)라는 지명을 발견했는데, 우리가 습지대에서 왔다는 걸 생각하면 놓치기 아까운 농담처럼 보였다. 그래서 우리는 차를 빌려 남쪽으로 떠났다. 내게는 문화 충격으로 남은 여정이었다.

미국 땅이 얼마나 넓은지, 미국의 도로가 얼마나 독립적이고
자급자족적인 서식지인지 나는 전혀 몰랐으니까. 일단 도로에
들어서면 목적지에 도착하기 전까지는 나갈 수가 없었다. 산책하거나
잠잘 곳을 찾으려고 우회해봤자 소용없었다. 도로변 땅은 건물로
가로막히거나 울타리가 쳐 있었고, 저녁 6시만 되면 온 마을이
깜깜해졌다. 일정이 며칠밖에 남지 않은 상황에서 남쪽 늪으로의
긴 여정은 비현실적이라는 사실이 명확해졌다. 우리는 늪 구경을
포기하고 서쪽의 애팔래치아산맥을 향해 66번 국도를 달렸다.

　　　우리가 산기슭에 도착한 날은 핼러윈이었다. 침례교
예배당과 밤비 조각상이 있는 공원 주위로 가짜 시체 애호가들의
놀라운 수집품이 펼쳐졌다. 말뚝 박힌 해골, 맞춤 제작 묘비,
비닐봉지로 만든 유령, 마법사의 동굴처럼 불을 밝힌 집들…….
그날은 마침 남부 특유의 폭염이 시작된 날이기도 했다. 모두가
베란다에 나와 있었다. 벼룩시장은 그린피스 장터와 비슷한
분위기였지만 장물인 기드온 성경이 수십 센트에 팔리고 있었다.
우리는 가능한 한 한적한 도로를 따라 이동했고, 해 질 녘에 수면
위 높이가 30센티미터도 안 되는 다리로 셰넌도어강을 건넜다.
강가에서는 날아가는 박쥐 떼 아래 젊은이 한 쌍이 자동차 타이어를
씻고 있었다. 플레전트 밸리에서는 남자들이 장작더미를 쌓아
올리고, '마운틴 맨 박제상剝'의 데인이 알팔파 씨앗이 담긴 병 옆에
새로 찍은 4도 인쇄 소책자를 놓아두고 있었다. "줄무늬 눈알을
박아 넣은 사슴 머리 장식. 입을 벌리길 원하면 75달러 추가."

하지만 우리는 그 지역의 숲으로 들어가는 길은 찾을 수 없었다.
'개인 소유지'이므로 사냥을 금지한다는 안내문이 가로수마다
나붙은 길들을 제외하고는, 아주 좁은 오솔길 양옆으로도 집들이
늘어서 있었다. 국유림 깊은 곳에도 물막이 판자로 짓고 페인트칠한
우체통과 위성방송 안테나가 하나씩 딸린 여름 별장이 길게 늘어서
있었다. 어느덧 도로가 이 시대의 새로운 변경 지대처럼 느껴지기
시작했다. 소유권을 주장하든, 물건을 내다 팔든, 깃발을 휘날리든,
원하는 건 뭐든 할 수 있었지만, 다른 사람들이 지나가게 할 수는
없었다.

야생 지대는 존재하는가

저녁이면 미국의 자연을 다룬 책, 미국 문화에서 자연의
신비롭고도 유동적인 위치에 관해 쓴 책을 찾아 훑어보았다.[2] 미국의
대자연은 자유롭게 태어난 국가의 상징이자 소중히 여겨야 할
보물이며, 한편으로는 개척자 정신에 대한 도전이자 '길들여야' 할
존재다. 사랑과 동경의 대상인 동시에 골칫거리이기도 하다. 야생
지대라고 할 공간이 거의 남지 않은 영국에서 온 우리에게 야생
지대에 관한 논쟁은 매우 당혹스럽게 느껴진다.

야생 지대란 어떤 곳인가? 인간의 손길이 닿지 않은 곳,
혹은 인간의 발길이 닿지 않은 곳일까? 아니면 그저 인간에 의해
명확히 규명되지 않은 곳인가? 물론 엄격한 의미에서는 이제
지구상에 인간 활동의 영향을 전혀 받지 않은 곳은 없다. 지구온난화,

　　　　　　　　6장　야생성의 회복

바다와 대기 전체에 구석구석 퍼져나간 독성 화학물질이 그 증거다.
정치적, 문화적 이유로 야생 지대라는 개념에 저항하는 사람들도
있다. 야생 지대는 사회적으로 배타적인 새로운 형태의 식민주의로
여겨진다. 소외된 사람들의 생활과 노동의 터전이 야생 지대라는
이름으로 먼 곳에 사는 부자들을 위해 전용된다. 야생 지대는 오염된
장소의 가치를 폄하하는 차별적 범주이기도 하다. 심층생태학에서는
야생 지대라는 단어 자체가 자기 모순적으로 간주되기도 한다.
야생 지대가 인식되고 명명되고 지도에 표기되는 순간, 바로 그
행위에 의해 야생 지대는 사라지는 것이다. 로더릭 내시는 연구서
『야생과 미국인의 마음』에서 "야생 지대란 정신 상태이며, 실제
환경 조건보다는 그것에 대한 지각"이라고 주장했다. 내시와 대화를
나눈 한 아이는 야생 지대가 "내 침대 밑 어둠 속"이라고 생각했다.
워즈워스에게 야생 지대는 땅 위만이 아니라 마음속에도 존재했다.
종종 인용되는 워즈워스의 문장 "야생 지대는 자유로 넘쳐난다"는
레이크 디스트릭트 연못에 금붕어 두 마리를 풀어주는 장면을 묘사한
시에서 나왔다.

　　　소로에게도 야생 지대는 특정한 지역이 아닌 추상
개념이었다. 그에게 카타딘산에서의 경험은 거의 종교적이었으며
평생에 한 번으로 충분한 만남이었다. 소로의 일기와 특히
『월든』에서 '야생 지대'는 단순히 주변의 황야(특히 매사추세츠
늪지대) 전체를 일컫거나,[3] 훗날 콜레트가 상상했던 것처럼
'존재하는' 대신 '꿈꾸는' 장소를 의미한다. 소로는 이따금씩 인근의

평범한 자연이 주는 "강장제"를 마실 수 없다면 "마을에서의
삶은 침체될 것"이라고 생각했다. 또한 접근하기 어렵고 "탐험이
불가능하며 (…) 측량도 짐작도 할 수 없는 것"의 존재를 반드시
인식해야 한다고, 그렇지만 인식하는 것만으로 충분하다고 생각했다.
"우리 자신의 한계를 넘어서는 것을, 우리가 돌아다니지 않을 곳에서
자유로이 풀을 뜯는 생명체를 목격해야 한다." 소로는 말년의 저작
『야생 열매』에서 "시민적 야생 지대"라고 할 만한 개념을 제시했다.[4]
"나는 모든 도시에 하나 혹은 여러 개의 공원, 다시 말해 원시림이
2,000제곱킬로미터에서 4,000제곱킬로미터 정도는 있어야 한다고
생각한다. 그곳의 나무는 벌목되어 연료로 쓰이거나 범선과 마차의
자재가 되는 대신 교육과 휴양을 위한 공공재라는 더욱 고귀한
역할을 수행하며 우뚝 선 채로 썩어갈 것이다."

도시의 야생성이 필요해

셰넌도어 국립공원은 블루리지산맥에 펼쳐진 약
725제곱킬로미터 규모의 삼림이다. 소로가 구상한 것과 비슷하게
동부 지역의 "교육과 휴양"을 위한 모범 사례로 소개되고 있다. 관광
안내소에서 애니 딜러드의 책에 등장하는 팅커 크리크가 어디냐고
묻자 안내인은 지도 남서쪽 구석에 있는 외딴 지점을 가리켰다.
뉴욕만큼 멀지만 한층 더 무시무시해 보이는 여정이었다. 우리는
문명의 짐을 훌훌 벗어 던지고 텐트나 카누를 챙겨서 서쪽으로
트레킹을 떠나야 했겠지만, 그 대신 길잡이 표시가 되어 있는 등산로

중 하나를 따라 걸었다. 숲길 산책은 즐거웠고, 영국에서 농장을
산책할 때와 마찬가지로 처음 보는 것들과 만날 수 있었다. 깃대처럼
꼬리를 쫑긋 세운 다람쥐, 테니스공만 한 오세이지 오렌지 열매, 가을
패션쇼가 한창인 히코리와 단풍나무와 미국너도밤나무.

　　　뉴욕으로 돌아가는 길도 줄곧 야생의 자취로 가득했다.
자동차 앞 유리창에 주홍색 홍관조 한 마리가 날아들었다. 죽은
너구리 스무 마리와 살아 있는 너구리 한 마리도 보았는데, 차에
치인 것이 아니라 방금 차 뒤로 내던져진 것처럼 온전한 상태였다.
우리는 또 다른 야생동물 보호구역에서 산책로(이번에도 덱이 깔린
길이었다)를 거닐었다. 워싱턴 근처의 국립 야생동물 보호구역은
폐장 시간이 지나 들어가지 못했다. 우리 근처에 야생 지대가 있다는
건 알았지만 좀처럼 접근하기가 어려웠다. 순전히 우리 잘못이긴
했다. 내가 준비를 제대로 못 한 탓이었다. 시간도 모자랐고 지도도
부족했으며 탐험 장비도 전혀 없었다.

　　　하지만 문득 내가 정말로 야생 지대를 원했는지, 그것을
원해야 하는지 의구심이 들었다. 단순히 내 어리숙함을 합리화하기
위해서만은 아니었다. 진정한 야생 지대는 거기에 사는 야생
동식물을 위한 곳이어야 하며, 인간에게 계시의 경험을 제공하는
것은 어디까지나 부차적 기능이다. 우리가 그런 장소에 들어갈 수
있다면 감사해야 하며, 그곳에 사는 생물들과 똑같이 비무장 상태로
걸어서 들어가야 한다. 야생 지대를 언제든 들어갈 수 있는 편리한
채취 장소처럼 취급해서는 안 된다. 그런 의미에서 보면 미국은

잘하고 있는 셈이다.

하지만 내가 놓친 것은 야성적 국가와 철저히 길들여진 국가의 공통점이었다. 덱이 깔린 산책로와 숲속 콘도미니엄과 사냥용 보호구역 너머, (실제적이든 은유적이든) 누구나 접근 가능한 전원의 존재 말이다. 나를 감동시킨 것은 특별하고 한정된 야생 지대가 아니라 무엇보다도 야생성이었음을 나는 깨달았다. 딜런 토머스의 시 구절처럼 "녹색 도화선을 통해 꽃을 피워내는 힘", 어수선하고 활력 넘치는 생태계의 변경. 진정한 야생 지대는 그곳의 정당한 거주자들을 위해서라도 반드시 지켜내야 한다. 하지만 나는 소로와 콜레트와 마찬가지로 그들이 거기 있음을 아는 것만으로도 충분하며 실제 경험은 상상에 맡길 수 있다고 느꼈다. 인간의 가장 중요한 과제는 자연과의 공유지, 인간과 자연이 서로를 받아들일 수 있는 배후 지대를 마련하고, 열흘간의 야생 체험과 울타리로 둘러싸인 등산로 산책 사이의 어딘가에서 자연과 관계 맺으며 살아가는 것이다. 나는 뉴어크 철도변에 자연히 생겨난 늪과 숙소 창밖의 터키콘도르를 떠올렸다. 그들 또한 그레이트 디스말 스웜프에서 본 풍경만큼 살아 있고 야성적이지 않았는가?

미국의 특별 보호구역 상당수가 예전부터 야생 상태였던 것이 아니라 차후에 복원되었다는 사실은 신기하고도 감동적이다. 셰넌도어 국립공원이 처음 조성된 1936년에 그곳은 숲이 거의 사라지고 인구도 감소한 소규모 농장 지대였다. 지금은 셰넌도어 국립공원의 5분의 2가 미국의 공식 야생 지대로 지정되어 있다.

6장 야생성의 회복

미국 동부 전체에 걸쳐 새로 조성된 숲과 거기 사는 생물들이
버려진 농경지를 수복하고 있다.⁵ 1850년 버몬트주의 숲은 전체
땅의 35퍼센트에 불과했지만 현재는 80퍼센트로 늘어났다.
마서스비니어드(매사추세츠주의 섬 ― 옮긴이)는 다시 참나무
숲이 되었다. 케이프코드에 코요테가 돌아왔고, 미국의 '컴퓨터
고속도로'인 128번 국도에서는 큰사슴이 튀어나오기 시작했다.
새로운 변경 지대를 따라 자연이 되살아나고 있다.

∵.

　　　집으로 돌아오니 버지니아주가 무색해질 만큼 화려한
단풍이 기다리고 있었다. 산울타리에서 단풍나무와 서어나무가
붉게 타올랐다. 도로공사가 관리하는 층층나무 가로수들이 석류석
목걸이처럼 빛났다. 오후의 벌꿀빛 햇살이 풍경 전체를 호박색으로
물들였다. 로렌 아이즐리는 다음과 같이 썼다. "황금빛 가을에
단풍나무처럼 불타오르는 우리의 모습을 상상해보자. 우리도 체내의
엽록소를 떨쳐내고 시들어가는 낙엽처럼 소멸할 수 있다면, 죽음에
대한 우리의 태도가 달라지지 않을까?"
　　　이 습지대도 아이즐리의 우주적 변화관을 받아들여
호박이나 그 밖의 방부 물질에 갇히기를 거부하는 듯했다. 정지
상태를 신봉하는 사람들을 비웃고 이스트 앵글리아의 원초적
습기에 대한 내 상념을 놀리는 것처럼, 습지는 조용히 체내의
물질을 떨쳐내고 바싹 말라붙어갔다. 연못이 증발하고 몇 안 되는

도요새들도 바닷가로 날아가버렸다. 뗏목거미가 살던 물웅덩이는 자취도 없이 사라졌고 메마른 구멍만 처량하게 남았다. 거기서 지내던 생물들이 어디로 갔는지는 아무도 몰랐다. 습지대에는 야릇한 분위기가 흘렀지만, 정해진 규칙을 외면하고 딴청 피우듯 은근한 흥겨움도 느껴졌다. 언제쯤 모든 것이 평소 상태로 돌아갈까? 언제부터 다시 우울해져야 할까?

　　규칙적으로 계곡에 나가서 지형을 둘러볼 때마다 무슨 일이 일어나고 있다는 확신이 들었다. 지난여름이 영국을 바꿔놓았듯 미국도 나를 미묘하게 바꿔놓은 것 같았다. 미국에서 누린 일상적 야생성은 우리에겐 생소한 경험이었다. 덕분에 나도 길들여진 우리 땅을 새로운 시각으로 바라보고 길들여짐을 섣불리 판단하지 않게 되었다.

　　어느 날 나는 기분 전환 삼아 북쪽으로 가보기로 한다. 계곡 습지대를 벗어나서 흔히 '잉글랜드의 빵 바구니'라고 불리는 노퍽 곡창지대 끝자락까지 올라간다. 경제성을 한계까지 밀어붙인 풍경이 펼쳐진다. 도로변에서 지평선 끝까지 뻗어나간 밭 가운데 산울타리와 잡목림이 무의미한 낙서처럼 초라해 보인다. 교회 위로 곡물 사일로가 우뚝 솟아 있다. 올해는 사탕무 수확이 일찌감치 시작되었다. 거대한 기계들이 갤리선처럼 밭을 갈아엎으며 나아갈 때마다 갈매기 떼가 날아오른다. 앞으로 몇 주간은 잡초와 그루터기만 남아 있을 것이다. 깎여 나간 짚이 습기를 빨아들여 아지랑이처럼 뿌옇게 보인다. 휑뎅그렁해 보이던 밭에 새들이 모습을 드러낸다. 20미터쯤 앞에서 오색방울새 떼가 날아오른다. 마치 바람결에 흩어지는 반짝이 가루와 지푸라기처럼.

그때 새매가 보인다. 처음에는 공기에 짙게 드리운 그림자처럼 보이지만, 곧 황갈색 암컷임을 알아볼 수 있다. 밭고랑에서 겨우 1미터 위 상공을 정지한 것처럼 느릿느릿 미끄러져 간다. 개구리매처럼 두 날개를 살짝 위로 쳐들고 있다. 수그린 머리가 무시무시하게 번득인다. 메스처럼 들판을 쭉 가르며 그 거죽 아래에서 가만히 전율하는 생명을 끄집어낼 기세다. 시인 캐슬린 제이미는 둥지 근처에서 약간의 거리를 두고 떨어져 있는 암수 송골매의 유대감을 두 플라멩코 댄서 간에 형성되는 짜릿한 마력, 소위 두엔데 duende 에 비유한 바 있다. 이 새매와 들판 사이에도 그와 같은 자력이 존재하는 듯하다. 새매가 나타나자 들판 전체가 주목하고 긴장한다. 할미새가 가장 먼저 흥분을 표출한다. 대여섯 마리가 불쑥 날아오르더니 길게 나부끼는 용의 꼬리처럼 줄줄이 새매를 뒤쫓아 간다. 그 앞에서는 종달새 떼가 솟구쳐 오른다. 갑자기 새매는 이쯤이면 됐다는 듯 두 날개를 극적으로 쭉 뻗는다. 지금까지와 달리 몸을 무시무시하게 부풀리더니 동쪽으로 날아간다.

오늘 이곳에서의 산책은 수정 구슬을 들여다보는 것 같다. 밭에 있던 새들이 드러나듯, 평원에서 과거 풍경의 메아리가 들려온다. 나는 노들 코너와 폴리 레인을, 무의미한 급커브 길을, 들판의 옛 질서와 관련된 불가사의한 기념물을 지나친다. 그러다 황혼 직전 홀 레인에서 공원의 오래된 둑 위로 낮게 날아가는 새

대여섯 마리를 목격한다. 노픽에서 '휘파람물떼새'라고 불리는
검은가슴물떼새가 돌아온 것이다. 50여 마리가 댕기물떼새와
뒤섞여 겨울 밀밭에서 먹이를 찾고 있다. 내 쌍안경에 비치는 그들은
비둘기처럼 평온해 보이지만, 일단 날기 시작하면 사납고 거칠어질
것이다. 툰드라에서 여기까지 날아온 우리에게 질서 정연하게 먹이를
찾는 건 너무 시시하다는 듯 시커멓고 무질서한 무리를 이루어
이리저리 날아다니는 새다.

　　　나는 그날 본 광경에 감동하여 거의 날마다 해 질 녘이면
들판으로 나갔다. 새로 심은 밀이 높이 자라기 전까지 몇 주 동안은
사방에 새들이 보였다. 더 많은 새매들이 나타나 그루터기를
휘젓기도 했고, 거대한 회색머리지빠귀 무리가 일제히 고개를
치켜들고 가슴을 내밀며 방향을 맞추어 앞으로, 앞으로 나아가는
광경도 보았다. 하지만 물떼새는 좀 더 보기가 어려웠다. 대부분은
한참 멀거나 높은 곳에서 쏟아지는 화살처럼 요란하게 날개 치는
댕기물떼새 사이를 지나가고 있었다. 마음 한구석에서는 그곳에
물떼새가 없었으면 나았으리라는 생각이 들기도 했다. 경작지에
남은 줄기와 그루터기가 낭비되고 있지 않은가. 하지만 가장 작고
일시적인 틈새에서도 기회를 발견하는 것이야말로 야생의 축복이다.
내일이면 들판은 무르익은 현금성 작물로 뒤덮이겠지만, 오늘
들판에서는 새들이 춤추고 있었다.

황혼 녘, 새들의 의식

원숭이올빼미 얘기를 들은 것은 계곡에 온 지 1년이 되어갈 무렵이었다. 내 친구 집 창문을 닦으러 온 사람이 아무렇지 않은 일처럼 얘기해주었다고 했다. 저녁에 개를 데리고 보츠데일 뒤쪽의 작은 계곡으로 산책 나가면 십중팔구 흰올빼미가 보인다고 말이다.

나는 다음 날 해 질 무렵 그곳을 찾아가 올빼미가 사냥할 법한 지점 가까이에 앉아 있었다. 군데군데 새로 묘목을 심은 개울가의 거친 땅이었다. 내가 정말로 숨죽이고 가만히 있었나 보다. 산울타리 너머에서 노루 한 마리가 나를 바라보고 있었다. 내게서 몇 미터밖에 떨어지지 않은 개울에 멧도요가 미끄러져 들어와 날개를 다듬고 먹이를 찾아다녔다. 어슴푸레한 빛이 비쳐든 물속에서 멧도요 등에 있는 흐릿한 두 줄무늬가 몸에서 떨어져 나온 것처럼 흔들거렸다. 마치 장어 두 마리가 꿈틀대는 듯했다. 해가 지고 40분이 지나자 풀 위로 원숭이올빼미가 홀연히 모습을 드러냈다. 그동안 땅바닥에 쪼그려 앉아 쥐를 잡아먹고 있었으리라. 올빼미는 엉겅퀴 솜털처럼 부드럽게 날아올랐다. 머리가 몸 위에 올라탄 별개의 생명체처럼 움직이며 산탄총 같은 눈빛을 발사했다. 올빼미는 두 날개를 빠르게 펄럭이며 묘목 사이를 비집고 지나갔다. 서쪽으로 스러지는 마지막 햇빛이 먹이를 찾아 풀을 내려치는 올빼미의 날개를 비추었다. 반투명한 꽁지깃과 촘촘한 바깥 날개깃을 선명하게 구분할 수 있었다. 한순간 올빼미가 네 개의 날개를 가진 것처럼, 낮과 밤의 날개가 각각 두 개씩 있는 것처럼 보였다. 올빼미의 날개가 황혼을

296

불러오고 있었다. 그때 녀석이 멈췄다. 잠시 꼬리를 들고 가만히 있더니 다시 보이지 않는 곳으로 사라졌다.

　　　집으로 돌아가는 길의 나뭇가지들은 어렴풋한 황금빛 후광에 감싸여 있었다. 거기 있는 줄도 몰랐던 새들의 그림자가 가물거리며 공중을 채웠다. 새들은 저녁이 되어서야 활동하기 시작했다. 물떼새가 떠나자 새들의 공연이 본격적으로 시작되었다. 매일 오후 늦게 떼까마귀와 갈까마귀 무리가 우르르 몰려와 내가 미처 발견하지 못한 서식지로 날아갔다. 가는 도중에 여기저기 내려앉아 벌판을 검게 물들이기도 했다. 서쪽으로 불과 16킬로미터 떨어진 연못가에서는 저녁에 날아다니는 야생 조류를 관찰할 수 있었다. 홍머리오리와 넓적부리 떼가 하늘을 누비며 물가를 넘나들다가 인근의 집과 들판 위로 비스듬히 날아갔다. 보는 이들까지 우쭐해질 만큼 위풍당당한 풍경이었다. 다른 새들도 분위기에 휩쓸렸다. 찌르레기 한 마리가 홍머리오리 떼를 가르며 날아가거나, 쇠오리 10여 마리가 청둥오리 떼를 쫓아 날아다니며 움직임 하나하나를 흉내 내기도 했다.

　　　어느 날 저녁 폴리와 나는 1년 전 두루미를 처음 보았던 장소를 찾아갔다. 따뜻하고 포근한 날이었다. 우리는 지난번과 똑같이 관목림과 보트 창고를 지나 호수 뒤쪽으로 향했다. 축축한 초원에 회색기러기와 도요새 몇 마리가 있었다. 그러다 오른쪽으로 수백 미터 떨어진 갈대밭 위에 거대한 회색 새 다섯 마리가 나타났다. 둥지를 틀기 위해 찾아온 두루미들이었다. 새들은 바닷가 별장들의

창가를 스칠 듯 낮게 날고 있었다. 한 줄로 늘어서서 밀려드는
파도처럼 오르락내리락하며 다가왔다. 두루미들이 눈앞까지 오자
붉은 머리 깃과 검은 목덜미가 뚜렷이 보였다. 새들은 넓게 펼쳐진
모래언덕을 껴안듯 두 날개를 펼치며 시야 밖으로 사라져갔다.
우리는 버려진 풍차가 있는 곳까지 두루미를 따라갔지만, 석양 아래
풍차 날개만 쓸쓸히 뻗어 있고 아무런 자취도 보이지 않았다. 한동안
그곳은 새라고는 한 마리도 없는 텅 빈 공간처럼 보였다.

우리가 집에 가려고 돌아선 순간, 원숭이올빼미 두 마리가
마치 내던져진 것처럼 날개를 꼿꼿이 쳐들고 방앗간에서 튀어나와
습지대를 날아다니기 시작했다. 한 마리는 옅은 꿀색이고 한 마리는
바둑판무늬 쪽모이 세공처럼 짙은 밤색이 섞여 있었지만 양쪽 다
정말 아름다웠다. 올빼미들의 출현이 황혼 녘 의식의 시작을 알리는
신호인 것처럼 다른 새들도 하늘로 날아올랐다. 개구리매들은
언제나처럼 바람을 타고 놀다가 습지대 수풀 속 둥지로 날아갔다.
두루미 10마리가 더 날아와 갈대밭 위를 휩쓸다가 어딘가 은밀한
석호로 날아갔다. 나를 향해 똑바로 날아오는 두루미 두 마리,
날개가 날렵하고 꼬리가 긴 잿빛개구리매 세 마리, 저 멀리 벌판으로
날아가는 분홍발기러기가 한꺼번에 시야를 채운 특별한 순간도
있었다.

어둠을 재구성하다

정말로 비현실적인 장면이었다. 광활하고 어두운 하늘을

향해 풍력발전기가 솟아 있는 전형적인 이스트 엥글리아의 갈대밭
풍광에 아프리카 평원에서나 볼 수 있을 수많은 새들이 한데
어우러져 있었다. 지구를 가로질러 이동하는 거대한 생명의 흐름을
지극히 지역적인 풍경과 연결하는 새로운 형태의 국제적 회합이었다.
1979년에 두루미는 스페인으로 날아갔어야 했지만 그 대신 여기
머물렀다. 개구리매는 남쪽으로 이동하는 대신 여기서 1년 내내
지내기로 결정했다. 분홍발기러기는 아이슬란드와 그린란드에서
내려왔다가 봄이면 다시 그곳으로 돌아간다. 잿빛개구리매는
북유럽과 네덜란드에서 왔다가 역시 봄이 되면 돌아갈 것이다.
하지만 이곳은 일찍이 노퍽 최후의 잿빛개구리매 한 쌍이 번식한
장소였으니, 언젠가 이 새도 두루미처럼 여기 머물게 되기를
희망해본다.

　　　이런 저녁 의식은 무엇을 의미할까? 공유 서식지에 관한
기존 이론은 '다수일수록 안전하다'라는 점과 정보를 공유한다는
측면에서 무척 그럴듯하게 들린다. 하지만 자연현상이 종종 그렇듯
이 의식도 단순히 실용적이라기엔 너무 과도하고 무절제하다.
거대한 집회, 한참 이어지는 과시적인 축하 비행, 여러 종의 뒤섞임은
모두 기존 이론만으로는 설명할 수 없다. 붉은솔개가 그렇듯 다른
새들도 어둠에 맞서 서로를 위로하기 위해 밤중에 모여 쇼를 벌이는
것이라고 상상한다면 너무 인간 중심적인 생각일까? 서로 알지
못하고 아마 알 수도 없겠지만 나란히 집으로 향하는, 같은 길을 가는
서로 다른 여행자들이 함께하는 익숙한 순간.

나도 어느새 황혼을 좋아하는 저녁형 인간으로 되돌아가고 있다. 지난봄을 돌아보면 나는 기나긴 우울증에서 완전히 빠져나오지 못했고 내 자리가 어디인지 확신할 수 없었다. 그런 내게 황혼은 내가 다다른 이곳의 칙칙한 현실을 직면하기 위한 매개체로 여겨졌다. 나는 무시당하고 환멸을 느끼기를 예상하고 심지어 기대했으며, 결국 풍경의 앙상한 뼈대밖에 알아볼 수 없었다. 이제는 그 이미지가 반전되어 선명한 포지티브 프린트positive print(명암을 실재와 정반대로 표현하는 사진 기법인 네거티브 프린트의 반대말로, 원그림의 선이나 문자 등이 보라색·청색·검정색·갈색 등으로 나타나며 그 밖은 백지로 된다 — 옮긴이)로 변했다. 습지대의 황량함에 익숙해지면서 오히려 그 황량함은 어슴푸레한 빛 속에 배경으로 물러나고, 사물의 눈부시게 찬란한 가장자리가 눈에 들어온다. 잔가지가 짜놓은 그물 사이로 비쳐드는 빛의 유희, 다섯 달만 지나면 다시 초목이 무성해질 언덕의 윤곽, 공허해 보이지만 사실은 그렇지 않은 하늘로 날아오르는 새매, 우리를 버리고 떠난 줄 알았던 원숭이올빼미. 아마도 심리 치료사는 내가 어둠을 재구성했다고 말하리라.

∵

소로의 글에서 가장 많이 인용되는, "야생 그대로 두는 것이 세상을 지키는 길이다"라는 문장도 이런 의미였을까? 세상의 안정과 새로운 시작이, 은유적으로 말하자면 고대의 숲과 은빛 파도 모두가 통제받지 않은 자연의 에너지에서 나온다는 뜻일까? 이 문장은 『걷기와 야생』이라는 소로의 짧고 이단적인 책에서 생명의 "서쪽으로 가려는 충동"을 논할 때 지나가는 말처럼 언급된다.

> 나는 마을의 잘 가꾼 정원보다 내 고향 읍내를 둘러싼 늪에서
> 더 많은 삶의 양식을 얻는다. (…) 기분 전환이 필요할 때면
> 가장 어두운 숲을, 가장 깊고 넓어 사람들이 가장 두려워하는
> 늪을 찾아간다. 나는 늪에 들어갈 때 성스러운 장소, 예루살렘의
> 지성소를 떠올린다. 늪에는 자연의 힘과 정수가 있다.

하지만 소로는 여기서 다소 부정직한 태도를 보여준다. 월든 연못가의 은신처에서 그는 본질적으로 평민이자 문학적 소작농이었다. 연못 깊이를 측정했고, 작업실에 들어온 쥐에게 먹이를 주기도 했다. 맨발로 콩밭에서 일하며 새들과 함께 즐거워했던 소로의 이야기는 만족스럽고 목가적인 삶의 고전적 서술로 남았다. 월든 연못 자체는 결코 야생 지대라고 할 수 없었다. 사람들이 낚시를 했고 겨울에는 얼음을 채취했으며, 인공림과 농장이 연못가를 에워싸고 있었다. 하지만 소로는 그곳의 근본적 야생성, '얽히고설킨 비주류성'을 알아보았다.

훗날 『월든』에서 그는 마을의 철도 공사장에 얼어붙은 모래 더미가 녹아내리는 장면을 묘사한 바 있다. 이 글은 중요한 문화생태학 텍스트로 손꼽힌다. 소로는 모래가 흘러내려 이루는 무늬에서 모종의 식물적 형상을 포착했고, 시각적 말장난과 비유로

6장 야생성의 회복

모래의 흐름을 식물의 성장에, 나아가 언어 자체에 연결시킨 대담한 글을 쓰기 시작했다. "모래는 흐르면서 수액이 풍부한 나뭇잎이나 덩굴의 형태를 취한다. 깊이가 30센티미터도 넘는 축축한 잔가지 더미를 이루고, 위에서 내려다보면 지의류의 톱니 모양 잔잎과 비늘 모양 엽상체를 닮았다." 그는 새의 발과 뇌와 배설물을 떠올리기도 한다. 젖은 모래의 형상은 "아칸서스 잎보다 더 오래되고 고전적인 건축물의 이파리 장식"을 청동으로 주조한 듯하다. "용암"의 전체적 흐름은 동굴 내부 구조를 닮아가다가 경사면 기슭에서 퍼져나가 "강어귀에 생기는 것과 비슷한 둑"을 이룬다. 소로는 자신이 "세상과 나를 만들어낸 예술가의 실험실"에 서 있으며, 그 예술가가 "여전히 작업을 계속하고 모래 더미에서 장난을 치며 넘치는 정력으로 참신한 디자인을 쏟아낸다고" 느낀다. 그는 이렇게 흘러넘치는 모래에서,

> 식물의 잎을 예감한다. (…) 지구나 동물 신체의 내부에서 잎에 해당하는 것은 축축하고 두터운 엽lobe인데, 특히 간과 폐와 지방조직leaves of fat에서 찾아볼 수 있다. 분만labor, 착오lapsus, 아래로 흘러내리거나 미끄러져 내리기, 시간의 경과lapsing, 구globus, 엽lobe, 지구globe. 휘감다lap, 나부끼다flap, 그리고 그 밖의 많은 단어들. 외부에서 b는 압축되고 건조되어 f와 v로 변한 뒤 얇고 메마른 잎leaf이 된다. lobe의 어근은 lb인데, 유동적 l이 부드럽게 덩어리진 b(소문자는 단엽이고 대문자는 복엽이다)를 앞으로 밀어내고 있다. globe의 어근인 glb에서는 목구멍소리인

g가 단어의 의미에 목구멍의 특성을 보탠다. 새의 깃털과 날개는 더욱 얇고 메마른 이파리다. 그리하여 땅속의 통통한 유충은 공중을 가볍게 날아다니는 나비로 변신한다.

소로의 기상천외하고 정교한 환상은 다음 날 아침 얼음이 녹는 동안에도 이어진다. 얼음 결정과 혈관, 나뭇잎을 닮은 손과 귀의 형상을 새롭게 상상함으로써. "그렇게 보면 이 산비탈이 자연의 모든 작동 원리를 설명하고 있는 듯했다. 지구의 창조자는 단지 이파리1eaf 하나의 특허권을 얻었을 뿐이다. 그 누가 샹폴리옹처럼 이 상형문자를 해독하여 우리가 마침내 새로운 페이지1eaf를 펼치게 할 것인가?" 소로는 자신만의 유쾌한 창조 신화를 써냈다. 박력 있는 텍스트와 거침없이 뻗어나가는 놀라운 은유뿐만 아니라 외부 세계에 있어서도 '충실한' 이 글은 모든 현대문학 비평가를 만족시킬 만하다(러스킨도 농담을 알아볼 유머 감각만 있었다면 이 글을 좋아했으리라). 한편으로 자연의 형상과 야성적 자발성을 하나의 환상 안에서 결합시키려는 그럴싸한 시도이기도 하다. 그러나 유쾌한 마지막 반전은 따로 있다. 이 과감한 이론이 전부 소로의 말마따나 "녹아내리는 진흙 덩어리"일 뿐인 한 인간, 즉 그 자신의 상상에서 나왔다는 점이다.

∴

또다시 비가 내리기 시작했다. 지난가을에도 보았듯이

배수로 청소가 끝난 도랑을 따라 계곡에 모인 모래가 흘러나오고 있다. 하지만 나는 물을 따라 움직이는 흙보다 물 자체에 주목한다. 고대부터 그래왔던 것처럼, 여름에는 보이지 않았던 초원의 구덩이와 빙하기부터 있었을지도 모를 깊은 굴에 또다시 물이 차오른다. 하지만 눈에 보이지 않고 변덕스러운 샘에서 흘러나온 물은 무정형이고 제멋대로이며, 한계도 방향도 예측할 수 없다. 물은 이미 가을의 비와 여름의 폭염으로 형성된 교두보를 벗어나 스스로 갈 길을 찾아가고 있다.

바이오필리아를 제창한 생물학계의 거두 에드워드 윌슨은 언젠가 이 모든 과정이 과학에 의해 이해되고 설명되기를 희망한다. 저서 『통섭』에서 그는 물의 움직임부터 예술가의 상상에 이르기까지, 태양 아래 모든 것을 밝히고 설명하고 예측할 수 있는 거대하고 일관된 과학을 꿈꾼다.[6] 이 프로젝트는 4세기 전 "인간 제국의 영토를 확장하겠다"라고 했던 철학자 프랜시스 베이컨의 다짐만큼이나 미심쩍으며, 생태계에 넘쳐나는 온갖 생물과 그 상호 관계의 총합에 "생물 다양성"이라는 거창한 명칭을 붙여 찬미했던 당사자의 난감한 몽상이다. 증식하는 야생의 경계를 통제하고 파악하려는 시도는 자연을 멈추게 하여 문화 보호구역에 집어넣으려는 것이나 마찬가지다. 하지만 그런 시도가 실현될 가능성은 희박하다. 사물의 본질상 생명은 항상 측정하고 관리하려는 자보다 한발 앞서갈 것이다. 이 세상을 계속 움직이는 원동력은 끊임없고 쓸데없고 창의적인 실수들이다. 애니 딜러드는 신을 향해 이렇게 묻는다.[7] "그냥 화학물질 한 덩어리나 초록색 진창 한 뙈기를 만들어내는 편이 더 간단하지 않았을까? 무에서 생겨난 최초의 수소 원자가 된다는 것은 상상할 수 없을 만큼 급진적인 일이었으니 당연히 그것으로 충분하다 못해 차고 넘쳐야 했다. 하지만 그 뒤로 어떻게 되었는지 보라. 우리가 문을 열면 천국과 지옥이 모두 열린다."

루이스 토머스는 갑자기 돌연변이를 일으키는 DNA의 특성을 "경이로운 실수"라고 불렀다. 모든 생명체가 공유하는 단일성에 대한 거부도 그만큼 경이로운 특성이라고 하겠다. 레드커런트꽃의 불가해한 복잡성, 습지대에서 교잡하고 분기하는 다양한 난초 품종, 칼새의 요란한 축제와 두루미의 춤, 온 세상을 감싸드는 쏙독새의 노래와 흰턱제비의 즉흥 연주에 애니 딜러드가 말한 이 세상의 "자유롭게 뻗어나간 뒤얽힘"이 존재한다. 자유는 "세상의 물과 날씨, 공짜로 주어지는 영양분, 토양이자 수액"이다. 물론 한편으로는 세상의 고통, 거친 폭풍, 파괴되는 막, 우리에게 지구에 흔적을 남기고 싶다는 갈망을 불어넣는 죽음에 대한 인식이기도 하다.

자연 치유, 결국 내게로 돌아오는 것

'자연 치유'라는 개념은 인간 역사의 시초까지 거슬러 올라간다. 야외에 흐르는 치유력에 신체를 노출하면 병이 씻겨 내려간다는 이론이다. 로마에는 '솔비투르 암불란도solvitur

ambulando'라는 속담이 있었다. 대략 '걸으면 해결된다'라는
뜻인데, 신체뿐만 아니라 감정적 갈등도 아우르는 말이었다. 중세
시대 사람들은 시골 성지로 대규모 순례 여행을 떠났다. 결핵으로
시한부 선고를 받은 존 키츠는 "젊음이 창백하게 시들어 죽어가는"
곳에서 벗어나 "따뜻한 남쪽 나라로 가득한 잔"을 찾아 지중해로
도망쳤다. 철학자 미셸 푸코는 다음과 같이 썼다. "이 나라는
온화하고 다채로운 풍경으로 우울증 환자를 고통스러운 기억이
되살아날 장소에서 멀어지게 함으로써 그의 외로운 집착으로부터
해방시킨다." 내 친구이자 탁월한 이스트 앵글리아 생활사 기록자인
로널드 블라이드는 20세기에 가난한 결핵 환자들이 이송되던 지역
요양소 현장을 보여주었다. 환자들은 날씨에 상관없이 야외에서
이동식 침대에 누워 있어야 했고, 때로는 담요가 젖지 않도록 덮어쓴
방수포 무릎 덮개 위로 눈이 쌓이기도 했다(당연하게도 자연은 그저
따뜻하고 온화하기만 한 존재가 아니다).

　　'자연 치유'란 자연에 항복하는 것, 자연을 통해 '나
자신에서 벗어나고' 원래 속해 있었던 건강한 세계와 나 사이의
막을 없애려 하는 것이었다. 하지만 내가 치유된 것은 그런 식이
아니었다. 나도 자연에 노출됨으로써 우울증을 떨쳐내려고 몇 번이나
시도해보았지만, 그때쯤엔 이미 자연과 철저히 단절된 상태였기에
마음의 가책과 나는 더 이상 자연계의 일부가 아니라는 확신밖에
느끼지 못했다. 그리고 어떤 의미에서는 내가 충분히 노력하지
않았던 탓에 모든 게 수포로 돌아갔다는 부끄러움도 느꼈다.

내 생각에 나를 치유한 것은 그것과 거의 정반대의 과정이었다. 나 자신에서 벗어나는 것이 아니라 내게로 돌아오는 것, 자연이 내 안으로 들어와 상상력의 야성적 파편에 불을 붙이는 느낌이었다. 내가 '치유'된 결정적 순간이 있다면, 폴리의 애정이 불러일으켜준 영감으로 옛집의 너도밤나무 아래 앉아서 다시 펜을 들었던 순간이었다. 나를 다시 자연과 연결해준 것은 나무 사이로 불어온 가을바람보다도 그 최초의 순간 떠오른 어설픈 상상들이었다. 좀 더 나중에는 물리적으로도 자연과 재결합할 수 있었고, 깊은 숲속을 떠나 환하고 변화무쌍한 습지대로 이사한 것도 은유적으로 큰 도움이 되었다. 나는 문자 그대로 귀를 기울이고 고개를 들어야 했으며, 그렇게 밖으로 나오는 과정에서 나름대로 새로운 자신감을 발견했다. 이제 나는 소심하지 않고 두려워하지도 않는다. 오히려 가게에 줄을 선 사람들에게 말을 붙이고 습지대에서 명상하는 이들을 방해할 만큼 수다스럽고 호기심이 많아진 것 같다.

하지만 솔직히 내가 '완치되었다'라고 단언할 수 있을지는 모르겠다. 두 번 다시 과거의 심연으로 빠져들진 않겠지만, 나는 여전히 민감하고 초조하며 감정이 격해지는 것에 취약하다. 폴리는 너그럽게도 이 모두가(그리고 뭐든 빨리 포기해버리는 내 습관도) 감성적인 사람에겐 흔한 일이라며 나를 다독여주지만, 내 생각에는 지나친 일반화인 듯하다. 그저 내 안의 이런 기벽을 원망하지 않고, 때로는 약간 힘들더라도 "세상이 호흡하는 이 방앗간"에서 내게 주어진 기회를 받아들이려고 노력할 뿐이다. 그런 노력이 때로는 다소 버겁더라도 말이다.

　게다가 나는 '식물성'이라는 개념에 묘한 매혹을 느낀다. 자의식이라는 특권 없이 지구에 살아가는 다른 형태의 정신들과 조화롭게 지내려는 건 멋진 일이다. 그들도 공유지의 일원이 아닌가. 물론 식물적 은둔을 말하는 건 아니다. 그건 식물의 경우에도 부정적인 현상일 테니까. 하지만 '식물적 관계'에 관해 배우고 인간과 식물이 오래전부터 공유해온 감각을 우리의 행동과 원만하게 결합시키려는 시도가 아드레날린 과잉인 우리 문화에 해롭지는 않을 것이다. 우리는 인간의 세계와 자연의 세계를 동시에 살아갈 방법을 어떻게든 찾아내야 한다.

　블래키는 그런 교차성을 후천적으로 터득했다. 나는 블래키를 불러들이려고 정원 끝까지 걸어왔다. 요즘 녀석은 집에서 멀리 나가 있을 때가 많은데, 아마도 링에서 들고양이들과 놀고 있을 것이다. 200미터도 더 떨어진 곳에서 집으로 오고 있는 블래키가 보인다. 녀석이 산울타리를 돌고 덤불을 뛰어넘어 내게로 곧장 다가온다. 그런데 약 30미터 앞까지 왔을 때 움직임이 확 바뀐다. 블래키는 산책이라도 나온 것처럼 한 걸음씩 갈지자로 내디딘다. 내 시선을 피하면서 괜히 식물에 코를 대고 쿵쿵거린다. 왜 저러는 걸까? 내가 가버리지 않고 기다려줄 것을 확신해서? 자기가 여전히 독립적인 동물이며, 습관이나 의무 때문이 아니라 자신의 뜻에 따라 다가오고 있다는 걸 보여주려고? 내가 블래키를 무척 좋아하긴 하지만 그렇다고 과대망상에 빠져서는 안 된다. 블래키와 같은 집고양이들은 야생동물이 아니며 인간이 자연과 치러야 할 협상에서 아무런 역할도 하지 않는다. 하지만 내게 고양이는 일종의 메신저처럼 느껴진다. 자연계와 인간계를 무심하게 넘나드는 그들의 모습은 자연과 문화를 오가는 생물인 인간에게도 필요한 품위를 보여준다. 18세기 시인 크리스토퍼 스마트의 놀라운 생태적 찬미가 「어린 양을 찬송하라」의 한 구절이 생각난다.[8] 「내 고양이 제프리에게」라는 제목으로 잘 알려진 구절이지만, 우리 인간들도 이렇게 되기를 꿈꿀 것이다.

> 그는 음악에 맞춰 모든 스텝을 밟을 수 있고
> 필사적으로 헤엄칠 수 있으며
> 살며시 기어갈 수도 있기에.

블래키는 모르고 설사 알더라도 신경 쓰지 않겠지만, 사실 나는 녀석에게 작별 인사를 하러 왔다. 폴리와 둘이 살 집을 구해서 또다시 이사를 가게 되었기 때문이다.

∴

하지만 이번에는 그리 멀리 떠나지 않는다. 강 건너 북쪽으로 1.6킬로미터쯤 떨어진 45미터 등고선까지만 올라가면 된다. 이스트 앵글리아에서 이 정도 높이면 산이나 마찬가지다. 이 지역으로 이주할 때보다는 좀 더 신중하게 결정했지만, 이번 이사

또한 행운과 우연에 따른 자연스러운 변화로 느껴진다. 하지만 이제 나는 느긋한 하숙인이 아니라 공동 소유주다. 링의 집에서와 달리 기본적인 생존 기술만으로는 모자랄 것이다. 앞으로는 내 삶에서도 자연과 문화의 경계에서 타협하는 법을 배워야 하리라. 이 점을 강조하기라도 하듯, 새로운 집에 딸린 토지는 야생과 길들여짐에 관한 나의 이론적 묵상을 지극히 현실적인 논쟁으로 바꿔놓을 싸움터처럼 보인다.

양측 모두 이미 각자의 주장을 충분히 제시한 것 같다. 새집은 17세기 초에 지어진 작은 목조 농가로, 아직도 군데군데 나무껍질이 갈라진 곳이 보인다. 거의 모든 목재에 뜻 모를 뱀 모양 표시가 남아 있다. 벽은 점토와 부싯돌과 벽돌로 만들어졌고(아마도 집주인이 직접 쌓았으리라) 지붕널 일부는 엮어 짠 버들가지로 동여매여 있다.

우리 텃밭은 2.5면이 노픅의 고지대 농경지로 둘러싸여 있지만, 여전히 오래전 농경 체제의 자취가 남아 있다. 이곳의 연못은 벽을 쌓기 위해 점토를 파내면서 만들어졌을 것이고, 나중에는 대마를 물에 불려 섬유와 껍질을 분리하는 데 활용되었으리라. 대마는 과거 웨이브니 밸리의 특산물이었으며 실제로 150년 전까지 이 집 뒷마당에서 자랐다. 1839년의 십일조 지도(십일조를 거둬들이기 위해 교구 내 토지의 소유 및 사용 현황을 기록한 지도 — 옮긴이)에는 농장에 딸린 4만여 제곱미터의 대마밭과 농장 입구에 두 줄로 심은 과일나무가 표시되어 있다. 농가에는 독신 남성 소작농 두 명이

살았다. 인클로저가 시행되기 20년 전이었으니, 그들에게는 인접한
작은 공유지를 이용할 권리가 있었을 것이다. 이 작은 농장에는
아직도 두 사람의 영혼이 살아 숨 쉰다.

　　　이런 역사가 남아 있는 땅으로 무엇을 할 수 있을까? 이곳의
과거를 상상하고 재현해야 할까? 인클로저 이전으로? 이 집 자체가
없었던 시대로? 연못은 인간계와 비인간계의 접점에 속내를 보이지
않는 무표정한 예언자처럼 묵묵히 자리 잡고 있다. 들판의 새매는
항상 이 연못 위로 날아와 정원을 습격한다. 연못 아래에서는 정체
모를 차가운 샘물이 뽀글뽀글 솟아난다. 모든 물이 그렇듯 이 연못도
야생이 인간 세계로 들어오는 통로다. 내가 그동안 연못 위에서 본
잠자리만 해도 여섯 종류나 된다. 나무뿌리를 타고 올라온 식물들이
얽히고설키며 아래로 늘어져 연못가를 뒤덮고, 딱따구리가 그 아래
숨어 물을 마신다. 하지만 처음에 만들어진 계기와 인공적인 측면
경사를 고려하면 이 연못은 결국 조경 요소로 남을 수밖에 없으리라.
연못을 좀 더 자유롭게 풀어주어야 할까? 여울을 끌어들이고, 자연에
우선권을 주고, 21세기가 아닌 17세기 농업을 도입해야 할까?

　　　연못을 벗어나면 결정이 좀 더 쉬워진다. 농장에 포함된
2,000제곱미터가량의 풀밭은 초원으로 되돌릴 생각이다. 풀은
이미 베어냈다. 스랜더스턴에서 온 농부가 어찌나 큰 벌초기를 끌고
왔던지, 그런 기계가 대문으로 들어와 화단 옆을 지나갈 생각을 하니
더럭 겁이 났다. 하지만 그는 브램리 사과를 한 알도 떨어뜨리지 않고
우아한 손놀림 네댓 번으로 풀을 싹 베어버렸다. 이제 우리에게는

타이어 자국과 두더지 언덕만 제외하면 깨끗이 깎인 근사한 초지가 생겼다. 임시변통의 아담한 공터지만, 초원이 자연스럽게 형성되는 방식을 따라 한층 더 야성적인 땅으로 변해가는 출발점이 되기를 바란다. 우리도 토종 푸성귀에서 받은 씨앗으로 그 여정을 거들 생각이다. 세월이 흐르면서 이 초원이 한때 집 뒤꼍에 있었던 사라진 공유지를 닮아간다면 좋겠다. 아니, 그냥 땅이 원하는 대로 무엇이든 되었으면 한다.

한 해가 저물어가지만 폴리는 벌써부터 채소를 심기 시작했다. 지금껏 내가 보아온 어떤 정원과도 다른 창의력을 보여준다. 땅바닥에 납작 엎드려 손가락으로 줄줄이 구멍을 파고, 씨앗을 심은 곳을 돌로 표시하고, 벌레를 막아줄 백리향 다발을 매달고, 서양메꽃 덩굴을 뽑아 말뚝에 모종을 묶고 괭이질을 한다. 가끔은 마음에 드는 잡초를 뽑아 다른 곳에 옮겨 심고, 반사광으로 새들을 쫓아내기 위해 CD 여러 장을 매달아두었다가 컴퓨터를 쓸 때 떼어내기도 한다. 밤이 되면 집 안에서 새어나오는 불빛에 CD가 반딧불처럼 반짝거린다.

나는 이 모든 게 다소 위카wicca(기독교 이전 종교에서 영향을 받은 마법적, 자연주의적 문화 운동 — 옮긴이) 같다고 느끼지만, 폴리의 방식이 직관적이고 유희적이고 사려 깊으며 농사보다는 동굴벽화와 비슷하다는 것도 잘 안다. 우리 정원에서 인간 문명의 변경 지대인 텃밭은 이렇게 야생과 결합함으로써 미커의 "희극적 방식"과 그 한계를 넘어설 방법을 찾는 데 어울리는 곳이 되었다.

머지않아 이 채소밭은 담장에 둘러싸인 정원, 영국식 호르투스 콘클루수스Hortus conclusus(라틴어로 '밀폐된 정원'을 말하지만 인클로저를 의미할 수도 있다 — 옮긴이)가 될 것이다. 측량사가 우리를 위해 정확한 지도를 만들어주었는데, 옛 들판의 경계와 맞닿은 정원 모서리가 서쪽으로 살짝 기울어져 있다는 사실이 밝혀졌다. 그리 놀라운 일은 아니었다. 내가 학교에서 쓰던 각도기로 측정해보니 땅은 기울어져 있었다. 정확히 4도였다.

　　　　　　　　　　　　　　6장　야생성의 회복

주

1장 둥지를 떠나 날아오르다

1 토니 에번스와 내가 작업하던 책은 *The Flowering of Britain*(초판 1980)이다.

2 브레클랜드에 관한 책으로는 최초의 시도인 *W. G. Clarke's In Breckland Wilds*(1925)를 뛰어넘는 저작이 없다.

3 제임스 러브록, 『가이아: 살아 있는 생명체로서의 지구』(1979, 국내 출간 2023).

4 알도 레오폴드, 『모래 군의 열두 달』(1949, 국내 출간 2023)은 환경 윤리의 정의를 선구적으로 시도하여 미국에서 이정표가 된 책이다.

5 윌리엄 파인스의 문장은 *The Snow Geese*(2002)에서 인용했다.

6 해당 영화는 Derek Bromhall의 *Devil Birds*다. 동명의 저서도 1980년에 출간되었다.

7 Ted Hughes, 'Swifts', *Collected Poems*, 2003.

8 자연의 은유에 관해서는 Stephen Potter와 Laurens Sargent의 *Pedigree: Words from Nature*(1973), 루이스 토머스의 *The Lives of Cell: Notes of a Biology Watcher*(1974)와 *The Fragile Species*(1992)에 실린 언어 관련 에세이들을 참조하라.

9 에드워드 O. 윌슨, 『바이오필리아』(1984, 국내 출간 2010). Stephen R. Kellert and Edward O. Wilson (eds.), *The Biophilia Hypothesis*, 1993.

10 George Ewart Evans and David Thomson, *The Leaping Hare*, 1972.

11 Ian Sinclair의 *London Orbital*(2002)은 M25 고속도로를 따라가는 심리-지리학 여행기다. 문착(Muntjac)은 아시아에서 온 단어이며 적당한 번역명이 필요하다.

12 존 클레어 전집은 Oxford University Press에서 Eric Robinson, David Powell, PMS Dawson이 편집하여 1984년부터 2003년까지 총 9권으로 출간되었다. 더 간략하고 읽기 쉬운 선집들도 있다. Geoffrey Summerfield (ed.), *John Clare. Selected Poetry*, 1990. John Clare, *The Midsummer Cushion*, ed. Anne Tibbles, 1978.

2장 새로운 은둔처를 찾아서

1 John Ruskin, *The Eagles Nest*, 1887.

2 에드워드 O. 윌슨, 『생명의 다양성』(1992, 국내 출간 1995).

3 심리학자 Jeffrey Masson의 *The Nine Emotional Lives of Cats*(2002)는 고양이의 마음과 행동을 심오하고 아름답게 서술한 책이다.

4 애니 딜러드, 『자연의 지혜』(1974, 국내 출간 2007). 이 책을 쓴 과정은 『작가살이』(1989, 국내 출간 2018)에 담겨 있다.

5 Roy Leverton, *Enjoying Moths*, 2001.

6 헨리 데이비드 소로, 『소로의 메인 숲』(1864, 국내 출간 2017).

7 Gary Snyder, *The Gary Snyder Reader*, 1999.

8 Jonathan Bate, *The Song of the Earth*, 2000. 다음의 책도 참조하라. *Romantic Ecology: Wordsworth and the Environmental Tradition*, 1991.

'심층생태학'이라는 개념은 영국에서는 아직 생소하지만 다른 선진국에서는 생태학에 대한 주요 접근 방식이 되었다. 이는 극단적인 직접 행동에서부터 불교식 신비주의까지 아우르는 광범위한 운동이지만, 근본적으로는 자연계에 새로운 사고방식을 모색하고 관리적 지배와 통제의 관점에서 벗어나 문화적 교류가 핵심인 보다 공평한 관계로의 전환을 추구한다. 다소 근엄하지만 추천할 만한 입문서로 *Deep Ecology: Living as if Nature Mattered*, edited by Bill Devall and George Sessions(1985)가 있다. 주요 인물로는 이 용어를 만든 아르네 네스, 시어도어 로작, 프리초프 카프라, 캐럴린 머천트, 폴 셰퍼드, 리처드 넬슨, 수전 그리핀이 있다. 게리 스나이더, 존 리빙스턴, 에드워드 애비의 저서는 심층생태학의 다양한 관점을 매우 쉽게 소개한다.

'생태 비평'은 심층생태학의 문학적 지류로, Jonathan Bate의 *The Song of the Earth*를 예로 들 수 있다. 그 밖에도 다음 책들을 참조하라. Cheryll Glotfelty and Harold Fromm (eds.), *The Ecocritism Reader*, 1996. Karl Kroeber, *Ecological Literary Criticism: Romantic Imagining and the Biology of Mind*, 1994. Robert Pogue Harrison, *Forests: the Shadow of Civilisation*, 1992.

9 존 클레어에 관해서는 다음 자료를 참조하라. Eric Robinson and David Powell (eds.), *John Clare by Himself*, 1996. Hugh Haughton, Adam Phillips and Geoffrey Summerfield (eds.), *John Clare in Context*, 1994. Jonathan Bate, 'The Rights of Nature', *The Journal of the John Clare Society*, 1995.

10 Ted Ellis, *The Broads*, 1965. Brian Moss, *The Broads. The People's Wetland*, 2001. William Dutt, *The Norfolk Broads*, 1923. J. M. Lambert, et al, *The Making of the Broads: a Reconsideration of their Origin in the Light of New Evidence*, 1960.

11 두루미의 생태와 신화 전반에 관해서는 다음 책을 참조하라. Peter Matthiesen, *The Birds of Heaven*, 2001.

12 올리버 색스, 『편두통』(1970, 국내 출간 2020). Alexander and French, *Studies in Psychosomatic Medicine: An Approach to the Causes and Treatment of Vegetative Disturbance*s, 1948.

13 존 클레어의 병에 관해서는 앞서 언급한 책들에 실린 에세이 외에도 다음 자료를 참조하라. Jonathan Bate, *John Clare: A Biography*, 2003. A. Foss and K. Trick, *St. Andrew's Hospital*, 1989.

14 Richard Mabey, *Home Country*, 1990.

15 Bernd Heinrich, *Ravens in Winter*, 1990.

16 와일드랜즈 프로젝트 선언문에서 발췌. 이 프로젝트의 주소는 다음과 같다. PO Box 455, Richmond, VT 05477, USA. 대규모 습지 보호구역이라는 아이디어가 뿌리를 내린 것은 영국, 특히 이스트 앵글리아에서였다는 뚜렷한 증거가 있다.

3장 잃어버린 공유지

1 게리 스나이더, 『야생의 실천』(1990, 국내 출간 2015).

2 *The Journals of Henry David Thoreau, 1836–61* (14 vols) edited by Bradford Torrey and Francis H. Allen, 1984. Henry David Thoreau, *Walking and the Wild*, 1851.

3 David Abram, 'Out of the Map, into the Territory: The Earthly Topology of Time' in David Rothenberg (ed.), *Wild Ideas*, 1995. 같은 저자의 다음 책도 참조하라. *The Spell of the Sensuous: Perception and Language in a More-than-human World*, 1996.

4 David Dymond, *The Norfolk Landscape*, 1985.

5 석기 시대 미술에 관해서는 다음 책들을 참조하라. Paul G. Bahn, *Journey Through the Ice Age*, 1997. Jean Clottes, *Return to Chauvet Cave*, 2003. Nancy K. Sandars, *Prehistoric Art in Europe*, 1968. Geoffrey Grigson, *Painted Caves*, 1958. 가장 대담하고 새로운 해석으로는 다음 책을 추천한다. David Lewis-Williams, *The Mind*

in the Cave, 2002.

6 Martyn Barber, David Field and Peter Topping, *The Neolithic Flint Mines of England*, 1999. Norman Nicholson, 'Ten-yard Panorama' in Richard Mabey (ed.), *Second Nature*, 1984.

7 Virginia Woolf, *A Passionate Apprentice*, 1990.

8 Margaret Gelling, *Place-names in the Landscape*, 1984.

9 웨이브니 밸리의 대마 산업과 관련해서는 다음 책들을 참조하라. Eric Pursehouse, *Waveney Valley Studies*, 1966. Michael Friend Serpell, *A History of the Lophams*, 1980.

10 *Faden's Map of Norfolk*, 1797. Reprinted by The Larks Press, Dereham, Norfolk, 1989.

11 Roger Deakin, *Waterlog*, 1999.

12 Colette, *Earthly Paradise*, ed. Robert Phelps, 1966.

13 Francis Bacon, *Works*, ed. James Spedding et al, 1870.

14 캐럴린 머천트, 『자연의 죽음』(1980, 국내 출간 2005).

15 Lewis Thomas, 'Natural Man', in *The Lives of a Cell*, op. cit. Bill McKibben, *The End of Nature*, 1990.

16 Ian Carter and Gerry Whitlow, *Red Kites in the Chilterns*, 2004.

17 하딩스 우드의 상세한 이야기는 다음 책에서 확인할 수 있다. Richard Mabey, *Home Country*, 1990.

18 Edward H. Whybrow, *The History of Berkhamsted Common*, n.d.

19 Pierre Bourdieu, *Outline of a Theory of Practice*, 1977.

20 Garrett Hardin, 'The Tragedy of the Commons' in Garrett Hardin and John Baden (eds.), *Managing the Commons*, 1977.

21 관습법과 관습에 대한 매우 흥미로운 분석이 담긴 글이다. E. P. Thompson, 'Custom, Law and Common Right' in *Customs in Common*, 1990. 다음 책들도 참조하라. J. M. Neeson, *Commoners: common right, enclosure and social change in England, 1700–1820*, 1993. Lord Eversley, *Commons, Forests and Footpaths*, 1910.

4장 부분에 이름 붙이기

1 Henry Reed, 'The Naming of Parts', *A Map of Verona*, 1945.

2 와턴 바로 남쪽의 웨일랜드 우드는 현재 우드랜드 트러스트 보호구역으로 지정되었다.

3 John Fowles, 'The Blinded Eye' (1971), in *Wormholes: Essays and Occasional Writings*, 1988.

4 Maria Benjamin, 'To have and to hold' in Kate Selway, *Collectors' Items*, 1996.

5 Margaret Grainger (ed.), *The Natural History Prose Writings of John Clare*, 1983.

6 Geoffrey Grigson, *The Englishman's Flora*, 1958.

7 William Hazlitt, 'On the Love of the Country', 1814.

8 〈블레이크 7〉의 팬이라면 오릭이 어디서 온 이름인지 알아차릴 것이다(〈블레이크 7〉은 영국 BBC 방송국에서 제작한 SF 드라마로, 투명한 상자 형태의 정교한 AI 장치 오락(Orac)이 등장한다 — 옮긴이).

9 Edward Armstrong, *Bird Display and Behaviour*, 1947.

10 Anne Stevenson, 'Swifts', *Collected Poems*, 1996.

11 Richard Mabey, *Gilbert White*, 1986.

12 Edward Armstrong, *The Folklore of Birds*, 1958. Francesca Greenoak, *British Birds. Their Folklore*, *Names and Literature*, 1999.

13 클로드 레비-스트로스, 『야생의 사고』(1962, 국내 출간 1996), 『오늘날의 토테미즘』(1962, 국내 출간 2012). 그의 사상에 관한 입문서로는 『신화학 2: 꿀에서 재까지』(1967, 국내 출간 2008)를 추천한다. 다음의 책들도 참조하라. Paul Feyerabend, *Farewell to Reason*, 1987, and Mary Midgley, *Science and Poetry*, 2002.

5장 온 생명의 카니발

1 Gilbert White, *Journals*, ed Francesca Greenoak, 1986–89.

2 Lewis Thomas, 'The Music of This sphere', in *The Lives of a Cell*, op.cit.

3 G. Christopher Davies, *The Handbook to the Rivers and Broads of Norfolk and Suffolk*, 1882.

4 Henry Doughty, *Summer in Broadland, or Gipsying in East Anglian Waters*, 1889.

5 조지프 미커의 독창적 저서 『생존 희극』은 개정판이 출간되면서 세 차례 부제가 바뀌었다. 문학 생태학 연구(1974), 환경 윤리를 찾아서(1980), 문학 생태학과 놀이 윤리(1980).

6장 야생성의 회복

1 John Evelyn, *Acetaria: A Discourse on Salletts*, 1699, and *Compleat Gard'ner*, 1693.

2 Roderick Nash, *Wilderness and the American Mind*, 1967. Max Oelschlaeger, *The Idea of Wilderness*, 1991. David Rothenberg (ed.), *Wild Ideas*, op.cit.

3 헨리 데이비드 소로, 『월든』(1854, 국내 출간 2011).

4 Henry David Thoreau, *Wild Fruits*, ed. Bradley P. Dean, 2000.

5 미국 동부 지역의 삼림 재생에 관해서는 다음 책들을 참조하라. Bill McKibben, *Hope, Human and Wild*, 1995. Kenneth Heuer, *The Lost Notebooks of Loren Eiseley*, 1987.

6 에드워드 O. 윌슨, 『통섭: 지식의 대통합』(1998, 국내 출간 2005).

7 애니 딜러드, 『자연의 지혜』(1974, 국내 출간 2007).

8 Christopher Smart, 'Jubilate Agno' in Karina Williamson and Marcus Walsh, *Christopher Smart: Selected Poems*, 1990.

야생의 숨결 가까이

2024년 5월 20일 1판 1쇄

지은이	**옮긴이**	
리처드 메이비	신소희	
편집	**디자인**	
이진, 이창연, 홍보람, 조연주	조정은, 김효진	
제작	**마케팅**	**홍보**
박흥기	이병규, 김수진, 강효원	조민희
인쇄	**제책**	
천일문화사	J&D바인텍	
펴낸이	**펴낸곳**	**등록**
강맑실	(주)사계절출판사	제406-2003-034호
주소		**전화**
(우)10881 경기도 파주시 회동길 252		031)955-8588, 8558
전송		
마케팅부 031)955-8595, 편집부 031)955-8596		
홈페이지	**전자우편**	
www.sakyejul.net	skj@sakyejul.com	
블로그	**페이스북**	**트위터**
blog.naver.com/skjmail	facebook.com/sakyejul	twitter.com/sakyejul

ISBN 979-11-6981-198-9 03840